아이엠

온전한 '나'만의 속도와 방법으로,
목적지를 향해 전진하기

I AM

아이엠

전진소녀
이아진
지음

& page

"너는 누구보다
강하다는 걸 잊으면 안 돼"

내 인생의 첫 번째 터닝포인트는 2016년 1월 10일이다. 14살의 내가 호주라는 타국의 땅을 밟은 첫날이기도 하다. 이때 나의 운명이 새롭게 시작되었다고 믿는다. 동화 같은 풍경을 가진 나라로 훌쩍 떠나와서도, 드라마 같은 일이 일어나서도, 반짝거리는 꿈을 찾게 되어서도 아니다.

호주는 나에게 실패를 알려줬다. 실패했을 때 얼마나 참담한지, 어떤 좌절감이 나를 찾아오는지 배웠다. 보호장비 하나 갖추지 못한 채 공격당했고, 당연하게도 참 많이 아팠다. 어린 나이였지만 내가 살고 있는 세상이 사라지는 느낌을 경험했다.

그때부터 한동안 나에게 '처음'이라는 단어는 '실패'와 같은 의미였다. 처음은 항상 어긋났고, 그로 인해 좌절하고 절망했다. 그러나 자신 있게 이야기할 수 있는 것은 그 모든 상황에서 도망가지 않았다는 사실이다.

수많은 '처음'을 겪어냈다. 온몸으로 경험할수록 수많은 처음이, 실패로 끝나버린 일들이 결국 나의 꿈이 되었음을 깨달았다. 실패를 넘어서겠다고 다짐했던 그 시간이 지금의 나를 만들었기 때문이다.

성취감은 나를 움직이게 만들지만, 살게 하지는 못한다. 궁극적으로 살아가게 만드는 것은 '꿈'이 가진 강력한 힘이다. 물론 꿈을 꾼다는 것은 쉬운 일이 아니다. 사회의 편견과 잣대, 비교와 강요로 꿈을 꾸기도 전에 깊은 상처만 얻게 되기도 한다. 나도 그랬다. 그러나 호주에서 첫 실패를 겪으며 지금의 내가 되었듯, 18살에 한국으로 돌아와 상처를 겪으며 또다시 성장할 수 있었다.

'여자애가 무슨 공사 현장에서 일을 해?'
'꿈이 아니라 돈 때문에 하는 거 아니야?'
'학교를 자퇴했다던데 사고 쳐서 그만둔 거 아니야?'
'일을 할 줄은 알아? 저렇게 일하고 돈도 버는 거야?'

사람들이 가진 수많은 편견과 날카로운 말을 맨몸으로 맞았고, 상처를 입었지만 원하는 게 있었기에 결코 포기하지 않았다. 가고자 하는 목적지가 분명한 사람은 쉽게 무너지지 않는다. 첫 도전에 성공하지 못해도 다음 기회, 그다음 기회를 노린다. 스스로 모든 걸 끝내겠다고 결정하기 전까지 무수히 많은 N번째 기회들이 존재한다. 그렇기에 목적지만 분명하다면 다시 해내는 것이 두렵지 않다. 꿈은 그래서 사람을 살게 하고, 삶의 원동력이 된다.

물론 명확한 꿈이 없을 수 있다. 그럴 때는 하나씩 좋아하는 것, 관심이 가는 것, 해보고 싶은 것을 시도하면서 찾아가면 된다. 꿈은 직업도, 학교도, 직장 이름도 아니다. 스스로의 삶을 통해 이뤄내고 싶은 가치라고 생각한다. 그 가치는 삶을 행복으로 이끌어 주는 가장 중요한 조각이다. 이것만 기억하면 충분하다.

멈추지 않고 할 수 있는 것들을 해나가고, 포기하지 않고 다음 도전을 위해 용기를 내면 된다. 나 역시 그런 시간을 보내고 이제야 온전히 꿈을 묻는 질문에 답을 할 수 있게 되었다.

나는 건축이라는 연결고리를 통해 사람들이 공간에서 치유받고, 하나가 되고, 함께 웃을 수 있도록 만들고 싶다. 상처를 주는 것도 사람이지만 상처를 치유하는 것도 사람이다. 그렇기에 서로를 아프게 하기보다 서로를 치유해 주는 방향으로 함께 걷기를 바란다. 바람을 이루기 위해 내가 할 수 있는 것을 찾고, 해낼 것이다. 예술이라는 분야를 통해 나를 표현하고 싶었던 내가 건축을 선택하고 배우는 이유, 나의 꿈이 궁극적으로 '사람'인 이유다.

"너희 때는 안 꾸며도 예뻐."

예전부터 어른들이 늘 하던 이야기다. 도통 이해할 수 없는 말이기도 했다. 내가 가진 것들 중 가장 별로라고 생각할 정도로 내 얼굴이 마음에 차지 않았다. 그러니 안 꾸며도 예쁘다는 표현이 얼마나 말도 안 되는 이야기였는지 모른다.

그런데 시간이 지나고 서서히 말에 담긴 진짜 의미를 깨닫게 되었다. 믿음으로 가득한 눈부신 희망을 품고 있는 사람에게서는 빛이 난다. 그 빛은 어떤 꾸밈보다 사람을 더 반짝이게 해주는 요소다. 나는 그 빛을 스스로 꺼버리는 선택을 한 적도 있다. 타인과 비교하며 스스로를 의심하고 믿지 않게 되었을 때, 사회의 틀에 나를 맞춰 넣기로 했을 때, 나 자신이 아닌 사회로 부터 인정받으려 했을 때 등 나를 잃어가던 날도 있었다. 그때마다 누군가의 응원이, 누군가의 손길이 나를 살렸다. 다시 나만의 빛을 켜는 기회가 되어 주었다.

이제 나 역시 누군가에게 그런 역할을 하고 싶다. 자신만의 모험을 시작하려는 이들을 응원하고 싶다. 아직 21살이기에 내가 지나온 여정에 성공 공식이 있거나 거창한 깨달음과 결론이 존재하지는 않는다. 누구나 고개를 끄덕거릴 결과물을 만든 것도 아니다. 나 역시 아직은 '시작' 단계이고 수확한 것은 별로 없다.

그럼에도 누군가에게는 내가 거쳐온 '시작' 단계의 과정도 큰 도움이 될 거라고 생각한다. 서툴렀던 지난 시간을 솔직하게 공유하고, 그것이 단 한 사람에게라도 닿아 큰 응원의 메시지가 된다면 정말 행복할 것 같다.

어떤 사람들은 우리를 N포 세대라 부르지만, 우리는 무언가를 포기한 게 아니라 사회가 정해놓은 길과 다른 방향으로 달리고 있을 뿐이다. 사회의 기준에는 맞지 않겠지만 나의 기준에는 충분하다. 과거의 기준은 더 이상 우리에게 중요하지 않다. 스스로 포기하지 않으면 그 무엇도 우리를 포기시킬 수 없다. 그러니 좌절하지 말고 자신의 방향으로 끝까지 달려봤으면 좋겠다. 자신의 꿈을 향해 우리 함께 달리자.

CONTENTS

Quest 4.
나의 선택을 믿고 책임지기
"좌절은 해도 포기하고 후회하긴 싫어"

Quest 5.
거리낌 없이 도전하고, 언제나 꿈꾸기
"멈추지 않고, 내가 할 수 있는 것들을 찾아 달려갈 거야"

있는 그대로의 나 인정하기

"공장에서 나오는 기성품이 아닌,
세상 단 하나뿐인 원석"

물속에 기름 같은 아이

나는 어렸을 때부터 어디서든지 이방인 같은 느낌이었다. 유치원 때부터 초등학교, 중학교 때까지 한국에서 지내는 내내 주변 친구들과 다른 세상을 사는 사람이었다. 일단 가정환경부터 달랐다. 내가 유치원에 다닐 즈음 부모님이 이혼을 했다. 언제부터인지 가족이 함께 있는 모습이 낯설었다. 엄마와 아빠가 같이 있는 순간을 볼 수 없었고, 집에 가도 아빠가 보이지 않았다. 조금씩 마음속 불안이 커졌고, 엄마와 차를 타고 가던 중 더이상 참지 못하고 물었다. "아빠랑 헤어진 거 아니지? 아빠 잠깐 어디 간 거지?" 엄마는 꽤 긴 시간 동안 말이 없다가 조심스럽게 대답했다. "엄마랑 아빠는 헤어진 게 맞아."

나는 큰 충격을 받아 그대로 얼어붙을 수밖에 없었다. 아무렇지 않은 척하며 창문을 바라봤지만, 마음속에서 여러 감정이 휘몰아치던 그때가 아직도 또렷하게 기억난다. 이런 이유로 우리 집 구성원은 다른 아이들과 좀 달랐다. 엄마와 둘째 이모, 막내 이모가 함께 살았다.

집안 사정도 좋지 않았다. 내가 태어나기 전부터 엄마는 여러 가지 사업을 시도했는데 몇 번이나 실패했고, 시간이 지나도 나아질 기미가 보이지 않았다. 가장이었던 엄마는 조금이라도 빨리 사업을 정상화하기 위해 밤낮 가리지 않고 일했다. 그래서 집에 들어오는 날보다 들어오지 못하는 날이 더 많았고, 어린 나는 엄마가 아닌 이모와 할머니의 보살핌 아래 대부분의 시간을 보냈다.

혼자 최소한의 생활이 가능한 초등학생이 되자 엄마뿐 아니라 이모들도 바쁘게 일을 하기 시작했다. 모두 일을 나간 집은 늘 비어 있었다. 어린 나이에 아무도 없는 집은 실제보다 훨씬 넓게 느껴져 때로는 무섭기까지 했다. 열쇠를 잊어버려 누군가 올 때까지 문 앞에서 한참을 기다리기도 했고, 발걸음을 돌려 동네 놀이터나 도서관 또는 학교로 돌아갈 때도 있었다.

그런 날들이 늘어나자 학교가 끝나도 습관처럼 집에 돌아가지 않았다. 내게 집은 가족이 반겨주는 곳이 아니라 아무도 없는 외롭고 무서운 공간이었다. 오히려 시간을 함께 보내주는 친구가 있는 학교와 놀이터가 더욱 집 같았다. 그래서 무작정 친구들을 따라다녔다.

친구들은 나와 시간을 보내주는 유일한 사람이었다. 내게 가장 중요한 친구의 조건은 시간이 많은 아이였다. 함께 있을 수 있는 친구라면 같은 반이든 옆 반이든, 처음 보는 아이든, 나이가 많든 적든 상관하지 않았다. 함께 시간을 보내고, 서로의 이야기를 나누는 존재. 가족이 함께해야 하는 모든 것을 친구와 나눴다. 가족보다 편안하고 나를 자주 웃게 만들어주는 친구들에게 더 의존했다. 지금은 그때의 내가 불안정한 상황들을 이해하기에는 많이 어렸다는 걸 알고 있다. 결핍된 것을 스스로 채우기에는 아는 것도, 어른에게 무언가 받아본 것도 적었던 그때의 나를 다시 만날 수 있다면 꼭 미안하다고 말해주고 싶다.

당시 내가 느낀 또 한 가지는 주고받는 마음이 늘 동일한 양은 아니라는 사실이다. 친구들을 의지하고 많이 따랐지만, 모두가 나를 반가워하고 같은 마음을 보여줬던 건 아니다. 나는 소위 말하는 문제아였다. 공부를 잘하는 것도, 수업 태도가 좋은 것도, 조용한 것도 아니었다. 쉬는 시간, 점심시간을 가리지 않고 늘 가장 큰소리로 떠드는 시끄러운 학생 중 하나. 교실이나 복도를 매일 뛰어다니는, 잠시도 가만있지 못하던 아이였다. 지금 생각해 보면 뭐가 그렇게 답답하고 지루했는지 얌전히 걸어 다니는 게 힘들었다. 밝고 활발하다고 하기엔 이곳저곳 쏘다니며 노느라 정신 팔린 고삐 풀린 망아지 같았다. 산만한 데다 성적까지 안 좋고 시끄러우니 몇몇 선생님은 나를 쳐다보지도 않았다.

그러나 선생님이 나를 어떻게 생각하는지는 전혀 중요하지 않았다. 그저 외롭지 않도록 친구들과 오래 함께 있는 것이 가장 중요했다. 학원에 다니지 않았던 나는 친구들이 다니는 학원 앞에서 무작정 몇 시간을 기다리기도 하고, 학원 선생님에게 사정해 하루씩 수업을 듣기도 했다.

학년이 올라갈수록 학원에 다니지 않으니 같이 놀 친구가 없어 12살이 되던 해 엄마에게 부탁해 처음으로 학원에 등록했다. '이제 나도 학원에 다니니까 숙제 이야기도 하고 공부가 싫다는 투정도 부리면서 친구들과 어울릴 수 있겠다'라는 생각에 설렜다. 친구들과 공통점보다 다른 점이 많았던 나에게 드디어 같을 수 있는 '한 가지'가 생긴 것이다.

하지만 처음 다니게 된 학원은 상상과 달랐다. 학교 수업을 제외하면 방과 후 수업밖에 들은 게 없어서, 학원도 비슷할 거라고 생각했는데 엄청난 착각이었다. 학원에서는 짧은 시간 안에 수많은 종류의 교재를 풀고 단어들을 외우고 시험을 봐야 했다. 몇 점 이상 점수를 받지 못하면 통과할 때까지 재시험이었고, 항상 많은 양의 숙제가 주어졌다. 학원에서 배우는 방식이 버거웠고, 뭘 배웠는지 머릿속에 전혀 남질 않았다. 그저 매일 스트레스만 받았다. 나는 학원 하나 다니는 것도 버겁고 힘든데 주변 친구들은 2~3개 이상의 학원에 다니며 과외도 받았다. 공부에 대한 압박감과 스트레스가 없던 나와는 전혀 다른 생활이었다.

내가 적응해야 하는 것이 환경적인 부분만은 아니었다. 사실 나에게 학교는 놀이터였다. 방학 때도 집에 있는 것이 너무 지루해 학교에서 진행하는 프로그램이나 수업을 들었다. 하다못해 도서관에 가서 책이라도 읽겠다는 생각으로 매일 학교에 갔다. 1년 내내 방학이 없는 아이에 가까웠다. 그런데 학원에 가기 시작하면서 체험활동이나 방과 후 활동을 좋아하고, 집에서 공부하는 것보다 친구들과 뛰어 노는 게 중요한 내가 주변 친구들과 얼마나 다른 생각, 다른 모습, 다른 태도를 가지고 있는지 알게 됐다. 친구들이 얼마나 성적에 신경을 쓰는지, 점수 1~2점 차이에 얼마나 예민한지도 깨달았다.

차이를 발견하고, 다수와 다른 나를 느낄수록 '내가 무언가 잘못된 것이 아닐까' 하는 생각이 들었다. 공부에 목숨 걸지 않는 아이, 공부하라고 말하지 않는 엄마까지 모두 이상한 사람인 것만 같았다. '친구 부모님들은 성적 체크도 하고 교과서나 숙제 검사도 하는데 왜 우리 엄마는 나한테 아무 소리도 안 하지? 혹시 나한테 관심이 없는 건가?' 생각하면서 엄마에게 혼자 서운해하는 지경이 됐다.

나는 높은 점수보다 낮은 점수를 받는 일이 더 많았는데, 엄마는 단 한 번도 점수를 가지고 야단친 적이 없다. 오히려 친구들보다 점수가 낮아 속상해하고 있으면 "진아, 목표를 향해서 열심히 노력했던 과정이 제일 중요한 거야. 그러니까 속상해할 필요 없어"라며 결과보다 과정에 집중하라고 이야기해 주셨다.

점점 더 학년이 올라가고 학교에서 학업이란 것이 얼마나 큰 의미인지 인지하기 시작했을 때도 엄마는 늘 "학교는 우리가 살아가는 사회에서 지켜야 할 약속을 배우고 경험하는 곳일 뿐, 학습 능력을 평가받는 곳이 아니야"라고 말씀하셨다. 학교에서는 기본을 이해하고 해내는 게 중요하다고 말이다. 기본이 탄탄하면 훗날 어떤 선택을 하더라도 충분히 응용할 수 있으니 걱정하지 말라는 엄마의 설명이 당시에는 잘 이해되지 않았다. 친구들과 선생님의 이야기와 너무 달랐으니까.

이제는 안다. 학교나 사회에서 좋은 성적과 결과를 얻어야만 괜찮은 사람이 되는 것은 아니다. 나를 만드는 것은 결과가 아니라 그 과정에서 스스로 이해한 것, 느낀 것, 얻은 것들이다. 결과가 전부라는 사회의 기준과 시스템에 맞춰 훈련받으면 성능 좋은 로봇이 될 뿐이다. 그건 나뿐 아니라 누구여도 상관없는 모습이다. 이 모든 것을 피해 정말 나다운 사람이 되려면 내가 원하는 것, 좋아하는 것이 무엇인지 내면의 소리에 귀를 기울여야 한다. 더불어 기본 규칙을 익히고, 타인과 함께하는 방법을 배워야 한다. 그것이 온전한 나로서 남과 함께 사는 삶의 바탕을 만드는 과정일 것이다.

있는 그대로의 나 인정하기

어린 시절 나는 그저 즐겁게 놀고 싶었다. 내가 좋아하는 것을 찾고, 경험하고 싶었다. 하지만 친구들은 공부가 아닌 다른 것의 의미를 잘 찾지 못했다. 90점을 받아도 100점이 아니라며 서러워했다. 결과가 없으면 과정에서도 얻는 것이 없다고 생각했다. 그러나 사회가 그려놓은 이상적인 기준 혹은 잘한다고 평가하는 기준에 맞지 않는다고 틀린 것은 아니다. 유일무이한 나, 세상에 단 하나뿐인 나를 꿈꾸는 것이 좋은 점수보다 더 큰 수확이라고 생각한다. 이런 생각이 그때도 지금도 나를 좀 더 다른 아이로 만들어주는 요소가 아닌가 싶다.

목표를 향해 질주하는 과정이 소중해

나를 설명할 때 중학교 시절을 빼놓을 수 없다. 지금의 나보다 더 용감하고 무식해 무엇이든 과감하게 달려들던 때였다. 중학교 생활은 생각 이상으로 재미있었다. 1학년 때는 '자유학기제'였는데, 일반 교과 수업 중심이 아니라 다양한 외부 활동과 동아리 프로그램 등 진로 탐색을 우선으로 하는 학습 제도였다. 그렇기에 중학생이 되어서도 공부에 대한 압박감은 제로에 가까웠다. 오히려 체육 관련 활동과 동아리 활동 등 다양한 경험이 학교 생활을 더욱 즐겁게 만들어주었다. 이때는 동급생뿐 아니라 선생님부터 학교에 있는 대부분의 사람들이 내 친구 같았다.

하지만 중학생 때도 학원에 다니지 않는 아이는 없었다. 어쩌면 학교보다 더 당연하게 갔던 곳이 학원이었다. 결국 초등학생

때와 마찬가지로 주변을 따라 학원에 가야만 친구들과 시간을 보낼 수 있었다. 중학생의 학원 수업은 초등학생 때와는 또 달랐다. 저녁 6시부터 10시까지 꽤 오랜 시간 학원에 있어야 했다. 학교에서 매주 수행평가와 시험을 보고, 학원에서 10시까지 공부를 하는 게 죽을 만큼 싫었지만, 학원에 가지 않으면 하루를 같이 보낼 친구가 없었다.

학원을 다녀야만 했던 또 다른 이유도 있었다. 학교 선생님이 수업하면서 "내가 이런 것까지 알려줘야 해? 이런 거는 다 학원에서 진도 나가는 거야"라고 하시는 게 아닌가. 학원에 다니는 것이 당연하다는 말에 큰 충격을 받았다.

이때를 기점으로 학교 수업을 반쯤 포기했다. 오로지 놀겠다는 생각 하나로 가장 친한 친구가 다니는 학원에 등록했고 나름 꾸준히 다녔지만, 성적이 크게 오른 적은 없었다. 오히려 노는 데에 더 집중해서 그런지 매번 인생 최악의 점수를 경신하곤 했다.

그러나 학교는 내가 생각했던 것보다 더 치열하고 무서운 곳이었다. 나도 모르는 사이 '공부하지 않는 건 인생 낙오자가 되는 지름길'이라는 생각이 자리 잡았다. 나처럼 학교를 재미있는 놀이터로 생각하는 아이가 없었다. 그러다보니 나 역시 다른 아이들과 같은 방향으로 생각이 변했고, 좋은 점수를 받기 위해 노력하게됐다. 수학 학원에 가서 선생님을 붙잡고 진지하게 "왜 이렇게 푸는 건가요? 어떻게 응용해야 하는 건가요? 답은 왜 이렇게 나와

요?"라고 수없이 물었다. 공부를 해보겠다는 의지의 표현이었다. 그러나 돌아오는 대답은 한결같았다. "그냥 외워. 그게 빨라" 혹은 "이해하려 하지 마."

이해하지 못하는데 어떻게 문제를 풀 수 있는지 도무지 알 수가 없었다. 100점을 맞는다고 해도 스스로 이해하고 푼 게 아니라면 0점을 맞는 것보다 창피하고 찝찝하지 않을까. 모두가 하라는 대로 답을 외워서 좋은 점수를 받는 게, 마치 남의 것을 흉내내는 것 같아서 떳떳할 수 없었다. 그래서 더욱더 이해가 안 되는 건 그냥 넘어가지 않으려고 고집부렸던 것 같다. 결과만 보면 많은 이들에게 지는 나였지만, 과정에서만큼은 누구보다 진심인 마음을 버리고 싶지 않았다.

내 집요함이 느껴졌는지, 한번은 학원 원장 선생님이 하루 종일 특별 수업을 해주셨다. 이해할 때까지 설명해 주셨고, 계속 반복해서 알려주셨다. 결국 모르던 문제를 풀 수 있게 됐다. 이때를 기점으로 문제 풀이가 가능해졌고, 중학교 1학년 1학기 첫 중간고사를 준비하면서 더 열정적으로 공부했다. 드디어 중간고사 전날, 학원에서 마지막 정리를 하고 집에 돌아가는 길에 원장 선생님에게 "내일 수학 100점 맞을 거예요"라고 자신 있게 말했다. 원장 선생님은 내 말을 전혀 믿지 않는다는 표정으로 웃었지만, 나를 응원해 주는 선생님의 마음을 알기에 더 당당하게 굴었다.

대충 푸는 시늉만 하다가 그림 그리듯 답을 찍는 게 아니라 배운 대로 한 문제씩 차분히 풀었다. 학생이 된 후 열정적인 자세로 문제를 푼 시험은 처음이었다. 그런데 점수는 16점. 지금도 기억나는 시험 점수다. 동네를 돌아다니고 떡볶이와 빵을 사 먹고 놀이터에서 뛰어놀 시간을 모두 반납한 채, 밤 10시까지 학원에서 공부하고 난생처음 문제집까지 풀었는데 16점이라니. 억울해서 눈물이 났다. 찍은 것도 아니고 최선을 다해 열심히 풀었는데 16점이라는 점수를 받았다는 사실이 너무 창피했다. 심지어 시험과목 중 공부를 포기하고 찍은 한자는 24점을 맞았다. 공부도 안 하고 찍은 과목은 24점인데 땀 흘려 공격적으로 푼 과목은 16점이라니. 씁쓸하고 처참한 마음이었다.

만족스러운 결과를 얻기 위해 최선을 다해 노력했는데도 결과는 기대와 달랐다. 너무 속상했는데, 시간이 지나니 괴로워야 할 일이 아니라 당당하게 기뻐해야 하는 일임을 깨달았다. 누군가에 의해서, 강요로 공부를 한 게 아니었다. 스스로 원했고, 직접 목표를 설정한 후 달성하기 위해 노력했다는 사실. 그것을 위해 애쓴 과정 속의 내가 꽤 멋져 보였다.

학교에 다니며 이루고 싶은 목표가 없어서 굳이 좋은 성적을 받아야 할 필요성을 느끼지 못했다. 특정 고등학교를 가고 싶다는 목표도 없었다. 고등학교를 선택하기 전에 내가 원하는 꿈을 찾고 싶었다. 해야만 하니까 하는 것이 아니라, 하고 싶은 것을 찾아서 그에 맞는 고등학교로 진학해야겠다는 생각이 가장 컸다. 좋은 성적을 받는 것보다 가슴 뛰는 일을 찾는 것이 더 중요했다. 가슴 뛰는 목표가 생기면 그것을 향해 질주할 자신이 있었다.

16점을 맞은 아이. 성적에 대해 어떤 이야기도 하지 않는 부모에게 모두가 의심스러운 눈초리와 이해할 수 없다는 시선을 쏟아냈다. 선생님과 친구들에게 "너 나중에 정말 어떡하려고 그러냐"라는 소리를 익숙하게 듣곤 했다. 진심 어린 걱정의 눈빛과 한심스럽게 바라보는 눈빛이 모두 있었다. 그들에게 언제나 그랬듯 걱정 없는 웃음을 보여주었다. 나는 내 미래가 전혀 걱정되지 않았다.

괜찮은 점수를 받겠다는 단기 목표를 위해 공부했고, 그 과정에서 나는 한순간도 지치지 않았다. 오로지 목표를 위해 직진했다. 어느 때보다 집중하고 즐거워하며 목표에만 몰입했다. 이루고 싶은 목표가 있다는 것이 나에게 어떤 힘을 만들어내는지 어렴풋하게 느낄 수 있었다. 그때부터 단 몇 시간, 며칠이 아니라 인생 전부를 던질 수 있는 가슴 뛰는 목표를 찾겠다고 다짐했다. 결과에 집착하기보다 내가 좋아하는 것을 찾는 일에 집중해야 진짜 나를 잃어버리지 않을 수 있다는 생각이 들었다. 어쩌면 나의 본능이 보낸 경고 사인이 아니었을까 싶다.

나를 잃고 싶지 않아 떠난 유학

내가 기억하는 엄마는 언제나 바빴다. 인생의 멘토 같은 사람이지만 엄마와 함께 보낸 시간이나 기억은 그리 많지 않다. 나를 키우기 위해 일하느라 집에 계실 수 없다는 걸 알면서도, 가끔은 참 외로웠다. 새벽까지 누군가 오기를 기다리다 지쳐 잠이 들거나 아침에 눈을 떠 엄마나 이모가 자는 모습을 보면서 혼자 학교에 갈 준비를 하는 일도 잦았다. 아무도 없는 집에서 밤을 지새워보기도 했고, 배고플 땐 분식집 아주머니나 문방구 아저씨를 찾아가기도 했다. 그분들이 나에게 더 엄마 같고 아빠 같았다. 초등학생이던 나는 이런 생활이 너무 외로웠고, 막연히 혼자라는 게 무서워 울던 날도 많았다.

중학생이 되면서 본격적인 사춘기가 시작되었다. 어느 순간부터 혼자가 익숙해졌고, 외로웠던 어린 시절 기억들이 떠올라 무의식적으로 가족들을 밀어냈다. 친구들의 가족과 비교하면서 아빠와 헤어진 엄마를 미워하기도 했고, 친아빠 대신 다른 아저씨와 있는 엄마를 창피해하기도 했다. 친구들이 엄마 아빠와 같이한 추억을 이야기하면 나는 가지고 있는 추억이 없어 화가 날 때도 많았다. 그래서 중학교 때는 더 집에 있으려 하지 않았다. 오로지 친구들과의 관계에만 집중했다. 내 사촌의 얼굴은 몰라도 친구들의 가족이나 친척은 누구보다 잘 알 정도였다. 그렇게 중학교 1학년이 끝나가고 있었다.

그즈음, 엄마는 본격적으로 유학 이야기를 꺼냈다. 내 머릿속에는 '절대 가고 싶지 않아'라는 단 한 가지 생각만 떠올랐다. 그때부터 엄청난 반항이 시작됐다. 가족들보다 더 가족 같은 친구들을 떠나라고 하니 마음속에 쌓인 분노와 서운함 등 여러 감정이 엄마를 향한 미움과 반항으로 표현됐다.

반대로 엄마 입장에서는 그런 내 모습이 충격이었다고 했다. 사실 초등학교 때부터 유학을 보내달라고 노래를 불렀던 건 나였다. 한국의 교육 현실이 나와 잘 맞지 않는 것 같았다. 그랬던 아이가 친구들과 함께 학교에 다니고 싶다며 반항하고 있으니 엄마는 혼란스러울 수밖에 없었다.

게다가 나는 자신도 모르는 사이에 점점 한국의 기준과 유행에 맞춰 변해갔다. 마른 몸과 하얀 피부가 부럽다며, 엄마에게 피부가 하얘지는 백옥 주사를 맞게 해달라고 떼를 쓰기도 했다. 시험 기간이 되면 주변 사람들과 경쟁하며 숫자에 집착했다. 혼자 뒤는 행동을 하지 않으려고 눈치를 보며 모두가 하는 대로 나를 바꿔갔다. 엄마는 아직도 그때의 내 모습을 옆에서 지켜보는 것이 지옥 같았다고 한다.

나중에서야 알게 된 거지만 엄마가 나를 유학 보내야겠다고 다짐한 건 내가 초등학교 때였다. 어느 날 학교에 다녀와 엄마한테 물어본 말이 원인이었다.

"엄마, 우리 집은 몇 평이야? 친구들이 나 몇 평 사냐고 물어봐."

"엄마, 친구가 자기 가방은 캘빈클라인인데 나는 브랜드 가방 없는지 물어봐."

무의식적으로 비교가 익숙해지는 아이, 타인의 시선에 자신을 맞추려고 애쓰는 아이로 만들어 상처받게 두고 싶지 않은 마음이었다. 그러나 엄마의 마음을 몰랐던 나는 지지 않았다. 누구도 물러서지 않는 신경전이 몇 주간 이어졌다. 큰 계획이나 이유가 있어서 유학을 거부한 것은 아니었다. 그저 중학생이 되고 새롭게 시작된 세상이 재미있었다. 그 세상에 적응하고 있었기에 또 다른 변화는 원치 않았다.

유학 문제로 엄마와 다투고 반항하기를 반복했다. 그러던 어느 날 엄마에게 "나 한국에서 계속 학교 다니고, 예고로 진학할 거야"라고 말했다. 그러자 엄마는 내게 한 번도 한 적 없는 말들을 쏟아냈다. 그때의 엄마 모습은 낯설고 충격적이었다. 한 번도 나에게 격하게 소리치거나 화를 낸 적 없었던 엄마가 처음 내뱉은 말이라 더 크게 느껴졌던 것 같다.

"고작 생각해낸 게 예고 가겠다는 거야? 거기 가서 뭐 할 건데? 나중에 취업이 쉬울 거 같아? 지금 네 성적으로 그게 가능할 거 같아? 그렇게 사는 게 쉬울 거 같니? 도대체 머리에 든 게 없어!"

이 말을 들으면서 서럽고 화나는 마음에 오열했다. 한참을 울게 둔 후에 엄마는 조용히 나를 안고 물었다. "네가 한국에서 살면 지금 엄마가 한 말들을 계속 들어야 해. 고등학교에 진학해서도, 대학에 입학해서도, 회사에 들어가서도 비교당하고 틀에 갇혀 살아야 하는데, 그렇게 살 자신 있어?"라고. 말하는 엄마도 가슴이 아프지만, 앞으로 겪어야 할 시간이 어떨지 너무 잘 알기에 하는 이야기라고 했다. 엄마뿐 아니라 주변 어른, 선생님, 혹은 친구들에게까지 이런 말을 들으며 상처받을 딸의 모습을 볼 자신이 없다고 했다. 엄마의 진심 어린 말을 들으며 나 역시 그런 날들을 살 자신이 없다는 생각이 들었다. 결국 엄마와의 신경전은 나의 항복으로 마무리됐고, 중학교 1학년이 끝나면 바로 유학을 떠나기로 했다.

고집을 버리고 유학을 결정하니 시험에 신경 쓰지 않아도 됐고 알게 모르게 받던 학업 스트레스가 사라지며 마음이 편해졌다. 그제야 깨달았다. "아, 여기는 내가 있을 곳이 아니었구나."
쓸쓸하면서도 속이 시원했다.

조금씩 호주로 떠날 준비를 시작했다. 나름대로 영어도 배워
보려고 미국 드라마를 보면서 공부했다. 그러나 큰 수확은 없었
다. 호주로 떠나기 한 달 전, 2주 동안 1:1 영어 수업을 들었는데
이 방법 역시 마찬가지였다. 교재를 붙잡고 오래 본다고 입에서
영어가 잘 나오는 것은 아니다. 오히려 문법과 규칙 위주로 배우
다 보니 영어가 머릿속에서 엉켜 말하는 것이 더 어려웠다. 내가
내뱉는 말들의 문법이 틀리지 않았을까 하는 두려움에 눈치도 보
게 됐다. 언어는 자신을 표현하는 가장 직접적인 수단이다. 그렇
기에 언어를 가지고 놀면서 의사 전달 용도로 활용해야 하는데,
오히려 언어에 겁을 먹으며 스스로를 숨기기 바빠졌다. 한번 잘
못 생긴 습관은 고치는 데 더 오랜, 더 많은 노력을 요구한다. 나
역시 언어에 대한 두려움에 꽤 오랜 시간 괴로워했다.
　물론 현실로 닥치기 전까지는 호주에서 생활하면 영어는 금
방 배울 수 있을 거란 막연한 자신감이 있었다. 동시에 호주에서
의 생활이 지금보다 얼마나 자유로울지 상상하며 가슴 설렜다. 그
렇게 내 앞에 어떤 날들이 펼쳐질 것인지 단 1퍼센트도 예상하지
못한 채 기대를 품고 호주로 떠났다.

투명 인간 벗어나기

2016년 1월, 13시간이 넘는 시간을 날아서 도착한 호주는 얼굴도 제대로 못 들 만큼 눈이 부셨다. 해가 쨍쨍하고 하늘도 파랗고 맑았다. 마치 겨울에서 여름으로 순간이동한 느낌이었다. 더운 호주와 첫인사를 하며 설레었던 것 같다.

2월 입학 전까지 이모와 함께 시내 도서관, 쇼핑몰, 마트 등 온갖 곳들을 돌아다니며 호주와 친해지려 노력했다. 그러나 "헬로, 마이 네임 이즈…"만 간신히 가능하던 시절이었기에 햄버거 하나를 주문하기 위해 카운터 앞에 서는 데 30분이 걸리는 게 현실이었다. 평생을 검은색 머리와 검은색 눈을 가진 사람들밖에 보지 못했는데, 하루아침에 금발과 파란 눈을 가진 사람들의 세상에 떨어졌다. 그들과 아이 콘택트를 하는 것도 나에게는 정말 용기가 필요한 일이었다. 그런데 눈도 맞추고 말까지 해야 하는 주문이라니. 앉은 자리에서 핸드폰을 켜고 '영어로 햄버거 주문하는 법'을 미친 듯이 검색해 결국 내가 한 말은 "치즈 버거 플리즈"였다. 그 정도로 영어에 대해 아는 것이 하나도 없었고, 그만큼 자신감도 쭉쭉 내려갔다.

시간은 정직하게 흘렀고 드디어 2월이 되었다. 떨리는 마음으로 호주 학교에 등교했지만 그날 내가 하루 종일 한 말은 한마디도 안 됐다. 한국에서는 말이 너무 많아 수업 시간에 선생님들한테 혼이 나고 벌서는 게 일이었던 내가 한마디도 내뱉지 못하니 답답해 미칠 지경이었다. 말을 못 하는 것뿐만 아니라 손가락을 까딱하거나 고개 한 번 돌리는 것도 어려웠다. 과도하게 긴장한 탓인지 지나가는 아이들과 눈도 마주치지 못했고, 마치 인간들 사이에 초대받지 못한 외계인이 된 기분이었다. 실제로 동양인은 거의 찾아보기 힘든 학교라 모두 나만 쳐다보는 느낌이었다.

배정받은 반은 학생이 채 20명도 안 됐는데, 8학년 담임 선생님이 나를 소개하자 아이들의 표정이 무섭게 변했다. 환영은커녕 따가운 눈빛만 받아야 했다. 자리와 사물함이 생겼지만, 그렇다고 반 친구들 사이에 내가 있을 자리까지 만들어진 것은 아니었다. 국제 학생들과 전학생이 많이 왔다가는 학교여서 그런지 친구들은 나를 짧게 있다 떠날 아이라고 생각하는 듯했다.

그때부터 '호주에서 학교 다니기'는 어려운 미션이 됐다. 우선 영어를 못하는 내가 너무 싫었다. 마음 같아서는 친구들에게 말도 걸어보고 인사도 해보고 싶었지만, 실제로는 입에서 어떤 말도 나오지 않았다. 용기 내 기어가는 목소리로 말을 건넬 때마다 무시당했다. 동양인이어서 그랬던 건지 아니면 없는 사람보다 조용한 내가 한심했던 건지 모르겠지만 아무도 나와 엮이고 싶어 하지 않았다.

호주 유학 중 가장 힘들고, 외로웠던 때였다. 혼자 있는 걸 무서워하고 싫어했는데, 호주에 와서는 혼자 있는 걸 가장 좋아하는 사람이 될 수밖에 없었다. 의사를 물어봐도 내 감정을 설명하지 못하니 항상 좋다고, 알았다고 말하는 아이. 모든 상황에서 분위기를 살피며 눈치만 보는 아이. 여자아이들은 모이면 내가 얼마나 한심한 애인지 욕을 했고, 나중에는 내 앞에서도 거침없이 내 이야길 했다. 그럴 때마다 나는 못 들은 척, 이해하지 못하는 척해야 했다.

한 아이가 "나는 쟤처럼 조용한 애들이 가장 싫어. 벙어리 같잖아"라고 하면, 조금은 착한 애가 "야! 바로 앞에 있는데 그렇게 말하면 어떡해"라고 했다. 그러면 주위 아이들은 별문제 아니란 듯 "어차피 못 알아듣잖아"라고 말하며 웃었다. 이런 상황에서 어떤 말도 입 밖으로 내뱉지 못하는 내가 점점 싫어졌다. 생각하면 할수록 스스로가 한심했다. 외국 아이들의 눈을 보는 게 무

서워 땅바닥만 보고 걸어 다녔고, 어깨는 자연스레 움츠러들었
다. 그렇게 1년이 지나니 나는 자연스럽게 학교에서 투명 인간이
되어있었다. 스스로 사람들을 피하고 멀리하고, 결국 포기하기에
이르렀다.

하루는 평소에 인종차별하고, 나를 괴롭히던 흑인 남자아이
가 수업 시간에 종이를 던져 내 머리를 맞추는 놀이를 시작했고,
주변 남자아이들 모두 함께했다. 지금 생각해 보면 철없는 남자
아이들의 의미 없는 장난일 수도 있지만, 그때는 그렇게 느껴지
지 않았다. 억울하고 서러운 감정이 쌓이고 쌓여 터지기 일보 직
전이었다. 항상 괴롭힘을 당했고, 어떤 반항도 하지 못해서 아이
들은 나를 '언제든 건드려도 괜찮은 애'로 인식했다. 그러니 매번
이런 식의 장난을 했고, 이번에도 다르지 않았다. 눈치 보고 겁먹
어서 "난 괜찮아"라고 말할 거라 생각한 모양이었다.

그동안 그 남자아이가 나를 이름 대신 "야, 동양인"이라고 부
르고, 자기보다 아래인 심부름꾼처럼 부려먹어도 항상 괜찮다고
했다. 가까이에 있어 자기들이 하는 말이 들릴 걸 알면서도 비웃
고, 장난감 취급해도 참았다. 그런데 그날은 모든 것에 너무 화가
났다. 그들은 비겁했고, 그 와중에 어떤 말이나 행동도 하지 못하
고 가만히 앉아 있는 나 자신은 너무나도 비참했다. 결국은 내가
나를 방관한 것이다. 나를 따돌리던 애들에게 동조해 나 역시 스

스로를 괴롭히고 있었다. 그 사실을 깨닫자 누굴 위해서, 무엇을 위해서 참고 있는지 이해할 수 없었고, 이대로 시간을 흘려보내면 트라우마가 생길 것 같았다. 머리끝까지 차오른 화가 높은 성벽 같던 두려움을 깨트려 버렸다. 그 순간을 이겨낼 거란 다짐보다는 자신도 모르는 사이 본능적으로 튀어나온 행동이었다.

남자애의 멱살을 잡고 무작정 흔들었다. "내가 하지 말랬지"라고 말하며 나를 맞춘 종이를 구겨 그 아이 셔츠 안으로 집어넣었다. 순간 내가 한 행동은 나조차 믿을 수 없었다. 자기소개도 버겁던 내가 어떻게 그 상황에서 떨지 않고, 또박또박 영어로 소리쳤는지 지금 생각해도 신기한 일이다. 사고 쳤다는 걸 본능적으로 느꼈고, 아무렇지 않은 듯 다시 앞을 바라보고 문제를 푸는 척했지만 내 손은 아무것도 할 수 없을 정도로 떨렸다.

그날 밤, 그 아이에게 더 심한 말을 하지 못하고, 그동안의 괴로움을 제대로 돌려주지 못했다는 생각에 눈물이 났다. 마음 한 구석에서는 두려움도 있었다. 여자친구들 사이에서 입방아에 오르내릴 것이 뻔했고, 남자아이들에게서 더 짓궂은 행동이 돌아올 거라는 사실도 눈에 선했다. 그렇다고 되돌릴 수 있는 일도, 수습할 수 있는 일도 아니었다. 속상하고, 무서운 마음과 통쾌하고 시원한 마음 사이에서 갈팡질팡하며 잠이 들지 못했다.

눈물로 지새운 밤이 지나자 한 가지가 명확해졌다. 내가 변해야 한다는 것. 내가 어떤 짓을 해도 그들은 나를 친구로 받아주지 않을 것이다. 이전에도 앞으로도. 그렇다면 이왕 이렇게 된 거 오히려 더 미친년이 되자 마음먹었다. 아무도 건드릴 수 없게 만들자는 각오가 생겼다. 내가 변하지 않으면 그동안 겪은 일들이 더 나쁘고 심각한 상태로 반복될 확률이 높았다. 적어도 싫은 건 싫다고, 하고 싶지 않은 건 하지 않겠다고 말하는 나로 변하고 싶었다. 그동안 잃어버렸던 목소리를 찾을 날이 온 것이다.

지금까지처럼 산다면 곧 나라는 사람이 세상에 존재한 적 없던 사람처럼 사라질 것 같았다. 남의 눈치를 보면서 내 인생의 각본을 이렇게 볼품없게 써 내려가자니 억울했다. 나는 죽을죄를 지은 사람이 아니었다. 그러니 이런 식으로 살아야 할 이유가 없었다. 이렇게 살다간 분명 짧은 시간 안에 미쳐버릴지도 모를 일이었다.

그때부터 영어에 목숨을 걸기 시작했다. 잠에서 깨서 다시 자기 전까지 영어사전과 번역기를 손에서 놓지 않았다. 숙녀 같은 우아하고 정직한 영어는 배우고 싶지 않았다. 최대한 껄렁거리고 현지인 같은, 우리말로 치자면 구수한 사투리를 배우고 싶었다. 누구도 위화감 없이 나와 재미있고 편하게 대화해 주길 바랐다. 그래서 영화와 음악에 나오는 영어 표현들과 잡지에서 나오는 '최신 유행' 단어들을 찾아 보았다. 다행히 어렸을 때 엄마가 알게 모르게 나에게 보여주고 들려주었던 미국 드라마와 팝송 덕분에 듣는 어려움 없이 쉽게 영어 공부를 시작할 수 있었다.

학교를 배경으로 한 영화를 틀어놓고 거기에 나오는 주인공들의 대사를 통으로 외웠다. 무슨 뜻인지 모를 때는 한 장면을 질리도록 다시 보고 또 봤다. 〈플립(Flipped)〉이라는 영화를 하도 많이 봐서 주인공들 대사뿐 아니라 지문까지 완벽히 외워버릴 정도였다. 이해하지 못하면 흉내라도 내려 했다.

영어를 유창하게 하는 것만큼 나에게 중요한 것이 하나 더 있었다. 바로 캐릭터였다. 더 이상 조용하고 순종적인 여자애는 싫었다. 자신감 넘치고 용감하며, 크고 당당하게 자신의 목소리를 낼 줄 아는 캐릭터이고 싶었다. 그래서 영어 공부를 하며 마인드 컨트롤도 같이했다. 꿈꾸는 모습을 매일 머릿속에 그리며 나를 무시했던 친구들의 코를 납작하게 눌러주는 상상을 했다.

스스로 해야 할 이유를 찾고, 하고 싶은 마음을 가지니 해내고 말겠다는 의지가 생겼다. 그러자 그렇게 늘지 않던 영어 실력이 급격하게 늘었다. 역시 나를 움직이는 원동력은 나 자신이라는 사실을 또 한 번 깨닫게 됐다.

스스로를 지키고 싶은 마음

나의 영어 자신감을 키워준 또 다른 스승은 옆집에 사는 베아트리체 할머니와 계단 건너에 사는 알렉스 할아버지였다. 호주에 도착하고 처음 인연을 맺은 사람들이다. 두 분은 20년 가까운 시간을 이곳에서 사셨다.

젊은 시절 메이크업 아티스트였던 베아트리체 할머니는 소녀 감성을 가진, 감수성이 풍부한 분이었다. 호주 문화에 대해 많이 알려주셨는데, 특히 엘비스 프레슬리 음악을 좋아해서 LP를 들으며 이야기를 나누었다. 알렉스 할아버지는 헝가리에서 오신 분이었다. 젊은 시절에는 군인이었고 나이가 들어서는 택시 드라이버로 꽤 오래 일을 하셨다고 했다. 종종 나와 이모를 태우고 동네를 드라이브하거나 맛집에 데려다주곤 하셨는데, 할아버지 성격처럼 운전하는 스타일도 정말 터프했던 기억이 있다. 처음에는 이모와 내가 영어를 잘 못했기 때문에 대화가 쉽지 않았는데도 끊임없이 이야기를 나누고 많은 걸 보여주고 알려주기 위해 노력하셨다.

남자애 멱살을 잡았던 사건 이후 무작정 베아트리체 할머니와 알렉스 할아버지를 찾아가 영어를 배우고 싶다고 이야기했다. 당장이라도 영어를 마스터하고 싶어 아주 간절한 마음으로 할아버지와 할머니에게 부탁했다. 할아버지와 할머니는 "당연하지. 언제든지 찾아와도 괜찮아"라고 말씀해 주셨다. 그날부터 하루도 거르지 않고 두 분을 찾아가 책을 읽으며 영어를 배웠다. 영어로 대화하며 일상생활을 나누고, 배운 영어를 복습하기도 했다. 실제 대화를 나누다 보니 영어로 말하는 것에 대한 두려움도 조금씩 없어지기 시작했다.

특히 알렉스 할아버지는 영어에 대한 지식보다 '자신감 있게 말하는 법'에 대해 알려주었다. 문장을 완성해서 이야기해야 한다는 강박이 있었는데, 알렉스 할아버지와 대화하면서 점차 부담을 내려놓을 수 있었다. 내가 자신감 없는 모습을 보이거나 훌쩍거릴 때는 탈골될 정도로 내 어깨를 두드리며 "목소리 더 크게! 어깨도 더 넓게 하고 다녀! 너는 누구보다 강하다는 걸 잊으면 안 돼"라고 이야기해 주셨다. 덕분에 내 영어 스타일은 알렉스 할아버지를 닮아 있다.

20년 가까이 이웃이자 친구로 지내온 베아트리체 할머니와 알렉스 할아버지는 만날 때마다 티격태격 다투셨다. 그럼에도 두 분은 늘 서로의 집에 놀러 갔고, 함께 헝가리 전통음식을 나눴다. 할머니만의 마법 같은 음식 맛은 아직도 잊을 수 없다. 우리는 마치 한 가족처럼 함께 저녁을 먹었고, 두 분은 "너희는 우리에게 최고의 가족이야"라고 말해주셨다.

호주에서 맞이한 생일에는 이모와 할머니, 할아버지가 서프라이즈 이벤트도 열어 주셨다. 지금도 생생하게 기억난다. 한창 호주 생활에 적응하기 힘들어 나 자신이 한심하게만 느껴지던 시기였는데, 누군가의 따뜻한 축하를 받으니 그 자체로 너무 행복했다. 행복함이 밀려오는 것과 동시에 쌓였던 설움이 터지며 대성통곡을 했다. 태어나 누군가의 앞에서 그렇게 목놓아 울어본 건 처음이었다. 베아트리체 할머니와 알렉스 할아버지는 포기하고 싶던 나에게 많은 의지와 힘이 되어준 나의 스승들이자 가장 친한 친구들이었다.

두 분도 너무 소중하지만, 이 시기의 나를 살게 해준 사람은 함께 호주에 온 이모였다. 이모는 20살 즈음 중국 유학을 가고 싶다며 혼자 모든 준비를 끝내고 무작정 중국행 비행기에 오른 적이 있었다. 배움에 있어 누구보다 열정적인 이모였지만, 혼자 간 중국에서 향수병이 심했다. 말이 통하지 않는 곳에서 외로움도

심했지만 자신의 생활방식과는 정반대인 중국 문화에 적응하기 힘들어 밥도 제대로 먹지 못했다. 가족이 너무 보고 싶어 하늘에 떠있는 비행기를 볼 때마다 눈물을 흘리기도 했다고 한다.

어린 나이에 겪었던 유학 생활이 얼마나 힘들고 서러운 지 알기에 이모는 나를 많이 안쓰러워했다. 그래서 무엇이든 해주고 싶은데, 마음만큼 해줄 수 없어 미안하다고 했다. 그러나 만약 이모가 없었다면 나는 그 시간 속에서 무너져 내렸을 것이 확실하다. 이모는 버팀목이자 내가 신체적으로 건강할 수 있었던 원동력이었다.

호주 유학을 다녀왔다고 하면 가장 많이 듣는 질문 중 하나가 "음식은 입에 잘 맞았어요?" "향수병 같은 거는 없었어요?"다. 그럴 때마다 "음식 때문에 힘든 적은 한 번도 없었어요. 워낙 초딩 입맛이라 튀긴 것도, 느끼한 것도 다 잘 먹는 체질이거든요"라고 말했지만, 이제 와서 돌아보니 잘못된 대답이었다. 나는 초딩 입맛도, 느끼한 것을 잘 먹는 체질도 아니었다. 이모가 언제나 따뜻한 쌀밥과 내가 좋아하는 국을 만들어줬고, 한국 음식들이 냉장고에 채워져 있었기 때문에 불편함을 느끼지 못한 것이다.

이모는 단 하루도 빠지지 않고 매일 새벽 나를 위해 도시락을 싸주셨다. 울적한 날, 기분이 바닥을 친 날이면 이모만의 특별 레시피로 마법처럼 기분 좋은 식탁을 선물해 줬다. 기분전환을 위해 여러 곳을 함께 가주기도 했다. 호주의 해변도, 경치 좋은 산도, 맛있는 식당도 이모의 노력 덕분에 경험할 수 있었다.

호주에서 지낸 초반에는 늘 외롭고 우울했다. 마음의 벽을 허물지 않고 나를 혼자인 상태로 고립시켰다. 이모는 아무것도 모른다며 짜증을 내기도 했고, 나를 이해해 주지 않는다며 문을 박차고 뛰어나간 적도 있다. 그럴 때마다 이모는 찐이의 방식으로 사랑한다 말해주지 못해 미안하다며 되려 사과를 해주었다. 이모는 내 보호자로 호주에 온 것도 있지만, 또 다른 목표가 있었다. 다른 세상을 배우고 경험하기 위해 호주의 학원이나 대학교를 알아보고 있었다. 하지만 나를 챙기기 위해 그런 목표는 우선순위에서 밀려났고, 최대한 나와 많은 시간을 보내기 위해 애썼다.

당시에는 어린 마음에 이모의 노력이나 사랑이 잘 보이지 않았다. 하지만 시간이 지나고 나니 이모가 내 옆에 없었더라면 호주에서 단 한 순간도 살 수 없었을 거라는 생각이 든다. 나의 모든 순간에, 내가 나를 믿지 못할 때조차 이모는 조용하지만 단단하게, 변함없이 나를 지지하고 사랑해 주고 있었다.

그런 사랑을 받으니 나 역시 스스로를 믿고 싶은 마음이 생기기 시작했다. 알렉스 할아버지의 말대로 나의 목소리를 낼 때가 나답고 멋있었다. 또다시 인종차별을 당하고 무시를 당하면서도 침묵하기는 싫었다. 괜찮지 않았기에 괜찮지 않다고 말하는 법을 꼭 배울 거라고 다짐했고, 그런 일이 다시는 나에게 일어나지 않게 하겠다고 스스로와 약속했다.

조금씩 구사할 수 있는 영어의 폭이 넓어지니 언어가 얼마나 중요한지 분명히 알게 됐다. 그래서 더 미친 듯이 영어에 몰두했다. 길을 가다 들리는 말을 그대로 기억해두었다가 뜻을 찾아보고 학교나 마트, 식당에서 실제로 사용했다. 언어를 배울 때 욕을 먼저 배우라던 의미도 뼈저리게 느꼈다. 항상 '은어'와 '줄임말'을 찾아다녔다. 길을 가다가, 학교에서 싸우는 소리가 들리면 그 옆에 가서 어떤 말을 사용하는지 지켜봤다. 도대체 잘난 애들은 어떤 욕을 쓰나 귀를 쫑긋했고, 나와 같은 말을 하더라도 얼마나 더 확실하게 표현하는지 주의 깊게 살폈다. 지금 돌아보면 무슨 생각이었나 싶기도 하지만, 그때는 나를 지킬 수 있는 유일한 방법이었다.

내가 먼저 바뀌지 않으면, 달라지는 것은 없다

영어에 익숙해지면서 잠들어 있던 성향이 깨어나기 시작했다. 친구를 좋아했던 한국에서처럼 주변 아이들에게 말을 걸었고, 모르는 것은 이해가 될 때까지 질문하던 때처럼 선생님을 붙잡고 궁금한 것들을 물었다. 물론 처음부터 잘 되지는 않았다. 이전보다는 영어가 늘었지만 머릿속에 있는 생각을 온전히 표현할 정도는 아니었다. 다만 언어에 대한 두려움이 사라지니 말로 하지 못하는 것은 손짓, 발짓, 표정까지 이용하며 전하려 노력했다.

자꾸 부딪쳐보니 영어를 어려워할 이유가 없었다. 내가 영어를 완벽히 구사하지 못해도, 비록 단어들만 늘어놓아도 말하고자하는 걸 전달하려고 노력하면 어떤 방식이든, 얼마의 시간이 걸

리든 상대방은 내 말을 이해했다. 내가 입을 여니 나에게도 의견을 물어봐 주고, 말을 걸어주기 시작했다. 그럼에도 남자아이들의 조롱은 변하지 않고 그대로였다.

어느 날, 미스터 홀 선생님의 수업 시간이었다. 여전히 내 뒤에 앉은 남자아이가 나를 조롱했고, 선생님이 그 모습을 보았다. 수업이 끝나자 선생님이 나를 불렀다. "진, 요즘 다 괜찮은 거니?" 선생님의 다정한 질문에 울음이 터졌다. "사실 남자아이들 앞자리에 앉고 싶지 않아요." 홀 선생님은 이 문제를 심각하게 받아들여 주셨다. 내 이야기를 단순히 '학교에 적응 못 한 동양인 아이의 투정'이 아니라 진지한 학교생활의 어려움으로 이해하고, 충분히 귀 기울여주셨다.

바로 다음 날, 홀 선생님은 모든 학생의 자리를 바꾸겠다고 통보했다. 늘 원하는 자리에 자유롭게 앉았는데, 갑자기 자리를 바꾼다는 소리에 아이들은 당황하거나 몇몇은 짜증을 내기도 했다. 하지만 나는 선생님 덕분에 혼자 앉던 앞자리에서 벗어나 가까워지기 시작한 친구들과 함께 앉을 수 있게 되었다.

홀 선생님의 도움으로 '자리 바꾸기'라는 일시적인 해결 방법이 생겼지만, 그것 하나로 상황이 모두 바뀌지는 않았다. 옆에서 격려와 위로를 해주어도 나 자신이 스스로 바뀌지 않으면 어떤 것도 근본적으로 해결되지 않는다. 내가 바뀌고 행동해야 한다.

소심하고 겁 많은 내가 일순간에 완벽하게 다른 사람이 되어 없던 용기가 샘솟게 되는 것도 아니고, 어느 날 갑자기 옆자리에 앉는다고 한 마디밖에 하지 않던 아이들과 완전한 친구가 되는 것은 아니니 말이다. 다만 이것들이 작은 변화의 시작이었다. 그때부터 조금씩 용기를 끌어모았다. 어렵게 얻은 기회를 날려버리고 싶지 않았다. 친구들에게 먼저 다가가기 위해 노력했고, 완벽하지 않았지만 영어로 이야기하며 한 걸음씩 그들 곁으로 갔다. 모르는 것을 물어보고, 도움을 요청하는 것도 주저하지 않았다. 친구를 만들기 위해 발버둥 치는 시간이었다.

물론 이런 노력이 모든 사람에게 통하는 것은 아니었다. 별꼴이라며 무시하는 친구들도 있었고, 평소처럼 나를 불편해하는 친구들도 있었다. 하지만 그들의 반응과 상관없이 변화하는 내 모습이 나를 살게 했다. 스스로 만족스러웠고, 조금 더 당당하고 용기 있는 모습으로 성장하고 싶은 마음이 생겼다. 그러다 보니 이전처럼 주변 반응과 시선에 큰 타격을 받지 않게 되었다. 온전히 나에게 집중할 수 있게 된 것이다.

나를 믿고 당당해지는 법을 배우면서 굳이 함께하지 않아도 스스로 잘 해낼 수 있다는 사실을 깨달았다. 혼자 밥을 먹고, 혼자 도서관에 가고, 혼자 수업을 들으며, 혼자 남겨져도 내가 할 수 있는 것에 집중하게 되었다. 어느새 나는 혼자 하는 시간을 통해 나 자신과 시간을 보내며 스스로와 친해지는 법을 자연스레 터득했다. 그저 내가 나인 것만으로도 만족스러웠다.

혼자 하는 방법, 혼자 해내는 경험은 나에게 큰 자산이 되었다. 그때 나에게는 그 시간이 꼭 필요했다는 것도 느낀다. 만약 그 시간을 보내지 못했다면 여전히 주변을 채워줄 사람들을 찾느라 나를 돌볼 여유 없이 허울뿐인 관계를 만들기 위해 애쓰고 있었을 것이다.

혼자 있는 방법을 알게 될수록 함께 잘 지내는 방법도 깨달아 갔다. 이 모든 것이 내가 나를 변화시킬 수 있다는 믿음을 갖게 되면서 가능해졌다. 결국 모든 상황을 바꿀 수 있는 사람은 나 자신뿐이다.

도움을 받아들일 용기

너무 힘든 순간에는 내 고통만 보느라 도움의 손길을 놓치는 경우가 많다. 나에 대한 자신감이 줄고 자존감이 낮아지기 때문에 호의를 가지고 다가오는 사람들을 밀어내기도 한다. 그 사람의 주변과 어울릴 수 없다고 생각해 스스로 피하거나 도망칠 때도 있다. 나 역시 그런 실수를 했다.

사실 가장 힘들고 외롭던 시기에 먼저 말을 걸어준 친구가 있었다. 그녀의 이름은 이방글리아. 내 이름과 가족관계, 취미, 좋아하는 것이 무엇인지 물어봐 준 친구였다. 짧은 영어로 더듬더듬 대답했기 때문에 내 말을 이해하기 힘들었을 텐데도 이야기를 들어주고, 항상 옆에 있어주었다. 배려심 많고 따뜻한, 용기도 넘치는 이방글리아를 '이바'라는 애칭으로 불렀다.

한 번은 처음 보는 여자애가 혼자 돌아다니는 모습에 호기심이 생겼던 건지 모르는 남자아이들이 다가와 거들먹거린 일이 있었다. 그때 이바가 어디선가 나타나 꺼지라고 말해주기도 했다. 여자아이들끼리 모여 수군거리거나 누군가를 험담할 때도 자기는 친구의 뒷이야기를 하지 않는다며 눈을 동그랗게 뜨고 야무지게 얘기했다. 이바를 보면서 그녀의 당당한 모습이 참 대단하다고 느꼈다. 반에서 가장 체구가 작았지만, 누구도 이바를 쉽게 건드리거나 무시할 수 없었다.

이바는 이동수업 때면 내 옆으로 와 학교 곳곳을 소개하거나 소소한 이야기를 하며 밝고 긍정적인 에너지를 전해주었다. 쉬는 시간이나 점심시간에 혼자 서성이면 내 손을 잡고 자기 친구들이 있는 곳으로 데려가기도 했다. 그러나 이바의 친구들은 나를 환영해 주지 않았다. 나중에는 나를 피하고 싶어서 노골적으로 눈치를 주었고, 그 상황이 민망했던 나는 조금씩 그녀 친구들과 함께하는 자리를 피하게 됐다. 이바는 포기하지 않았다. 내가 다른 친구들과 잘 어울릴 수 있도록 도와주고, 꾸준히 챙겨줬다. 그러나 이바의 노력에도 불구하고 나는 자꾸만 겉돌고, 숨고 싶어 하는 모습만 보여주었다.

그러다가 결국 사건이 터졌다. 여자아이들 사이에서 무리 간 힘겨루기, 이간질 등 세력 다툼이 일어났는데 내가 휘말렸다. 가십은 점점 부풀려졌고, 마지막에는 내가 모든 소문을 퍼트린 가

해자가 되어 있었다. 친구가 없고 혼자였던 내가 무리에 끼고 싶어 이간질한 악역이 된 것이다. 자연스럽게 나는 소외당했고, 그 과정에서 내게 손 내밀어 주고 다가와 준 이바까지 아이들의 따가운 눈초리를 받게 됐다. 날카로운 화살이 이바에게까지 날아간 것이다.

특히 이동수업이 제일 창피하고 괴로운 시간이었다. 교실에 들어와 자리에 앉으면 주변에 아무도 오지 않았다. 앞자리에 앉으면 모든 아이들이 내 뒷자리로 옮겼다. 이를 본 선생님이 아이들에게 앞으로 와서 앉으라고 말했지만, 눈치만 볼 뿐 누구도 자리를 옮기지 않았다. 내가 수업을 망치는 방해꾼이 된 기분이었다. 그래서 가장 뒷자리, 가장 구석자리에 혼자 앉는 게 점점 습관이 되었다. 이바는 자기 친구들과 떨어져 내 옆자리에 앉으려고 했으나 다른 아이들이 이바를 쩨려보는 눈빛을 보고도 그녀와 함께 앉을 수는 없었다. "나 혼자 앉고 싶으니까 저리 가서 다른 친구들이랑 앉아"라고 말하며 무작정 그녀를 밀어냈다. 이바는 당황했고, 어쩔 수 없이 원래 친구들에게 돌아갔다.

그 후로도 이바와 거리를 두기 위해 노력했다. 내가 느낀 감정은 죄스러움이었다. 나와 친구가 되려 했다는 이유로 소외당하는 이바를 보며 미안함을 넘어 죄스럽다는 감정이 들었다. 이바를 보면서 웃는 것조차 죄책감이 느껴졌고, 그녀를 위해 내가 멀어져야 한다고 생각했다.

스스로 혼자가 되겠다고 생각한 거지만, 쉽지는 않았다. 마음을 열심히 다잡아도 쉬는 시간과 점심시간이 너무 괴로웠다. 호주의 학교는 한 수업이 끝나고 쉬는 시간이 있는 게 아니라 2교시까지 끝낸 후 한 번에 20~30분을 쉰다. 게다가 쉬는 시간과 점심시간을 알리는 종이 울리면 전교생이 건물 밖으로 나가 강당, 야외 벤치에서 식사도 하고 이야기도 나누었다.

쉬는 시간에는 선생님들의 관리하에 건물 몇 곳을 열어두기 때문에 도서관에 가서 책을 보거나 음악실에 가서 치지도 못하는 피아노를 두드리곤 했다. 그러나 점심시간만큼은 달랐다. 모든 문을 잠가 놓아 교실에 앉아서 밥을 먹을 수 없었다. 너무 배가 고팠지만, 아이들이 모두 있는 곳에서 혼자 밥 먹을 용기도 없었다. 그래서 화장실 변기 위에 앉아 꾸역꾸역 밥을 먹는 일이 많았다.

호주에서의 학교생활은 화장실과 인연이 많다. 당시 수업 중 교실에서 나가려면 개인 알림장에 선생님의 허락을 받고 이동한다는 사인이 필요했다. 나의 1학기 알림장에는 수업 도중 화장실을 가기 위해 선생님에게 받은 사인이 한 페이지 넘도록 가득해 2학기 페이지를 써야 할 정도였다. 수업하다가 시도 때도 없이 내가 처한 상황이 기가 막히고, 한심한 자신에게 화가 나고, 스스로가 안타깝기도 해 눈물이 났다. 교실에서 눈물을 터트리는 일만은 피하고 싶어 그때마다 화장실로 도망을 갔기 때문이었다.

그런 시간을 꿋꿋하게 견디고, 스스로 변하겠다는 다짐을 하면서 상황이 조금씩 나아졌다. 특히 영어가 늘자 친구들에게 의사 표현을 조금 더 할 수 있게 되었고, 재미있는 이야기를 하면서 웃을 수 있는 수준의 관계까지 쌓게 됐다.

마음에 작은 여유가 깃들자 내 마음 편하자고, 주변 시선이 무섭다고 용기 있게 손을 내밀어 준 이바를 밀어낸 일들이 후회됐다. 나의 처음과 성장해나가는 과정 그리고 온전한 나로서 자리를 찾을 때까지 한시도 빠짐없이 내 옆을 지켜주었던 아이였다. 자신과 친구를 해주어서 너무 고맙다던 마음 따뜻한 아이였다.

조금씩 변화해 나가기로 다짐하면서 가장 먼저 이바와 많은 이야기를 나누었다. 이바를 피하기보단 항상 함께하기 위해 노력했다. 내가 이바였다면 자신의 마음을 받아주지 않고 밀어내기만 한 친구를 미워하고 서운해했을 것이다. 하지만 이바는 변함없이 나를 이해해 주었고, 그녀와 함께한 시간들은 나에게 많은 힘이 되어 주었다.

이바는 잘해주는 이유, 친구가 되고 싶은 이유 같은 것을 붙이지 않았다. 그저 있는 그대로의 나를 이해해 주고, 이야기를 들어 줬다. 조금씩 마음의 문을 여는 느린 내 속도를 기다려 주었다. 생일을 챙겨주고, 작은 일에도 진심으로 웃고 울며 마음을 전해 왔고, 언제나 나와 함께해 주었다. 그녀와 가까워지면서 나 역시 누군가에게 용기 있고, 배려심 있는 사람이 되어야겠다고 다짐했다. 그렇게 우리는 진짜 친구가 되어갔다.

　호주에서의 첫 시작은 내 인생에 가장 힘들었던 기억이다. 그런데 돌이켜 보면 힘든 시간 속에서도 알게 모르게 정말 많은 이들의 도움을 받았다. 그들이 내미는 손을 잡았던 적도 있고, 겁이 나서 뿌리치고 도망간 적도 있다. 하지만 결국 사람의 호의, 누군가의 용기로 인해 나는 다시 웃을 수 있었다. 느리지만 조금씩 나다운 사람으로 돌아왔다. 가족이기도 하고, 이웃이기도 하고, 친구이기도 한 이들의 따스한 손길이 가장 힘들고 괴롭던 시절의 나를 다시 일으켜 주었다. 그 과정에서 사람과 함께하는 기쁨, 누군가에게 사랑을 전하는 용기를 배웠다. 나 역시 다른 누군가에게 그런 사람이 되고 싶다는 꿈도 꾸게 됐다.

　동시에 일어나 다시 걷는 것은 오직 나만이 할 수 있음을 깨달았다. 손 내미는 용기만큼 내밀어진 손을 잡고 다시 시작하는 용기 또한 중요하다. 스스로를 이해하고, 원하는 모습이 되기 위해 노력하는 일. 도움을 주고받을 수 있는 용기를 갖추는 일. 온전히 자기 자신의 모습으로 버티고 이겨내는 일. 이 모든 것들을 호주에서 배웠다. 그 과정을 통해 나는 '나를 인정하기'라는 첫 단계를 무사히 통과할 수 있었다.

Quest 2.

평생의 친구인 나와 친해지기

"스트레스 받는 단점보다
자신감 주는 장점에 집중"

나를 가장 무시한 건, 사실 나였어

호주에서 생활한 지 6개월이 지난 15살, 7월. 당시는 내 인생의 가장 암울한 시기였다. 반년 동안 호주에 적응하기는커녕 학교 아이들에게는 투명 인간, 말도 못 알아듣는 바보가 됐고 집에서는 외롭고 혼란스러웠다. 넓은 땅에 고립된 채 누구에게도 다가서지 못하고, 주변 누구도 나를 모르는 상태로 방치된 기분이었다. 긴장과 두려움으로 털이 바짝 선 고양이처럼 예민하고 날카로웠다. 내가 할 수 있는 일은 매일 엄마에게 전화해 우는 것뿐이었다.

한국으로 다시 돌아갈 수도 없었다. 일단 한국에는 우리 집이 존재하지 않았다. 내가 호주로 떠난 후 엄마는 한국을 떠나 세계 배낭여행을 시작했다. 그렇기에 어떤 상황이든 나는 이곳 호주에서 살아내야만 했다.

나조차 나를 사랑하지 못한다는 사실이 가장 힘들었다. 그렇게 좋아하던 친구들에게 단 한 걸음도 다가가지 못하고 주변을 빙빙 돌며 소외당하고, 괴롭힘당하는 내 모습을 인정할 수 없었다. 이런 내 마음과 달리 시간은 꾸준하게 흘러 어느덧 여름방학이 됐다. 학교에 가지 않아도 된다는 생각에 한시름 놓았지만, 정작 학교마저 가지 않으니 시간이 텅 비어 버렸다. 멈춰버린 몸은 정신을 더 공격했다. 엄마에게 매일 울며 괴롭다고 하소연하는 시간도 늘어났다. 화상 통화로 울기만 하는 날 보던 엄마는 한 가지 제안을 했다.

"비행기 티켓을 구해서 엄마가 있는 몰타로 와, 찐아."

너무 당황스러우면 말을 잊게 된다는 건 사실이었다. 이때 직접 경험했으니까. 엄마가 무슨 말을 하는지 정확하게 이해하지 못하고 어리둥절해 할 뿐이었다. 엄마는 확인하듯 한 번 더 강조했다. 혼자 오라고 말이다.

몰타는 이탈리아 바로 밑에 있는 작은 섬인데, 섬 하나가 세계 문화유산에 등재될 정도로 아름다운 곳이다. 그곳에서 엄마와 아빠는 영어 공부를 하며 본격적으로 세계 여행을 준비하고 있었다. 호주와 완전히 반대쪽에 있는, 한국에 가는 것보다 더 먼 그곳으로 오라니, 엄마가 진심이 아니라고 생각했다. 내가 너무 우니까 나를 잠깐 달래줄 요량이었을 거라고 여겼다. 그러나 엄마는 며칠간 완강하게 몰타로 오라고 이야기했다. 단, 반드시 혼자서 올 것!

남은 2주간의 방학 동안 몰타에서 함께 배낭여행을 경험해 보자는 엄마의 말에 점점 흔들렸다. 나를 고립시킨 거대한 땅덩어리에서 울고 있기보다 엄마 아빠와 함께 낯선 곳을 여행하는 게 나을 거라는 마음이 생겼다. 지금보다 더 나쁜 일은 없을 테니 말이다. 결국 나는 내 인생 첫 번째 배낭여행을 떠나기로 했고, 그때의 결심은 가치관을 흔들 만한 경험을 선물하며 인생의 터닝포인트가 됐다.

엄마는 몰타로 오라며 한 가지를 더 보태어 말했다. 바로 내가 번 돈으로 비행기 티켓을 구해 와야 한다는 것이었다. 혼자서 비행기를 타고 몰타로 오라고 할 때도, 직접 티켓을 구해서 오라고 할 때도 엄마는 한 치의 흔들림이 없었다. 엄마한테 무섭다고, 또는 어려울 것 같다고 구태여 말하지 않았다. 비행기만 혼자 타고 가면 엄마를 볼 수 있는데 그것까지 못 하겠다고 투정을 부리면 나 자신이 정말 못나 보일 것 같았다.

하지만 현실적으로 15살이었던 내가 100만 원이 넘는 돈을 벌어 비행기 티켓을 구할 수는 없었다. 엄마는 "당장은 돈이 없으니, 나중에 아르바이트를 할 수 있을 때가 되면 그때 돈을 모아 갚아"라며 비행깃값을 빌려주셨다. 엄마가 대신 내주었지만 언젠가 갚아야 할 돈이었다. 그때부터 본능적으로 '이번 여행을 만만하게 봐선 안 되겠구나'라고 느꼈다.

바로 비행기 티켓을 구해 공항으로 달려갔다. 호주에서 몰타는 너무 긴 여정이었다. 거의 지구 반 바퀴를 돌아야 하는데 직항도 없어 두바이 국제공항에서 경유를 해야 했다. 사실 주변 사람들의 반응을 보기 전까지는 이 여정이 나에게 큰 도전이라고 전혀 생각하지 못했다. 옆집 비비 할머니의 세상이 무너진 듯 놀라는 모습을 보고서야 '15살 아이가 혼자 할 수 있는 일의 영역에서 조금은 벗어나 있구나' 하는 느낌이 들었다.

할머니는 "혼자 갈 수 있어? 너 혼자? 확실해?"라고 몇 번을 물어보더니 출국 일에는 공항까지 나를 태워 주셨다. 공항에서도 "지금이라도 어렵다고 말하면 다른 방법을 찾아볼게"라고 이야기하셨다. 할머니가 걱정할수록 이 여행이 혼자 해내는 것을 경험하게 해 줄 거라는 기대감이 커졌다. "나는 이제 비행기도 혼자 타고 큰 나라를 거쳐 가는 데도 무서워하지 않는 사람이야. 그러니 예전의 소심하고 겁 많은 내가 아니야"라며 태연하려고 애썼다.

막상 공항에 도착하니 도움의 손길이 끊이지 않았다. 보호자 없이 두바이로 간다고 하니 항공사에서는 어시스턴트 승무원을 배정해 주며, 탑승 게이트까지 동행해 주었다. 두바이에 도착해서도 사정을 전해 들은 직원 한 분이 여러 안내를 해주시고, 게이트에 대해서도 알려주었다. 하지만 하루하고도 반나절이 넘는 시간을 대기하고 경유하는 일정이었기 때문에 두바이 공항에서는 혼자 있어야 했다. 게다가 게이트가 배정되지 않은 상태라 전광판 앞에서 엉덩이를 뗄 수 없었다. 혹시나 잠든 사이 게이트가 배정되지 않을까, 비행기를 놓치지 않을까 하는 불안감에 긴 대기 시간 동안 잠시도 눈을 붙일 수 없었다.

어디로 가야 하는지 알고 있는 사람은 오직 나뿐이었다. 그러니 미덥지 않더라도 자신을 믿고 발걸음을 움직이는 수밖에 없었다. 무섭고 불안한 와중에도 그런 점이 좋았다. 짧은 순간이지만 어딘가로 향할 때 나 하나를 믿으면서 간다는 게 생각보다 나쁘지 않은 기분이었다. 자신감이 생겼다. 여러 사람의 걱정과 친절을 경험하며, 꽤 긴 시간을 비행기에서 보낸 후 드디어 엄마와 아빠가 있는 몰타에 도착했다.

엄마의 과제는 여기서 끝이 아니었다. 첫 번째 과제인 '몰타까지 혼자 올 것'은 완벽하게 성공! 두 번째 과제는 엄마와 아빠가 머무는 집까지 찾아가는 것이었다. 물론 택시를 타고 오라며 주소를 알려주었기에 대수롭지 않게 생각했다. 기사님이 알아서 잘 데려다주실 거라 굳게 믿었다. 그러나 막상 택시를 타기 위해 공항 밖으로 나오니 조금 걱정스러운 마음이 생겼다. 택시 드라이

버들이 모두 자신의 택시를 타라며 사람들에게 달려들었다. "두바이 공항도 경유해서 왔는데 이런 것쯤이야"라고 혼잣말하며 태연한 척했다. 조금 채워진 자신감을 무기 삼아 택시 승강장으로 향했다. 그곳에는 나를 기다리고 있는 엄마와 아빠가 있었다. 예상치 못한 두 분의 모습에 깜짝 놀랐다.

"진짜 혼자 오게 할 생각은 없었어. 다만 진이에게 '두려움을 이겨내고 새로운 것을 시도'하는 것을 경험을 하게 해주고 싶었어. 몇 시간 전부터 공항에서 엄마가 얼마나 걱정하면서 기다렸는지 알아? 그래도 우리 찐이 대단하다. 여기까지 혼자 오고! 엄마는 찐이가 자랑스러워."

엄마가 나를 꼭 안아주었다. 사실 이야기를 듣고 있으면서 조금은 어리둥절한 상태였다. 이렇게 자랑스러울 만한 일인가 싶었다. 지금 생각해 보면 처음이라 오히려 두려움이 없었던 것 같다. 혼자서 비행기를 타고 다른 나라를 간다는 사실에 두근거리고 설레는 마음이 컸다.

시간이 지나고 이 경험이 얼마나 소중한 것인지 알게 됐다. 낯설고 익숙하지 않은 무언가를 두려워하지 않고 일단 해볼 수 있는 자세. 직접 부딪혀보며 알아가는 것의 의미와 무게를 자연스럽게 깨닫는 경험이었다.

비슷한 상황이 내 인생에서 무수히 많이 반복될 것이다. 그때는 여행이었지만 꿈을 향한 도전일 수도 있고, 새롭게 배우는 일이 될 수도 있다. 작고 소소한 것부터 인생을 뒤흔드는 거대한 것까지 수많은 '처음'이 나를 기다리고 있다. 만약 그때마다 무서워 피하고, 결과가 나쁠 걸 걱정하다 도망친다면 어떤 것도 시작할 수 없다. 그렇기에 첫 시작을 괜찮게 해낸 것이, 나의 소중한 경험이 인생의 큰 의미가 되었다. 지금 와서 그때의 나를 떠올리면 대단하고 자랑스럽다는 엄마의 표현이 이해된다.

　새로운 것을 시도하거나 꿈을 향해 걸어갈 때 장애물이나 실패를 만나기도 한다. 하지만 피하지 않고 직면하면 분명 어떠한 성취를 얻을 수 있다. 물론 도전하는 것이 두렵게 느껴질 때도 있다. 15살 때의 내가 공항에서 길을 잃어 비행기를 놓치진 않을까 또는 말이 안 통하는 곳에서 봉변을 당하지 않을까 내심 걱정했던 것처럼 말이다.

　스스로 감당하지 못할 무언가를 마주하게 될까 불안해질 때는 15살의 경험을 다시금 떠올리곤 한다. 해보지 못해서 후회하느니 차라리 "그때 왜 그랬을까?" 하면서 후회하는 게 실수를 반복하지 않고 앞으로 나아갈 방법이다. 해보지 않으면 아무것도 얻을 수 없다는 말과 넘어져도 앞으로 넘어지라는 말의 의미를 점차 알게 되었다. 엄마가 내게 꼭 전해주고 싶었던 가르침이 아니었을까. 엄마는 내가 어렸을 때부터 의식하지 못하는 순간에도 말

보다는 직접 해보는 경험을 통해 가르침을 주었다. 필요한 순간
이 생기면 꺼내서 볼 수 있는, 인생 레시피를 하나씩 나에게 넣어
주신 것 같다.

이때부터 혼자서 하는 것에 대한 두려움이 더 허물어지게 되
었다. 혼자 비행기를 타고 호주에서 몰타까지 이동했던 것을 생
각하면 혼자서 밥 먹기, 혼자서 수업을 듣기 등은 그리 큰일이
아니었다. 그전까지 학교에서 무서워했던 것들이 하찮게 느껴졌
다. 진짜 무서운 일이 아니라 내가 나를 믿지 못해서, 내가 나를
무시하느라 엄청난 일로 만들어 버린 것이다. 결국 부딪혀보면
별일 아닌데 말이다.

첫 배낭여행은 성장의 출발점이었다. 나를 괴롭히던 걱정과
두려움을 떼어 내고 좀 더 내가 나다운 모습으로 성장해 나갈 힘
을 얻었다. 나를 더 믿어 주겠다는 다짐도 하게 됐다. 물론, 단 한
번의 경험이 모든 일의 해결책이 될 수는 없다. 그러나 인생에서
가장 힘들다고 느끼는 순간 겪은 도전과 성취는 그 무엇과도 바
꿀 수 없는 힘이 되어주었다. 나는 걱정과 두려움을 마음 한구석
으로 밀어두었다. 일단 했고, 만족하는 결과를 얻었다. 이거면 된
다. 내 의지로 시작하고 끝냈다는 사실. 나라는 세계에서 나를 돌
봐주는 사람도, 나를 가르쳐주는 사람도 모두 나 한 명뿐이었다.

사실 그때 모두가 나를 무시한다고 생각했지만, 나를 가장 무

시켰던 건 나 자신이었다. 15살의 내가 몰타에 가기 전까지 서투른 점들이 훨씬 많았다. 하지만 그중 단 한 가지 칭찬해 주고 싶은 것은 "나는 혼자 게이트를 찾을 수 없어" "나는 혼자 입국 수속을 밟을 수 없어" "나는 혼자 출국 심사를 받을 수 없어"라며 도전에 한계를 만들어놓지 않았다는 점이다. 어쩌면 무모함과 무식함 덕분에 용기가 생겼겠지만 15살의 내가 먼저 도전을 했기 때문에 지금의 내가 더 많은 것을 얻게 되었다. 앞으로 더 채워나가야 할 부분이 많겠지만, 그때의 나에게 참 고맙다.

스스로의 한계를 이겨내기

몰타에서의 여행이 시작됐다. 나의 첫 배낭여행이자, 부모님의 세계 여행의 출발이었다. 그러나 여행은 처음부터 내 예상과 달랐다. 뜨거운 햇볕과 섬 특유의 높은 습도로 무장한 몰타에서는 몇 걸음만 걸어도 땀이 흘렀다. 이런 날씨에 내 몸만큼 큰 배낭을 메고 뚜벅뚜벅 걷는 여행은 즐겁기보다 고통스러웠다. 화려한 랜드마크나 관광지가 사라진 여행, 호텔이 사라진 여행이었다.

이탈리아로 이동한 후에도 전혀 달라지지 않았다. 내심 '몰타는 섬이고 세계적으로 유명한 랜드마크가 없어서 여행 루트도 이렇게 짠 거겠지'라고 생각했는데 엄청난 착각이었다. 이탈리아에 도착한 후에도 현지인이 사는 외곽지역을 돌아다니며 식당, 시장, 버스, 마을 축제 등 그들의 일상을 즐겼다. 그 나라의 진짜 문화를 느낄 수 있는 곳들이 여행지 리스트에 가득했다. 유명하고 화려한 관광지 중심의 도시 투어보다 '진짜'를 알 수 있는 여행지를 찾는 재미를 알아갔다. 숙소도 백패커와 게스트하우스를 주로 이용했다. 그러다 보니 자연스럽게 낯선 이들과 친구가 됐고, 평생 알 수 없을 것 같던 이야기들을 듣게 됐다.

가족 간의 관계도 더 단단해졌다. 이때는 아빠를 '아저씨'라고 불렀었다. 아빠에게 마음의 문을 연 지 얼마 되지 않은 시기였다. 그래서 어쩌면 우리 가족의 첫 여행 같은 느낌도 있었다.

엄마는 더 이상 나를 아이, 어린이로 보지 않고 함께 여행하는 구성원으로 생각했다. 고집을 부리거나 싫어하는 것을 무조건 피하는 것, 어리광 부리는 것 등을 단 하나도 받아주지 않았다. 좋고 편한 것을 선택하거나 스스로에게 필요한 것들을 챙기지 못할 때도 굉장히 단호하게 잘못된 행동이라고 알려주셨다. 늘 포용해 주던 엄마가 "괜찮아"라는 말보단 "안 돼"라는 말을 더 많이 하게 됐다. 혼을 낸 후에는 항상 먼저 다가와 안아주었던 엄마가 뒤도 돌아보지 않고 날 지나쳐 갔다. 모든 걸 고집대로, 하고 싶은 대로만 하고 나머지는 부모님이 해주길 바라는 마음을 버리라고 냉정하게 이야기했다. 나에게 정말로 필요한, 중요한 조언을 들었음에도 속상하고 서러운 마음이 쉽게 가시지 않았다.

그럴 때마다 아빠는 묵묵히 나에게 다가와 보디가드처럼 옆을 지켜주었다. 내 안에 숨어있는 모습을 발견하고 받아들이기까지 아프다는 걸 공감해 주었고, 누구보다 그 마음을 이해한다고 말해준 것이 내겐 큰 위로로 다가왔다. 그때 아빠가 진심으로 엄마의 옆에, 내 옆에 오래 있어줄 사람이란 걸 머리가 아닌 가슴으로 느낄 수 있었다. 엄마에게선 지혜를, 아빠에게서는 공감하는 방법을 배웠다.

이탈리아 배낭여행 중 가장 크게 후회하는 것이 하나 있다. 조금 더 순간을 즐기고 나라는 틀에서 벗어나 세상을 보고 들으면서 직접 경험해 볼 걸 하는 후회. 세상에는 화려한 것들이 많았고 나는 그런 것들이 부러웠다. 15살의 나는 여행 중 내게 없는 것들을 갖고 싶어 했고, 남들과 비교해 더 좋은 게 아니라며 서러워했다. 물건도, 장소도, 음식도 그리고 사람에게도 그랬다. '저 사람보다 화려하지 않아. 엄마는 다른 엄마들보다 이러지 못해 저러지 못해'라고 불평하기 바빴다. 나에게 무엇이 소중한지 조금이라도 알았더라면 눈에 보이는 것들에 마음을 빼앗긴 채 이탈리아에서의 하루하루를 허무하게 보내지 않았을 텐데 하는 미련이 남는다. 가족들과 조금 더 의미 있게 보낼 수 있었던 시간을 낭비한 것 같아 아쉽다.

엄마의 여행은 나와 달랐다. 엄마가 보여주는 여행은 엄마가 인생을 살아가는 방식과 똑같았다. 새로운 것에 겁먹지 않았다. 화려하고 초라한 것, 좋아하고 싫어하는 것을 구분 짓기 전에 직접 경험하고 스스로 자신의 것을 찾아냈다. 주변의 말과 시선에 휘둘리지 않고, 편견이나 편애 없이 배워야 하는 것들을 볼 줄 알았다. 누구와도 겹치지 않는 자신만의 여행기를 써 내려가는 엄마의 모습을 보면서 많은 생각을 했다.

한번은 엄마가 나에게 그런 이야기를 한 적이 있다. "어떤 꿈을 꿀 때, 어떤 삶을 살 때, 어떤 선택의 순간을 만날 때라도 늘 지금 알게 된 사실을 기억해야 해. 인생에서 중요한 건 돈이나 명예가 아니야. 반짝이고 화려한 것을 가지고 있다고 내가 반짝이는 사람이 될 수 있는 것도 아니야. 내 이야기로, 내가 하고 싶은 것들로, 나만의 인생을 살아가는 것이 가장 중요하고 아름다워. 진아, 이 사실을 꼭 기억해." 가슴속에 오래 간직하고 싶은 말이다.

사실 아주 어렸을 때는 엄마가 다른 사람들과 다르고 좀 이상하다고 생각했다. 하지만 여행을 통해 다양한 공간과 시간, 사람들 속에서 엄마를 보고 겪으며 엄마처럼 자신이 원하는 인생을 써 내려가는 사람이 되겠다고 다짐했다. 남의 것이 아닌 내 것을 찾는 일은 참 행복하다. 엄마는 누구보다 자유로워 보였고, 누구보다 빛나 보였다. 이런 깨달음은 말로는 아무리 해도 불가능하다. 단 한 번의 경험이었지만 눈으로 보고 몸으로 느끼니 말로 듣는 것보다 배움의 농도가 진했다. 어렸을 때 더 많이 놀라고 했던 말, 무엇이든 해보고 싶은 것은 주저 없이 하게 해주었던 일, 새로운 것을 겪어보게 하려는 모습까지 모두 이런 깨달음을 위한 것이었다는 생각이 들었다. 엄마가 나에게 주고 싶었던 것은 긍정적인 생각과 가치관이었다.

지금도 이탈리아 배낭여행을 떠올리며 세상을 여행하는 법, 문화를 접하고 사람들과 교류하는 법을 온몸으로 겪었던 시간을 되새긴다. 엄마와 아빠가 세상으로 전진하는 첫 장을 함께 넘겨준 셈이다. 나 자신에게 가치 있고 현명하게 투자하는 법, 소중하게 여기는 마음, 상황에 맞춰 선택하고 행동하는 과정 등 여전히 내 인생에 많은 영향을 미치는 배움을 얻었다. 역시 백번 말하는 것보다 한 번 겪는 게 확실한 교육이 된다.

더불어 세상은 혼자 살아갈 수 없다는 또 다른 인생의 챕터를 마주하게 되었다. 사실 나는 활발한 성격과 반대로 낯가림이 심하고 사람에게 쉽게 다가가지 못하는 아이였다. 익숙하지 않은 상황과 마주하는 것을 좋아하지 않았다. 새롭고 낯선 것은 늘 나를 넘어지게 만들고 괴롭히는 것들이었다. 어쩌면 호주에서 처음 접하는 친구들, 학교가 힘들었던 것도 이런 성향과 연관이 있을지 모른다.

그런데 여행은 매 순간 그런 상황에 놓인다. 하고 싶은 것만 할 수 없고, 마음대로 할 수 없고, 예정대로 할 수 없는 순간들이 예고 없이 들이닥친다. 상황뿐 아니라 사람도 마찬가지다. 어떤 사람이 내 옆에, 앞에 등장할지 알 수 없다. 어떤 이들과 인연의 끈이 생길지도 알 수 없다. 이것이 여행의 매력인 동시에 내가 가장 두려워했던 부분이었다.

그러나 여행을 계속할수록 두려움이 즐거움으로 변해갔다. 길을 물어보고, 음식을 사고, 같은 칸에 있는 사람들과 대화하고, 게스트하우스에서 만난 세계 각국의 여행자들과 이야기를 나누며 스스럼없이 친구가 돼가는 과정을 몸으로 받아들였다. 방 안에만 있던 내가 한 걸음 나가서 사람들이 있는 공간으로 들어가기까지, 조금 불편하지만 새로운 것들을 직접 경험하게 되기까지, 보고 싶은 것만 보지 않고 넓은 시선으로 주변을 볼 수 있게 될 때까지 천천히 내 마음의 보이지 않는 장벽이 허물어져 갔다. 스스로의 한계를 조금씩 넘어서고 있다는 생각이 들었다. 이렇게 한번 금이 가기 시작한 장벽이 완전히 부서지기까지 그리 오래 걸리지 않았다.

마음의 문을 활짝 열고 만나는 사람들은 또 다른 의미였다. 내가 한번도 해보지 않은 영역, 가보지 않았던 길을 경험한 이들과 나누는 대화는 무엇보다 재미있고 호기심을 자극했다. 어렵던 것들을 하나씩 해내면서 나에 대한 믿음도 생겼고, 용기도 조금씩 커졌다. 이탈리아 배낭여행은 타인에 대한 두려움을 극복하고,

나 역시 무엇이든 할 수 있는 사람이라는 걸 배우는 시간이었다. '함께'하는 것의 힘을 느꼈다. 한발 먼저 다가가니 그동안 느낄 수 없던 타인의 마음을 알게 됐다. 이런 경험들이 나를 좀 더 용감한 사람으로 만들어 주었다. 나는 무엇이든 할 수 있고, 무엇이든 될 수 있다는 용기가 생겼다.

많은 이들이 말하는 답이 나에게도 정답일 수는 없다. 나의 인생은 나만의 이야기로 채워 나가야 한다. 여행하면서 본 엄마와 아빠는 그런 사람들이었다. 그래서 멋있었고, 대단했다. 누군가가 엄마와 아빠를 사회 부적응자라고, 또는 고작 떠돌이 인생을 사는 거라고 손가락질할 때도 두 분은 끝까지 자신들만의 이야기를 써 내려갔다.

부모님은 자신들이 남달라서가 아니라 모두가 할 수 있는데 하지 않는 것뿐이라고 했다. 혹은 가장 중요하게 생각하는 가치의 차이로 다른 모양새의 삶을 선택한 것일 수도 있다고 이야기해 주었다. 그 말을 들으며 내가 좋아하는 일이 생기면 선택할 수 있는 용기, 선택에 대해 책임질 수 있는 용기를 더 키워야겠다고 다짐했다. 배낭여행이라는 경험은 꿈을 막 키우기 시작한, 아직 땅 위로 새싹이 올라오지 않은 씨앗에 불과한 15살의 나에게 흠뻑 쏟아지는 양분이었다.

가진 건 변하고 싶다는 의지 하나!

이탈리아 여행 이후 엄청난 영어 능력 향상, 이바와의 관계 개선 등 여러 사건을 거치며 1년의 시간이 더 흘렀다. 그사이 나는 8학년을 지나 9학년 1학기까지 마쳤다. 그리고 호주에서 겪는 첫 번째 이별이 찾아왔다. 전학을 가게 된 것이다.

사실 전학을 결정한 데에는 여러 이유가 있었다. 그중 가장 큰 부분은 학비였다. 원래도 사립 학교라 부담이 있었는데, 국제 학생들을 받으며 학비를 더 올리겠다고 했다. 인상된 학비는 우리 가족이 부담할 수 없는 금액이었다. 두 번째 이유는 학교 규모가 너무 작다는 점이었다. 학년별로 딱 한 개 반만 있어서 호주의 교육을 모두 경험하기에는 한계가 있었다. 영어를 배우면서 조금씩 커지는 욕심을 이 학교에서 다 채울 수 없다는 사실을 느끼고 있었다. 그래서 이왕이면 규모가 큰 국립학교로 전학을 가야겠다 마음먹었다. 더 다양한 학생들이 있는 학교에서 지금까지와는 다른 경험을 해보고 싶었다.

공립 여자학교로의 전학을 앞두고 잠이 오지 않았다. 지난번과는 다른 '시작'을 하고 싶었다. 그동안 상상해왔던 내 모습을 현실에서 보여줄 기회라고 생각하니 가슴이 터질 듯 설렜다. 목소리를 낼 줄 아는 당당한 아이, 자신감 넘치고 활발한 아이가 되고야 말겠다는 다짐을 매일 밤 했던 것 같다. 그렇게 나는 새로운 마음으로 새로운 학교에서 9학년 2학기를 시작할 준비를 했다.

개학 전 전학 수속을 위해 학교에 방문했다. 역시나 공립학교답게 앞뒤로 있는 잔디밭과 풋볼경기장 등 광대한 규모가 놀라웠다. 학교에 다니는 아이들이 이전보다 더 자유분방해 보이는 점도 좋았다. 이전 학교에서는 규율과 규칙이 많았는데, 이곳은 굉장히 자유로워 보였다.

먼저 학교 체험을 했다. 담당 선생님이 소개해 준 1일 메이트와 학교 시설을 둘러보고 수업을 들었다. 점심시간에는 1일 메이트의 친구들과 함께 축구 필드에 앉아 밥을 먹었다. 하루라는 짧은 시간이었지만, 이 학교에서 보낼 내 모습을 그려보기에는 충분했다.

특히 학생 개인의 독립성이 확보된다는 점이 마음에 들었다.

학생 수가 많아 수업이 겹치지 않으면 친구들의 얼굴을 보지 못하는 날도 있을 것 같았다. 대부분의 아이들이 같은 수업을 듣고, 하루 대부분을 함께 보내던 이전 학교와는 차이가 났다. 자신이 선택해서 들을 수 있는 수업 종류와 시간도 다양했고, 체험할 수 있는 활동도 많았다. 자유로운 분위기 속에서 학생 개개인이 스스로를 책임지고, 관리하고 있다는 느낌이 강했다. 그들의 모습을 보며 나 역시 이 안에 함께할 것이라 생각하니 가슴이 두근거렸다.

잠이 들기 전 늘 머릿속으로 학교에서의 나를 상상해왔는데, 새로운 학교에서는 그 모습 그대로의 나를 보여줄 수 있었다. 겁먹지 않았고, 눈치 보지 않았다. 부당한 일을 겪으면 숨지 않았고, 두려운 마음에 피해 다니지도 않았다. 그러다 보니 자연스럽게 좋은 친구들을 사귀게 되었다. 한국으로 돌아온 지금도 꾸준히 연락하며, 서로의 일상을 공유하는 친구들도 모두 이 학교에서 사귀었다. 내가 무엇을 하든 나를 응원해 주고 이해해 주는 진심 어린 친구들과 함께할 수 있다는 사실이 참 감사했다.

첫 학교에서의 시간이 너무 괴로워 지옥에 있다고 생각했지만, 그 경험이 있기에 성장할 수 있었고 좋은 친구들을 만날 수 있었던 거라 믿는다. 더불어 친구라는 존재에 의존하고, 외로움을 달래려고 했던 과거의 내 모습도 떨쳐낼 수 있었다. 변하겠다

고 스스로 다짐하고 나니 무엇도 두렵지 않았다. 무엇보다 나를
믿게 되면서 이 모든 변화가 가능했다. 결국 변화의 시작은 나의
의지에서 출발한다는 사실을 보다 명확하게 깨닫게 됐다.

04

내가 좋아하는 게 이렇게 많은 아이였나?

점차 하고 싶은 것들이 눈에 들어오기 시작했다. 어떻게 해도, 뭘 해도 재미없던 학교 공부가 나를 흥분하게 만들었고, 내 안에 꺼져가던 불씨를 되살려 분출할 계기가 생겼다. 스스로도 좋아하는 게 이토록 많은 사람이라는 사실에 새삼 놀랄 정도였다.

우선 공립학교 선생님들은 나를 바꾸려 하지 않았다. 조금 과한 승부욕을 보인다고 탓하기보다 어떻게 컨트롤해야 하는지, 어떻게 긍정적인 방향으로 활용할 수 있는지를 알려주었다. 단점을 보완하고 장점으로 만드는 방법도 함께 고민해 주었다. 한국에서는 항상 꼴찌였기 때문에 교과서를 쳐다볼 생각도 하지 않았는데, 이곳에서는 교과서만 공부해도 반 1등을 하고 조례 시간에 전교생 앞에서 성적 향상상을 받는 아이가 됐다. 제일 못했던 과학에서 A도 받고, 풀어서 16점이던 수학도 A반 1등을 했다. 이런 변화에는 바꾸려 하지 않고, 포기하지 않고 이해할 때까지 설명해 주는 선생님들의 열정이 큰 역할을 했다.

나는 납득하지 못하는 것을 그냥 넘기지 못했다. 그래서 한국 교육 안에서 "그냥 외워"라는 말을 받아들이지 못했다. 호주 선생님들은 몇 시간이건 내가 이해할 때까지 설명해 주고, 결코 나를 피하지 않았다. 점심시간에 찾아가 민폐 아닌 민폐를 부리며 질문을 하는데도 충분히 시간을 들여 설명해 주었다. 이해하지 못한다고 창피를 주지도 않았다. 이런 선생님이 있으니 학생의 의욕이 상승하는 것은 어쩌면 당연한 결과다. 정서불안이라는 말을 듣던 내가 집중력과 공부에 대한 의욕이 최고치까지 솟으며 무엇이든지 자신감 넘치는 아이로 변하게 되었다.

공부뿐 아니라 예체능 분야에도 소질을 보였다. 사실 내가 가장 좋아하는 과목은 미술과 체육이었다. 좋아하는 것을 할 때 나의 체력은 거의 무한대에 가까워진다. 평소에는 좀비가 되어 하루를 겨우 마무리하는데, 체육 수업이 있는 날에는 오히려 지치지 않았다. 45분을 마치 찜질방에서 땀을 빼듯 온 열정을 불태우고 나서도 힘들기보다 시원한 마음으로 다음 수업을 받을 수 있었다. 일과가 끝난 후 체육관에 달려가는 것도 거의 일상이었다. 혹 체육관 문이 닫힌 날은 절망적인 기분을 느끼며 터덜터덜 집으로 향하곤 했다. 운동할 때마다 "나는 살아있구나"라고 깨닫는 기분이어서 더욱 운동에 집중했던 것 같다. 태권도, 스턴트 치어리딩, 스쿼시, 네트볼, 배드민턴 등 학교 대표팀으로 나가 해볼 수 있는 운동은 모두 신청했다.

마음 깊은 곳에서부터 정열적으로 사랑한 또 다른 과목은 미술이었다. 체육이 힘듦을 잊게 해주고 쌓여있던 열정이나 에너지를 태울 수 있는 도구였다면, 미술은 행복한 감정을 느끼게 해주는 과목이었다. 내가 미처 깨닫지 못했던 감정들까지 아주 솔직하게, 어떤 거짓말 없이 표현할 수 있었다. 정물화나 사실적인 그림을 그리는 건 좋아하지 않았다. 눈에 보이는 그대로를 표현하기보다 내 시선을 통해 새롭게 해석하는 것을 좋아해 추상적이고 인상적인 그림을 주로 그렸다.

두 과목의 공통점이라면 몸을 이용해야 한다는 것, 말이 아닌 형태로 자신을 표현할 수 있다는 것, 날것 그대로의 감정까지 꺼낼 수 있다는 것이다. 체육을 할 때마다 심장이 뛰던 이유는 단지 성취감 때문이 아니었다. 말을 주고받지 않아도 서로의 움직임을 읽고, 투지를 느끼고, 하고자 하는 것을 이해해서 같은 곳을 향해 달려갈 때의 벅참과 흥분이 심장을 뛰게 했다. 붓을 들어 어떠한 틀도 없이 색과 선을 통해 오롯이 내 감정을 담아내고, 그림이라는 매개체를 통해 그린 사람과 보는 사람의 생각이 섞이는 과정을 경험하면서 세상 어떤 것보다 가슴 울리는 위로를 느꼈다. 이 두 가지는 내게 흥분 자체이자 나를 숨 쉬게 해주는 원동력이었다.

더불어 내가 가지고 있는 불안과 답답함을 해소해 주는 활동
이기도 했다. 표면적으로 나에게 문제는 없었다. 학교를 옮기면서
변하겠다는 다짐과 노력으로 친구 관계도, 성적도 문제없이 해결
되기 시작했다. 호주에서의 생활도 조금씩 익숙해지고 있었다. 그
럼에도 가슴속에 어딘가 모를 허전함이 있었다. 마치 메워지지 않
는 큰 구멍이 뚫린 기분이었다. 그래서 어떤 식으로든 바깥으로
표출하지 않으면 터져버릴 것 같았다.

구멍이 언제부터 있었는지 명확하지 않지만 아주 어린 시절부
터 완전하게 채워지지 않는, 무엇을 해도 충족되지 않는 무언가가
있었던 듯싶다. 처음에는 좀 작았을 테지만 관심 주지 않고, 돌보
지 않은 채 17~18년간 외면했더니 어느새 나를 모두 삼킬 만큼
커져 있었다. 이 불안을 잠재우기 위해 몸을 쓰는 활동에 집중했
던 것 같다.

언제나 세상과 소통하고 있다고 느껴지는 순간을 찾아 헤맸
다. 혼자 갇혀있는 것이 아니라 세상 모두와 함께 나누고 있다는
것을 느껴야 살아있는 것 같았다. 운동선수라는 타이틀보다 몸을
움직이며 플레이하는 행위가 좋았고, 화가라는 타이틀보다 색을
활용해 결과물을 완성하는 과정이 좋았다. 항상 어떤 타이틀이
아니라 그 과정, 그 행동을 하는 순간이 행복했다. 그래서 내 꿈
은 무언가가 되는 것이 아니었다. 화가가 되거나 운동선수가 되

고 싶다는 생각은 한 번도 한 적이 없었다. 나는 예술을 표현하는 사람이고 싶었다. 되고 싶은 것은 없었지만, 하고 싶은 것은 셀 수 없이 많았다. 내가 이렇게 하고 싶은 게 많은 사람이었는지 놀랄 정도로, 매 순간 새롭게 하고 싶은 것이 떠올랐다. 그렇게 꿈을 꾸게 됐다.

하지만 이런 성향은 곧 현실적인 문제와 부딪혔다. 고등학교를 졸업하고 대학에 진학하기 위해서는 한 가지의 뚜렷한 분야, 전공을 선택해야 했다. 나에게는 이 말이 꿈꾸지 말고, 직업을 찾으라는 이야기로 들렸다. 꿈을 말할 때 직업을 이야기하지 않으면 꿈이라고 취급하지 않는다. 사회 구성원으로서 어떤 인생을 살 것인지 고민할 때 포인트는 직업이다. 이것이 가장 피하고 싶고 두려웠던 선택이었다. 대부분 "전공을 살리는 건 어려워" "취업할 생각을 해" "예술인들은 다 배고파" 같은 이야기를 했다. 예체능 계열은 80퍼센트 이상이 전공과 무관한 일을 하게 될 거라며 일단 좋은 대학에 진학하라는 조언이 끝없이 이어졌다.

호주도 별반 다르지 않았다. 당시 학교에 함께 다니던 친구들은 대부분 높은 임금을 받는 치과의사, 엔지니어, 교수, 간호사 등의 직업을 가지고 싶어 했다. 심지어 꽤 어린 나이부터 현대무용을 하던 친구도 대학교는 치의학과에 갈 예정이라고 했다.

주변이 그렇다고 원하지 않는 목표를 만들 수 없었다. 나에게는 특별히 되고 싶은 것, 특정 직업에 대한 욕심이 없었다. 다만 늘 꿈꾸던 대로 '가치 있는 사람'이 되고 싶었다. 내가 좋아하고, 잘할 수 있는 것을 많은 사람들과 나누며 세상에 아주 작은 가치라도 남겼으면 하는 마음이었다. 나는 해낼 수 있다고 믿었다. 내 감정을 뚜렷하게 표현했을 때 가장 빛나는 나만의 작품을 완성할 수 있다는 자신감이 있었다.

사람과 세상과 소통하면서 겪은 기쁨과 벅참을 다른 이들에게도 전해 주고 싶었다. 나 혼자만 느끼며 행복한 게 아니라 한 명이라도 더 같이 느끼며 함께 행복해지고 싶다는 바람을 이룰 수 있을 것 같았다. 꿈이 조금씩 모양을 갖춰가기 시작했다.

더 나은 나를 꿈꾸는 것이 자신을 지키는 방법

혼자만 다른 생각을 하고, 혼자만 이상하게 행동하는 아이. 어렸을 때 내 소개를 하자면 저 말이 딱 어울린다. 어떤 한 가지에 꽂히면 고집을 부렸다. 다른 아이들은 굳이 하지 않을 행동인데, 호기심을 참지 못하고 일단 하고 봤다. 아무리 혼이 나도 궁금한 게 생기면 일단 해봐야 했다. 이런 성향 때문에 '같이'보다는 '혼자'가 편했다. 같이 하면 안 된다고 할 것이 너무 많았으니까. 타인과 맞춰가고, 이해시키는 과정을 겪는 것보다 혼자 하는 게 모든 면에서 편했다.

"원래 사람은 혼자 살 수 없어. 당장 눈에 보이지 않지만 우리는 많은 이들의 도움을 받으며 살고 있거든. 무엇이든 혼자 할 수 있다는 건 오만한 생각이야."

"찐아, 혼자 하는 걸 정말 좋아하는 게 아니라 상처받을까 봐 사람들에게 너를 온전히 보여주지 못하는 거야. 무서워서 문을 닫아 놓은 거지. 그러니까 이제 문을 열어봐."

엄마는 내 옆에서 항상 이런 이야기를 해주었다. 엄마의 말을 듣고 곰곰이 생각해 보면, 그게 하나의 단서가 되어서 나라는 사람의 여러 부분을 발견하게 된다. 함께하지 못하는 진짜 속마음에는 '나를 별로라고 하면 어떻게 하지?' '내가 하는 말이 틀리거나, 내 생각이 이상하다고 하면 어쩌지?' 같은 불안한 감정들이 있었다.

특히 호주에 와서 하기 싫은 것을 해야만 하는 상황에 부딪히자 이런 마음은 더 심해졌다. 사람들이 나 때문에 눈치 보고 불편해하는 게 싫어서 미리 자리를 피했다고 하지만, 사실은 그들의 반응을 보고 내가 상처받을까 봐 자신을 사람들로부터 고립시킨 것이다. 그리고 이것은 나도 모르는 사이 습관이 되어버렸다. 점점 소통하며 타인과 함께 나아가는 방법을 모르고, 어떤 즐거움도 깊게 느끼지 못하는 상태가 지속됐다. 이때 다시 등장한 사람이 이바다.

전학 후에도 여전히 연락하고 가깝게 지낸 이바가 스턴트 치어리딩을 시작했다며, 같이 해보지 않겠냐고 물어왔다. 이바와 함께 가서 본 치어리딩은 충격 그 자체였다. 응원단이 아니라 고난도 체조 기술을 선보이는 것 같았다. 훈련장에는 6~7살 되는 아이들부터 성인까지 다양한 사람들이 자기 몸을 내던지며 훈련을 받고 있었다. 멍과 상처가 가득한 몸으로 텀블링과 공중회전을 선보였다. 체계적인 교육이 필요한 스포츠였는데, 지금껏 내가 경험했던 것들과는 달랐다.

이전의 나는 무조건 '이기기 위해' 스포츠를 했다. 골을 넣어 점수를 획득하거나 셔틀콕을 내리꽂아 상대보다 많은 점수를 얻는 것이 내가 아는 스포츠였다. 그러나 치어리딩에서는 멍이나 상처가 더 많은 사람이 이기는 규칙이라도 있는 듯 선수 모두가 자신의 몸을 바닥에 던졌다. 그렇게 연습을 통해 공중회전을 하는 플라이어(flyer) 선수들과 그들을 받쳐주는 베이스(base) 선수들 사이에 완벽한 합이 완성됐다.

베이스 선수들의 타이밍이 잠깐이라도 어긋나면 플라이어 선수들은 3미터가 넘는 높이에서 바닥으로 낙하한다. 다리나 팔이 부러져 깁스를 하고 오는 선수들도 많았다. 문득 궁금해졌다. 저렇게 뼈를 깎는 고통을 느끼면서 훈련받는 건 왜일까. 대회에 나간다고 상대와 바로 겨루는 것도 아니고 개인의 명성이 높아지는 것도 아니다. 20명이 넘는 선수가 한 팀이라 개인의 존재가 미약하리만큼 작게 느껴질 텐데 도대체 어떤 성취감이 있는 걸까.

이런 의문 속에서 나와 이바는 체험 수업을 시작했다. 트라이얼(Trial)을 신청하면 엘리트 선수들이 받는 기초 수업을 일주일간 배울 수 있다. 새털처럼 가볍게 하늘을 향해 날아올랐던 선수들이 받는 훈련은 가혹하고 끈질겼다. 훈련 시간의 절반은 근력 운동이었다. 플랭크 하는 선수의 등에 덤벨을 올리고 그 위에 코치가 앉았다. 슈렉의 근육과 덩치를 가진 코치는 허리에 끈을 묶은 후 선수들에게 자기를 끌며 훈련장을 돌라고 했다. 가까이서 훈련을 경험할수록 '선수들은 이것을 왜 할까?'라는 의문이 점점 커졌다. 그러나 약 3분간 펼쳐진 선수들의 퍼포먼스를 본 후 이런 의문을 말끔히 지웠다.

노래가 시작되자 고강도 훈련을 받으면서도 웃음을 잃지 않았던 선수들의 표정이 굳어지며 긴장하는 게 보였다. 대형을 만든 선수 중 어느 누구도 중요하지 않은 포지션이 없었다. 서로가 서로의 목숨 줄을 잡고 있었다.

플라이어는 베이스의 손에 올라타 공중으로 던져질 때까지 단 한순간도 상대방을 믿지 않으면 안 된다. 상대를 믿고 자기 몸을 온전히 맡겨야 한다. 베이스는 플라이어가 떨어지지 않도록 받아줘야 한다. 이건 자신도 믿고, 타인과의 약속도 믿어야 가능한 일이다. 텀블링을 하다 서로가 약속해 놓은 영역을 조금이라도 벗어나면 바로 충돌이 일어난다. 치어리딩은 처음부터 끝까지 서로 간의 약속으로 완성되고, 자신과 타인에 대한 믿음을 기반으로 훈련을 해나가야 한다. 그러다 노래가 나오면 수없이 많은 시간 동안 서로에게 했던 약속을 하나의 퍼포먼스로 완성해 결과를 만들어낸다. 약속의 매듭 같은 느낌이었다.

최선을 다하지 않은 선수는 단 한 명도 없다. 목표가 다른 선수도 단 한 명도 없다. 20명의 선수는 오로지 서로에게 의지한 채 같은 목적지를 향해 걸어갔다. 그 모습이 정말 엄청난 환희를 안겨주었다. 퍼포먼스가 끝나고 모두 바닥에 쓰러져 땀 흘리며 서로를 격려하는 모습, 얼굴에 걸린 밝은 웃음까지 최고였다. 그 모습을 보자마자 바로 치어리딩을 시작했다. 인생의 방향을 찾지 못했던 18살의 나에게 치어리딩은 학교에 가는 이유가 됐다. 치어리딩 훈련 덕분에 하루의 마지막을 행복하게 끝낼 수 있었다. 이때부터 단체로 함께하는 일들에 대한 감동이 무의식에 자리 잡았다.

나는 언제나 직접 경험하고 난 후에야 깨달음을 얻는 것 같다. 귀로 들은 것들은 오래가지 못하고 나를 통과해 흩어진다. 반대로 무엇인가를 직접 해서 얻은 깨달음은 온몸에 각인처럼 남는다. 사실 커가면서 느끼는 깨달음의 대부분이 낯설지 않은 이야기다. 내가 어렸을 때 엄마가 한 번씩 해주었던 말이기 때문이다.

당시에는 엄마의 말이 어딘가 이상하다고만 생각했다. 이해할 수 없는 말이 대부분이었고, 내가 아는 세상(어린아이의 세상이라고 해야 학교와 집, 친구가 전부였겠으나)과 다른 영역인 것 같았다. 항상 지칠 때까지 일하던 엄마에게 "엄마, 힘들지 않아?"라고 물으면 엄마는 "나만을 위해 일하면 힘들었겠지"라고 웃으며 대답했다.

엄마가 밤낮없이 일해야 우리 가족이 겨우 끼니를 이어갈 수 있는 상황이었지만, 엄마는 무너지지 않았다. 자기 자신이 아닌 가족을 위해 살고 있었기 때문이다.

오직 자신만을 위해 살 때는 무엇이든 금방 지치고 포기하게 되지만, 타인을 위해 살아갈 때는 더 강한 의지가 생긴다는 엄마의 말이 당시에는 의아했다. 의지가 클수록 못 할 일은 없어지고, 현실에 무너져 내리기보다 끊임없이 부딪쳐 결국 해낼 수 있다는 말을 엄마는 자신의 삶으로 직접 내게 보여줬다. 그리고 나 역시 시간이 흐르고 조금씩 성장하면서 엄마의 말이 가지는 의미를 깨닫게 되었다.

사람은 세상을 바꾸고 눈부신 결과를 얻을 수 있는 존재이다. 그 힘의 비밀은 의지에 있다. 더 나은 사람이 되겠다는 의지, 더 괜찮은 나를 만들겠다는 의지, 내가 사랑하는 이들을 지키겠다는 의지는 어떠한 한계도 이겨낼 힘을 준다. 그리고 이 모든 것은 혼자가 아니라 함께일 때 훨씬 큰 힘을 발휘한다. 세상에 더 큰 빛을 안겨줄 수 있다는 확신, 세상에 이로운 변화를 만들어 내겠다는 꿈을 꾸고 싶다. 이 꿈을 조금이라도 더 멀리, 더 빨리 전달하기 위해선 나의 의지뿐 아니라 모두의 의지가 모여야 가능하다는 것을 믿게 됐다.

나만의 방식으로 세상 살아가기

"오늘의 내가 즐겁지 않은데
미래의 나는 즐거울까?"

다수의 선택이 늘 옳은 것은 아니다

졸업반이 되면서 학교와 주변 친구들의 분위기가 완전히 달라졌다. 대화의 주제는 어느 대학교가 유명한지, 어느 대학교에 가야 취업에 도움이 되는지, 어떤 학과가 돈을 벌기 좋은지, 유망한 직종이 무엇인지 등 진학, 취업 심지어 노후 준비로까지 변했다. 꿈이나 취미, 당장의 즐거운 것들은 친구들의 관심 밖이었다. 친구들은 학교가 끝난 후 수영장에 함께 갈 사람을 묻는 나를 한심한 사람처럼 쳐다보았다. 이런 상황이 이어질수록 초조함과 불안함이 조금씩 커졌다.

고등학교를 졸업하면 스스로 살아가야 하는 어른이 되니까 친구들은 자기만의 방식으로 사회에 발 내디딜 방법을 찾고 있었다. 그와 달리 나는 제자리걸음이었다. 꿈을 이루는 단계가 있다면 이때의 나는 지망생 정도의 위치였던 것 같다. 지망생에서 연습생이 되기 위해서는 일단 오디션을 봐야 한다. 어떤 분야의 오디션을 보고 싶은지, 어떤 장르의 예술을 하고 싶은지, 어떤 예술가가 되고 싶은지에 대해 계획을 세운 뒤 오디션을 보겠다는 결심을 해야 한다. 하지만 나는 오디션을 보기도 전에 탈락할까 봐 무서워만 하고 있었다. 혹여 내가 선택한 장르의 예술이 나랑 맞지 않으면 어쩌지, 그렇게 되면 노력한 시간들이 '낭비'될 거라 생각했다.

그렇다고 당장 대학교에 가지 않겠다는 결정을 할 용기도 없었다. 모든 친구들이 대학교를 선택했고, 그 길이 가장 안전하며 사회에서 인정하는 과정인 것 같았다. 마치 하나의 공식처럼 '대졸'이라는 값을 입력해야 '직업인'으로 인정받고, '사회 구성원'으로 부끄럽지 않은 모습이라고 느껴졌다. 그 틀을 벗어날 용기가 없어 대학교를 목표로 열심히 과제하며 시험을 준비하고 포트폴리오를 만들었다.

하지만 장애물은 쉬지 않고 등장했다. 대학교에 간다면 어떤 학과를 가야 하는지가 문제였다. 짧은 시간이 아니라 최소 4년 동안 공부해야 하는데, 도대체 어떤 걸 하면 좋을까 고민이 됐다. 지난 시간 동안 내가 보고, 느끼고, 채운 것들을 하나씩 다시 꺼내 보았다.

고등학교에 다니는 내내 방학 때가 되면 늘 여행을 떠났고, 그때마다 예술가들의 마을, 벽화 거리, 축제, 건축물 등을 주로 살펴봤다. 그 과정에서 부유한 사람, 가난한 사람, 어린아이, 어른, 노인, 여자, 남자 등 어떤 나라에 사는 어떤 성격을 가진 사람이든, 심지어 동물과 곤충에게도 필요한 것이 바로 '공간'이라는 사실을 깨달았다. 공간을 만드는 건축예술에 눈을 뜨게 된 것이다. 현대사회에 꼭 필요하고 모든 이들에게 중요한 예술이 바로 건축이었다. 내가 좋아하면서 사회에 가치 있는 예술을 찾았다는 생각이 들었다.

그때부터 건축과 관련된 정보를 알아보기 시작했다. 건축이라는 분야는 생각보다 더 다양한 갈래로 나뉘었다. 집이나 빌딩을 짓는 것만 건축이 아니었다. 건축 조경, 시공학, 설계, 디자인, 사회환경공학, 토목공학, 전통건축, 실내건축 등등 정말 셀 수도 없이 많은 분야가 있었다.

건축 공부를 하고 싶었던 이유는 내가 가진 것을 이용해 세상에 가치를 만드는 사람이 될 수 있다는 확신 때문이었다. 그런데 건축의 영역을 알면 알수록 그중 '진짜' 원하는 방향이 무엇인지 모호해졌다. '신념'이 깃든 목표나 꿈이 아니었다. 건축을 통해 이루고자 하는 것은 무엇인지, 소망하는 목표는 무엇인지, 그 속에서 무엇을 원하고 좋아하는지에 대한 확신도 없었다. 방향은 정했지만 꿈에 대한 자신과의 대화가 부족했다. 그저 다른 사람들이 만들어놓은 의견과 공식에 나의 꿈을 적당히 맞추어 제작하고 있다는 생각이 들었다.

대학교 건축학과에 진학한 후 우수한 성적으로 졸업해 글로벌 회사에 들어가 위대한 건축물을 만드는 것이 진짜 나의 꿈인 '가치 있는 예술을 세상에 심는 것'과 부합할까. 적합한 시작은 아니라는 판단이 들었다. 물론 건축을 통해 이루고자 하는 신념이 확실히 선다면 목표를 향해 하나둘 성취해나가는 것도 중요하다. 하지만 단순히 구색을 맞추기 위해 그나마 좋아하는 것을 선택하고 싶지는 않았다. 그런 마음으로는 진정성 있는 배움을 얻을 수도, 꿈꿔왔던 '가치 있는 예술'을 하는 사람으로 성장할 수도 없다는 걸 알았기 때문이다.

처음에는 주변 사람들이 모두 간다는 이유로 대학교 진학을 결심했다. 누군가에게는 간절하고 소중할 수 있는 길이 나에게는 도살장에 끌려가는 것처럼 느껴졌다. 다른 사람들과 같은 곳을 가더라도, 그 길에서 내가 무엇을 얻을 수 있는지 정해야 하는데 그러지 못했다. 어쩌면 애초에 다른 선착장으로 가는 배가 필요했는데, 목적지를 잘못 설정하고 도착했다는 결과만 중요하게 생각한 건 아닐까. 숲속에 자리 잡고 싶은지, 해변인지, 남쪽인지, 북쪽인지 선택지는 다양하다. 분명 개인마다 원하는 것이 다른데 그저 사람 많은 곳을 '정답'이라 여기고, 그곳을 향해 가고 있었다. 꿈은 그렇게 이뤄지는 게 아닌데 말이다.

세상에는 꿈을 이루는 무한한 방법이 있다. 옳고 그른 것은 없으나 자신에게 적합하고 그렇지 않은 것은 있다. 그때 내 상태에서 대학교에 진학하는 것은 적합한 방법이 아니었다. 그 사실을 깨닫고 나니 학교에 다니는 내가 마치 감정 없는 로봇 같았다. 목적 없이 수업을 듣고, 생각 없이 과제를 하며, 이유 없이 시험을 봤다. 목표가 없는 과제와 시험을 위해 시간을 쏟아야 하는 상황이 스스로 납득되지 않았다.

나의 마음과 관계없이 학교에서의 시간은 흘러갔고, 눈앞에 산처럼 쌓인 평가를 위한 과제와 시험으로 정신이 없었다. 잔디밭이나 운동장에서 점심을 먹는 것조차 사치가 되었다. 다람쥐가 되어 멈추지 못한 채 쳇바퀴를 굴리는 것 같은 날들이었다.

친구들과의 관계도 소원해졌다. 각자의 스트레스로 더 이상 서로를 이해할 여유가 없었다. 지금 그 시절을 돌아보면 세상이 흑백에 가까웠던 것 같다. 발목에 100kg의 모래주머니가 달려 있어 한 걸음 한 걸음 옮기는 게 죽을 만큼 힘들었다. 얼굴에서는 웃음의 흔적조차 찾을 수 없었다. 당시 가장 많이 했던 생각은 "나 이걸 왜 하는 거지?"였다.

대학교가 무조건 틀린 수단은 아니다. 다만 인생에서 가슴이 원하는 것을 찾고 소망하는 것을 향해 다가가고 싶을 때, 더 발전하고 싶을 때 선택하는 게 맞는 것 같다. 그 당시에는 대학교가 주는 것 없이 내 시간을 노리는 허울뿐인 껍데기로밖에 보이지 않았다. 나에게는 확고한 뜻이 생겼을 때 언제든 다시 진중하게 공부할 수 있는 곳이 대학교였다.

'나중'을 위한 투자, 지금 열심히 해야 다음이 있다는 말은 의미를 잃었다. 미래를 위해 노력해야 하는 것은 맞지만, 그 미래가 오기도 전에 죽으면 무슨 소용이 있을까 싶었다. 그만큼 당시의 나는 죽을 맛이었다. '미래를 위해서 하는 거야'라고 말하면서도 행복하지 못한데, 그렇게 쌓은 미래가 과연 행복할 수 있을까. 꿈을 위해 달리는 과정은 가슴이 두근거려야 하는 게 아닌가. 지칠 때가 있더라도 좋아하는 마음이 흔들리지 않아야 하는 거 아닌가. 그런데 왜 가슴이 두근거리지도 않고 마음은 갈대처럼 흔들리는 걸까. 무언가 단단히 잘못됐다는 걸 느꼈다. 졸업까지 1년 6개월이 남았지만, 학교에서 보내는 시간이 더 이상 가치가 없었다. 한 시간도 버티기 어려운데 이 상황이 1년 6개월간 이어지고, 그 후 4년을 더 해야 한다니 절망스러웠다.

분명 모든 사람에게 학교생활이 나와 같은 느낌은 아닐 것이다. 어떤 친구들은 무엇을 하고 싶은지, 그래서 무엇을 하고 있는지, 무엇을 할 것인지가 뚜렷했다. 자기만의 계획으로 대학 준비, 유학 준비, 취업 준비를 하고 있었다. 하지만 나는 스스로에 대해서 잘 알지 못했다. 학교에서 원하는 방식으로 나 자신을 찾고, 내 꿈을 탐험해 나가는 건 불가능하다는 사실만 확신할 수 있었다.

물론 불안하고 두려웠다. 나에게 주어진, 가장 안전하고 보편적인 방법으로도 해내지 못하는데 다른 방식을 시도한다고 자신을 찾을 수 있을 것 같지 않았다. 꿈에 가까워질 수 있다는 자신도 없었다. 하지만 머리를 따라서 결과를 얻고, 가슴을 따라서 과정을 얻는 거라면 차라리 인간답게 뛰는 심장으로 살고 싶었다. 결국 나는 어떠한 걱정이나 후회 없이 가슴의 선택을 따르기로 했다.

결정을 내리는 과정에서 언젠가 엄마가 들려줬던 학창 시절 이야기가 큰 도움이 됐다. 엄마는 고등학교 3학년 때 중앙대 연극영화과 진학을 목표로 했었다. 자신과 전혀 다른 인물이 될 수 있다는 매력에 연기에 푹 빠졌다. 무대만 보면 눈이 돌아가는 사람이었다. 선생님들도 당연히 엄마의 목표를 응원했고, 할 수 있다고 생각했다. 그런데 막상 대학교 지원 시기가 되자 엄마는 대입을 포기했다. "잘하던 연기를 갑자기 왜 포기해?"라고 묻자 엄마는 "무대 위에서 멋진 배역을 연기하지 않아도 현실의 내가 멋진 인물을 구현해내면 되는 거더라. 내가 드라마 작가가 되어서 나라는 인생의 시나리오를 직접 쓰고, 매 순간 완벽하게 그 인물을 연기하며 살면 되겠더라고. 무대 위가 아니어도 인생의 모든 순간에서 영화를 찍을 수 있다는 사실을 깨달았어"라고 말했다.

세상을 무대로, 자신이 쓴 이야기를 인생이라는 작품으로 만들겠다는 말. 그 말이 가슴속에 박혔다. 대학교에서 의미 없이 4년을 보내기보다 인생에서 꿈을 이루기 위해 노력하겠다는 엄마의 선택이 나에게도 영향을 미쳤다. 대학교 진학 대신 배낭을 메고 1년간 세상을 돌아다닌 엄마는 자신이 써 내려간 이야기 그대로 삶을 완성해나갔다.

　나 또한 충분히 할 수 있다는 자신이 생겼다. 공간예술을 학교가 알려주는 방법이나 틀에 맞춘 형태로만 하고 싶지는 않았다. 머리에 남지 않는 공부를 하느라 시간을 흘려버리지 않고 새로운 도전, 나만이 할 수 있는 세상 탐험에 시간을 쏟고 싶었다. 여러 번 생각하고 또 생각했다. 어쩌면 지나온 시간 모두를 버리는 결정이 될 수도 있어서 진지하게 고민을 거듭했다. 호주에서 고등학교 졸업까지만 참아보자는 마음도 있었다. 그러나 견뎌야 하는 순간들이 쓰레기통에 내 삶을 던져버린 채 방치하는 시간인 것만 같았다. 결국 자퇴를 결심했고, 부모님은 조금 더 일찍 원하는 방향으로 사회를 경험해 보는 것도 배울 점이 많을 거라며 내 결정을 지지해 주셨다.
　11년 동안 학교에 다니며 사회에서 살아갈 수 있는 기본적인 지식과 공동체 안의 약속, 질서를 배웠기에 자격은 충분했다. 이제 자신을 믿고 모든 사람이 걷는 길에서 벗어나 나만의 길을 걸어나가면 된다. 그렇게 나는 또 다른 세계로 첫발을 내디뎠다.

인생을 내 이야기로 채울 거야

자퇴를 결정한 다음 날, 학교에 가자마자 프런트 오피스로 달려갔다. 자퇴서를 요청했고 예상보다 수월하게 작성할 수 있었다. 학교 친구들과 짧은 작별 인사를 나누고, 사용하던 사물함도 깨끗하게 비웠다. 학교와의 작별은 생각보다 심플했다. 서운한 마음보다 시원한 마음이 컸다. 정확히 2019년 6월 13일, 학교를 떠났고 동시에 호주에서의 생활도 정리하기로 했다. 한국으로 돌아가 3년간의 세계 여행을 마치고 부모님이 정착한 충주로 갈 생각이었다.

새로운 시작을 위한 첫 미션은 한국까지 온전히 내 힘으로 돌아가는 것이었다. 그동안 아르바이트를 해서 모은 금액을 확인했다. 그리고 어렸을 때부터 여행하면서 익힌 '최저가 항공권 찾기'

와 '효율적으로 목적지에 도착하기 기술'을 활용해 호주에서 한국 충주까지 가는 방법을 정리했다. 이렇게 스스로의 힘으로 목적지를 찾아가는 훈련은 15살, 첫 여행을 시작하면서부터 해왔던 일이다.

10학년 2학기가 끝나고 한 달간의 긴 여름방학을 한국에서 보내고 싶다고 하자 엄마는 "아르바이트해서 비행기 티켓값 벌어서 와"라고 했다. 엄마의 말에 난생처음 돈을 벌었다. 만 16살이 지났기 때문에 아르바이트를 할 수 있었는데, 초등학생들을 위한 보습학원에서 숙제 확인, 시험지 채점, 성적을 데이터로 기록하는 일을 했다.

돈을 버는 일은 생각보다 고되고 힘들었다. 태어나 처음 하는 일이라 많이 혼났고, 자주 울었다. 5시간 동안 집중하며, 맡은 일을 완벽하게 해내야 한다는 부담도 컸다. 그렇게 해서 손에 쥔 돈은 의미가 달랐다. 용돈을 받으면 아쉬움 없이 먹고 싶은 것을 사 먹고, 갖고 싶은 것을 샀다. 그러나 직접 번 돈을 쓰려니 '힘들게 번 돈을 쓸 만큼 정말 꼭 필요한 거야?'라는 질문을 한 번 더 하게 됐다. 자연스럽게 절약하게 됐고, 그런 과정을 거쳐 얻은 한국행 비행기 표는 굉장히 큰 행복을 안겨주었다.

가족들과 한 달간의 달콤한 방학을 보내고 다시 호주로 돌아와 11학년을 시작했을 때도 아르바이트를 쉬지 않았다. 아르바이트의 목적은 빚 청산이었다. 스스로 돈을 벌 수 없던 15살, 몰타에 가기 위해 산 비행깃값을 엄마에게 갚아야 했다. 당시에도 엄마는 여행경비를 빌려주는 것이라고 분명히 이야기했고, 내가 돈을 벌 수 있는 나이가 되자 갚으라고 했다.

워낙 어릴 때부터 독립적으로 살아야 한다는 말을 자주 들었기 때문에 엄마의 요구가 부당하다고 느껴지지 않았다. 오히려 빨리 빚을 갚고 싶은 마음이 컸다. 누군가에게 의지하지 않고 내 일을 스스로 해결하는 것. 그 과정에서 내가 어떤 노력을 해야 하며, 어떤 일들을 경험할 수 있는지 배웠다.

이런 경험이 있었기에 한국으로 돌아가는 경비를 직접 마련하는 미션이 결코 어렵지 않았다. 당장 새로운 아르바이트를 시작했다. 동시에 호주에서 내가 쓰던 가전제품과 교복, 사무용품, 옷, 물건 등을 중고사이트에 팔았다. 짧은 시간 안에 물건들이 팔렸고, 무사히 비행기 티켓을 살 수 있었다. 한국으로 돌아갈 준비는 끝났다. 마지막으로 이바와 식사를 하고, 서로의 행복을 빌어주며 작별 인사를 했다. 그렇게 나의 호주 생활은 막을 내렸다.

호주에서의 시간은 나에게 슬픔과 기쁨을 동시에 알려주었다. 빛을 잃었던 순간도 있었지만 결국 스스로의 힘으로 다시 반짝일 수 있었다. 낯선 곳에서 낯선 이들과 친구가 되고, 서로의 시간과 생각을 나누는 과정은 나를 한 단계 더 성장시켰다. 나라는 사람을 조금 더 공부할 수 있는 시간이기도 했다. 자유롭게 내가 가진 생각을 펼칠 수 있었던 호주에서의 생활은 나를 긍정적인 방향으로 변하게 해주었다.

학교라는 울타리를 떠난 나에게는 새로운 이야기들이 기다릴 것이다. 다른 친구들이 안정적인 길을 걷는 동안 나는 비포장 시골길을 달리게 될지도 모른다. 길은 명확하지 않고, 지도나 내비게이션도 없다. 모두가 가는 길을 걷지 않고, 모두의 결정과 다른 선택을 한 내가 문제 있는 사람이 아니라는 증명 또한 내 몫이다. 호주를 떠나며 더욱 단단한 다짐을 했다. 꼭 하고 싶은 걸 찾아 눈부시게 해내겠다고. 인생을 흥미진진한 이야기로 꽉 채우겠다고 말이다.

하고 싶은 걸 선택하는 것의 무게

처음 한국에 도착했을 때는 집에 왔다는 생각에 몸도 마음도 가벼웠다. 드디어 해방된 것 같은 기분에 시간을 두고 여유롭고 편하게 쉬고 싶었다. 부모님과 여행도 가고, 압박이나 초조함 없이 늦잠도 자고, 놀러도 다니면서 바둑판처럼 짜여있던 시간 속에서 사는 것을 끝내고 새로운 일탈을 경험하고 싶었다.

그런 마음으로 선택한 것이 '스파르탄 레이스'였다. 수십 가지의 장애물들을 돌파하며 산과 강을 넘는 마라톤 형식의 장애물 경주다. 입국 3일 뒤에 열리는 경주에 참가하면 새로운 출발점에 서 있다는 느낌을 받을 것 같았다.

레이스와 함께 한국에서의 생활이 본격적으로 시작됐다. 그 당시 나는 진지하거나 무겁지 않았다. 그저 하고 싶다는 생각이

드는 것을 즉흥적으로 할 뿐이었다. 잠이 오면 자고, 배가 고프면 밥을 먹고, 답답하면 밖에 나가고, 심심하면 게임을 했다. 학교에 다니며 항상 시간표와 과제 제출, 시험 기간에 맞추어 살던 내가 제약이나 틀 없이 눈앞의 원하는 것을 하니 유쾌한 기분이었다. 하지만 그것도 잠시였다. 점점 무기력해지고 생기 없이 멍하니 있는 시간이 늘었다. 어느 순간부터 생각 자체를 멈추고, 시간을 그저 흘려보냈다.

사실 나에게는 생각해야 할 것들이 많았다. 우선 세상의 기준과는 다른 길을 가겠다고 결정했으니 나만의 이정표를 찾아야 했다. 보통이라면 학생이라는 이름으로 학업에 매진할 나이였지만, 나는 그 길에서 방향을 틀었다. 길을 찾기 위해 헤매는 시간도 잠깐은 필요하지만 그 후에는 반드시 새로운 길을 달려야 한다. 나에게 주어진 시간을 어떻게 쓸지 결정할 필요가 있었다. 누구도 대신해줄 수 없는 일이기에 스스로 찾고 행동해야 했다. 인생의 선배로 부모님이 도움을 줄 수는 있지만, 결국 모든 결정과 행동은 온전히 자신의 몫이다. 나 역시 그런 내 상황을 분명히 인지하고 있었다.

대부분의 18살은 자신의 미래와 목표를 위해 학교에 다닌다. 그들은 자신들이 그린 미래를 위해 힘든 과정을 이겨내며 학업을 지속하는 것으로 스스로의 의지를 보여준다. 나는 학교에서 더 이상 배우고 싶은 것이 없어 그만뒀다. 하지만 그 뜻은 학교가 아닌 다른 곳에서 내가 배우고 싶은 것, 하고 싶은 것을 찾아야 한다는 의미였다.

건축을 하고 예술을 하는 사람이 되고 싶었지만, 학교라는 보호막을 벗어나니 아는 것이라고는 하나 없는 어린아이에 불과했다. 어떻게 시작해야 할지, 어떤 건축을 하고 싶은지, 건축을 통해 실현하고 싶은 꿈은 무엇인지 막막했다. 생각들이 어지럽게 머릿속을 떠다녔다. 그러다 보니 어떤 결정도 내리지 못한 채 멍하니 멈춰 서게 됐다.

그런 내게 한 가지 제안이 들어왔다. 아빠가 빌더로 참여한 목조주택 건설 현장에서의 1일 체험이었다. 세계 여행을 마치고 한국에 돌아온 아빠는 가족이 함께 살 집을 직접 짓고 싶다는 마음으로 목공을 배웠다. 그 후 빌더로 현장 일을 시작했다. 나 역시 눈으로 관찰하고, 몸으로 경험하고, 집이 지어지는 과정에 참여하면서 건축을 느껴보자는 마음으로 체험에 나섰다.

물론 처음에는 굳이 현장 체험을 해야 할 필요가 있을까 싶었다. 내 상상 속 건축가들은 현장에서 일을 하지 않았다. 게다가 내가 모르는 분야에 도전해야 한다는 사실이 두려웠다. 솔직히 18살의 나에게 건축은 책으로 배운 이론이 전부였다. 당연히 현장은 미지의 세계일 수밖에 없었다. 한국에서 해보고 싶은 일 목록에도 없었던 갑작스러운 제안이었다. 그러다보니 무작정 거부감이 들어 "그건 내 꿈이 아니야"라는 말과 함께 거절했다.

"그럼 네 꿈은 뭔데?" 갑작스러운 엄마의 질문에 당황했다. 쉽게 답을 하지 못했다. 나만의 길을 가겠다고 결심했으면, 좋고 싫음을 가리지 않고 전진하는 것이 중요했다. 그런데 나는 길의 시작점에서 '이 길은 내가 싫어하는 진흙이네' '이 길보다 더 빨리 갈 수 있는 데는 없을까' '이 길은 내가 상상하지 못한 코스 같은데'라며 계산만 하고 있었다. 섬에 가고 싶다면서 언젠가 올 배만 기다리고 있는 꼴이었다. 섬에 가고 싶다면 하염없이 배를 기다릴 것이 아니라 우선 바다에 뛰어들 용기가 필요하다. 뛰어들어야 할 바다의 상황을 전혀 모른다면, 탐구하는 자세라도 가져야 한다. 가만히 기다리기만 하면 영영 섬에는 갈 수 없다.

멈추지 않고 나만의 방법을 찾아 직접 부딪쳐 보겠다고 다짐했으면서 또다시 같은 실수를 반복하고 있음을 깨닫자 부끄러워졌다. 나는 일단 현장 체험을 하며 상상과 다른 실제는 어떤 모습인지 직접 느껴보겠다고 결심했다. 건축의 범주에 어떤 일이 있는지 알아보겠다는 마음도 있었다.

레이스를 완주하려면 장애물을 넘어야 하고, '하고 싶은 것을 할 수 있는 사람'이 되기 위해서는 일단 해야만 한다. 말만으로는 어떤 것도 해낼 수 없다. 생각만 해서도 불가능하다. 일단 하자.

단순하고 무식할 수 있는 말이지만, 일단 하지 않으면 어떤 것도 시작되지 않는다. 나는 내 인생의 선장이기에, 방향키를 꼭 잡고 항해를 지속해야 한다. 배가 멈추면 파도에 흔들리다 결국 가라앉을 뿐이다. 인생이라는 커다란 배를 원하는 항구에 도착하게 만들기 위해 방향을 정하고, 항해를 시작했으니 멈춰 있을 수는 없다. 하고 싶은 것을 하려면 감당해야 할 일들도 분명 존재함을 다시 한 번 깨달았다.

부딪쳐야만 알 수 있는 것들

호주에서는 '빌더' '엔지니어' '카펜터(목수)' 등 현장에서 시공 실무를 하는 직업의 선호도가 높다. 실제로 친구 중 아빠가 '트레이디(Tradie-호주에서 건설업계 종사자를 부르는 말)'인 아이들도 몇 있었다. 친구들은 아빠의 직업을 자랑스러워했고, 주변에서도 그 아이들을 부러워했다.

여기까지가 내 기억 속 건설업계 직업군에 대한 인식이었다. 존경받는 직업이자 선망의 대상. 높은 인건비 때문에 노동을 필요로 하는 대부분의 직업들은 괜찮은 급여를 받았고, 선호도도 높았다. 내가 있던 남호주에는 11학년 때부터 갈 수 있는 공립 교육기관인 TAFE(기술전문대학교)가 있었는데, 전문직 기술과 지식을 집중적으로 배울 수 있는 곳이었다. 주변의 많은 친구들이

TAFE로 진학했고, 그곳에서 'woodworking(목공과 건축 관련 코스)'을 배우기도 했다. 호주에서 간접적으로나마 듣고 보아온 건축과 목공은 한국에서도 비슷할 것 같았다. 그렇기에 1일 체험은 나의 방향을 결정하는 데 도움이 되는 시간쯤으로 여겨졌다. 밑져야 본전이라는 생각이었다.

체험 당일 집에서 약 2시간 정도 걸리는 현장에 8시까지 도착해야 했다. 학교에 다닐 때도 일어나 본 적 없는 새벽 4시에 눈을 떴다. 해가 뜨지 않은 시간에 하루를 시작한다는 것이 굉장히 낯설었다. 주섬주섬 학교 체육복 바지와 가장 얇고 시원한 면 티셔츠를 입었다. 그곳에서 쓰는 용어도, 공구 이름도, 일의 순서도 몰랐지만 1일 체험이니 크게 걱정하지 않았다. 그저 차에 몸을 싣고 달리다 보면 현장이라는 곳에 도착해 있을 것 같았다.

지금도 그날의 풍경과 분위기는 마치 어제 일처럼 선명하게 기억난다. 며칠 사이 호주 학교에 다니던 학생에서 한국의 건축현장을 체험하러 가는 사회인이 됐다는 사실이 믿기지 않았다. 설렘보다는 약간의 막막함과 막연함이 컸다. 나를 찾을 수 있을지, 살아남을 수 있을지, 맞는 길을 가는 것인지 궁금했지만 쉽게 답을 내릴 수는 없었다. 이럴 때는 당장 할 수 있는 일을 하는 것 외에 다른 방법이 없다는 걸 안다. 현장 체험을 하는 이유 역시 그것이었다.

시골 비포장 도로, 요정이 살 것 같은 숲속을 지나자 내 머릿속에 멋진 건축 현장이 떠오르기 시작했다. 2시간을 달려 작업 현장에 도착했다. 그러나 막상 마주한 곳은 허허벌판이었다. 분명 데크 공사를 하는 날이라고 들었는데, 현장에는 어떤 것도 없었다. 집이 지어져 있어야 데크를 만드는 데 집의 형체를 가진 그 무엇도 없었다. 알고 보니 집 짓기의 첫 단계인 터 파기 공사를 앞둔 현장이었다. 공사 기간이 맞지 않아 다른 곳의 신축 공사부터 시작된 것이다.

나에게 공사 종류는 큰 의미가 없었지만, 갑작스러운 변화가 조금 당황스럽고 난감했다. 나무를 열심히 자르고 조립할 생각으로 왔는데 나무는커녕 굴러다니는 나뭇가지 하나 보이지 않았다. 사실 데크를 만드는 것은 큰 나무를 가공하는 일이라 어렸을 적 좋아했던 레고와 비슷할 거라고 짐작했다. 설명서 없이 조립하거나 만드는 일에는 늘 자신이 있었기에 잘 할 수 있을 거라고 자신했다. 그런 나에게 갑작스러운 공사 과정의 변화는 '과연 내가 오늘 할 수 있는 일이 있기는 할까' 하는 마음만 들게 했다.

잠시 후 현장을 책임지는 대표님과 작업자들이 도착했다. 나를 본 대표님의 첫 마디는 "진짜 왔네"였다. 대표님은 놀랍다는 얼굴로 팀원들에게 나를 소개했고, 인사를 하며 첫 사회생활에 발을 들였다. 그러자 아까와 달리 은근한 기대감이 느껴졌다.

해야 할 작업에 대한 브리핑이 시작됐는데, 터 파기 공사는 말로 듣기에 아주 간단해 보였다. 말 그대로 집이 지어질 자리에 사이즈와 거리를 재어 땅에 표시하고, 굴삭기를 이용해 파내는 일이었다. 땅을 판 후에는 '버림'이라는 콘크리트 타설 공정이 진행된다. 집을 짓기 전 땅을 고르게 만들기 위해 사용되고 버려지는 콘크리트라 버림이라고 부른다. 콘크리트로 평평하게 만든 바닥에 목재와 철재로 된 형틀인 유로폼을 세우고 그 틀 안에 다시 콘크리트를 붓는 것까지가 집을 짓는 첫 공정이다. 이 작업을 하면 기초 콘크리트가 생긴다.

현장에서 내 역할은 대표님 보조였다. 대표님 옆에서 무엇을 하는지 지켜보고 가끔 물건을 들고 있거나 필요한 물건을 가져다주는 일이었다. 가벼운 마음으로 현장에 왔는데, 막상 누군가를 보조하는 작지만 명확한 역할을 맡게 되니 책임감이 생겼다. 쓸모없는 사람이 아니라는 걸 보여주고 싶었다. 긴장하고 팀원들이 하는 일을 관찰했다. 그러나 나는 공구 이름도 알아듣지 못했고, 어떤 작업인지 눈으로 봐도 전혀 이해하지 못했다. 다음 작업을 예측하는 것 또한 불가능했다. 다만 눈치껏 움직이기 위해 최고의 집중력을 유지하려 노력했다.

점점 햇빛이 강해지고, 땀이 흐르기 시작할 때 대표님께 물을 가져다드렸다. 그러자 대표님의 한마디. "오, 센스 있는데?" 그 말에 왜 그렇게 행복해졌는지 모르겠다. 그때부터 더 적극적으로

도울 수 있는 일을 찾았다. 아주 작은 것밖에 하지 못하지만, 누군가를 위해 공간을 짓는 현장에 함께 있다는 사실만으로도 쓸모 있고 가치 있는 사람이 된 것처럼 느껴졌다. 사소한 것부터 하나씩 꿈에 가까워질 수 있겠다는 생각에 행복함이 차올랐다.

공사 과정은 절정을 향해 갔다. 집이 들어설 자리를 표시하자 굴삭기가 들어왔다. 그전까지는 길에서 굴삭기를 봐도 별생각이 없었는데, 현장에서 보니 느낌이 달랐다. 땅을 파는 굴삭기 모습이 신기했다. 땅이 이렇게 쉽게 파지는 것도, 사람은 절대 옮기지 못할 바위를 쉽게 들어 올리는 것도, 흙을 옮기며 평평한 땅을 만들어 가는 과정도 신비로웠다. 엄청 거대한 장비인데, 5cm 단위의 미세한 작업이 가능하다는 사실도 놀라웠다.

굴삭기와 레미콘 차량의 콜라보가 이어졌다. 레미콘 차량에서 나오는 콘크리트를 굴삭기의 바스켓에 받아 미리 판 버림 콘크리트가 타설되어야 하는 곳에 부었다. 먼 거리에서 봤으나 웅장한 중장비 차들이 어마어마한 힘으로 콘크리트를 쏟아내는 모습이 굉장했다. 딱 필요한 곳에 콘크리트가 들어차는 광경은 마법이라도 부린 것 같은 모양새였다.

모든 작업이 끝나자 트럭이 와서 굴삭기를 실었다. 굴삭기가 스스로 팔을 이용해 트럭에 타는 모습에 심장이 멎을 뻔했다. 영화에서만 보던 슈퍼히어로를 마주한 느낌이랄까. 현실에서는 절대 만날 수 없는 영웅전이 눈앞에 펼쳐졌다. 아무렇지 않게 자기 일을 마치고 사라진 굴삭기가 자꾸 아른거렸다.

이 첫 만남은 아직도 강렬한 기억으로 남아있다. 1일 체험이 었던 현장 방문은 어느새 매일 출근하겠다는 약속으로 변해있었다. 나도 모르게 "내일 또 뵐게요"라는 말이 나왔다. 대표님은 정말 또 올 거냐고 물었고, 나는 단 1초의 망설임도 없이 "당연하죠. 내일 또 올게요"라고 다시 한번 힘주어 외쳤다. '현장은 내 운명' 의 시작이었다.

목표가 있는 배움

첫 현장 경험을 무사히 마치고 집에 돌아오자 나에게 무슨 일이 일어났는지 조금씩 깨닫게 됐다. 이글거리는 태양을 오롯이 받아 낸 눈은 실핏줄이 벌겋게 올라왔다. 선크림조차 바르지 못한 피부는 새빨갛게 익어 있었다. 며칠 지나면 피부 껍질이 전부 벗겨지기 시작한다는 신호였다. 그만큼 강한 햇볕이 내리쬐는 7월이었다. 분명히 불편하고 짜증 나야 하는 순간인데, 올림픽에서 금메달을 걸고 온 선수가 된 기분이었다. 내 몸에 생긴 현장의 흔적이 보상처럼 느껴졌다.

현장에서는 모든 것이 살아 숨 쉬었다. 일하는 사람들이 아름다워 보이기까지 했다. 자신의 모든 것을 이용해 몸보다 큰 벽을 뚝딱 세워내는 모습보다 아름다운 예술이 있을까 싶었다. 그렇게

1일 체험으로 시작한 현장은 평생직장이 되었다.

일이 끝나는 저녁이 되면 어쩐지 아쉬운 마음이 들었다. 더 강하게 현장에 속해서 건축과 하나가 되고, 집을 창조하는 현장의 예술가들과 함께하고 싶었다. 같은 목적지를 향해 달린다는 느낌이 필요했다. 비록 내가 느낀 것은 빙산의 일각이었지만, 목표가 같은 이들과 함께하는 시간은 충분히 매력적이었다.

등교를 위해 7시에 일어나는 것은 힘들었는데 일을 할 때는 새벽 4시가 되면 눈이 번쩍 떠졌다. 누구보다 먼저 일어나 씻고, 작업복을 입은 후 짐을 챙겨 설레는 마음으로 거실에 앉았다. 지금 생각해 보면 나에게 현장은 동아줄이었다. 사회에서 직접 '경험' 하겠다는 선택을 했기에 무엇이든 부딪히고 배워야 했다. 더 이상 안전한 울타리는 없었다. 스스로 뛰어들지 않으면 배움을 주겠다고 나설 사람도 없었다. 사회에서의 배움은 온전히 자신의 노력에 달렸고, 그에 따른 책임 역시 본인의 몫이었다.

학교에서처럼 제발 공부하라며, 하나라도 더 알려주려고 애쓰는 선생님도 없었다. 세상으로 나온 나는 사회적 명찰을 달지 못할까 조급했고, 마음속에서 불안이 스멀스멀 자라났다. 친구들에게 당당히 외쳤던 학교 밖에서의 성취가 사실은 남들의 비웃음을 사는 것이 될까 무서웠다. 그런 불안을 잠재워주는 곳이 바로 현장이었다.

꿈을 위해 포기하지 않고 노력할 수 있는 일은 하루도 빠지지 않고 현장에 가는 것이었다. 새롭게 발을 들인 영역에서 도망가지 않는 것이 가장 원초적인 목표였다. 대표님을 쫓아다니며 감리, 수리, 추가 공사 등 현장에서의 일들을 경험했다. 매일 출근하고 일을 하다 보니 시간은 생각보다 훨씬 더 빠르게 흘러갔다. 기다려주지 않는 시간을 보며, 내가 하루를 쉬면 나를 제외한 주변 모두가 그만큼 앞으로 달려 나갈 것 같은 불안이 생겼다. 학교에 다니는 친구들이 얼마나 치열하게 원하는 목표를 향해 달려가고 있는지 알기에 나만 뒤처지면 안 된다는 생각이 컸다.

그럴수록 더 현장에 매달렸다. 내가 없으면 현장이 잘 돌아가지 않을 정도로 모든 일을 잘 해내는 만능인이 되고 싶었다. 쓸모 있는 사람이 되기 위해 하나라도 더 보고, 묻고, 따라 하려 애썼다. 그러나 현실은 조급한 내 마음과 전혀 달랐다.

나는 사회 초년생이었다. 건축일 뿐 아니라 사회 경험 자체가 처음인 생초보였다. 일에 대한 지식도 부족했지만 기본적인 사회 시스템에 대한 이해도 부족했다. 아빠와의 차이를 보면 더욱 명확하게 느껴졌다. 아빠가 빌더로 일한 시간은 한 달뿐이었지만, 이미 20년 차 사회인이었다. 덕분에 전문 영역 외에 문제를 해결해나가는 방식이나 처세, 사회 운영 시스템 같은 것에도 익숙했다. 시공을 어떻게 해야 하는지, 어떤 기술을 연마해야 하는지 몰라도 일의 전반적인 과정을 수월하게 이해했다. 청소 하나를 해도 어떤 게 효율적인지, 나무를 자르더라도 가장 자재 낭비가 적은 방법이 무엇인지 쉽게 배웠다.

그러나 나는 아니었다. 0에서 시작해 하나씩 배워야 했다. 당연히 많은 시간이 걸렸고, 습득하기까지 또 한참의 시간이 필요했다. 현장에서는 미리 공부했던 이론과 다른 변수들이 수없이 많이, 굉장히 자주 발생했다. "내가 배운 대로라면 이건…"이라는 말이 참 가소로워지는 곳이었다. 무엇 하나 마음먹은 대로 되지 않았다. 대표님이 하나를 설명해 주고 "나머지도 똑같이 해"라고 하신 후 다른 일을 하러 떠나면 문제가 생겼다. 혼자 해보려고 하는 순간 변수가 나타났다. 분명 대표님과 같은 일을 하면 되는데, 나에게는 수많은 '하필이면'이 있었다. 하필이면 배관이 있는 자리였고, 하필이면 구조 때문에 시공이 불가한 자리였다. 어떤 방식으로든 해내려는 나를 현장은 호락호락 허락해 주지 않았다.

매번 달라지는 변형 문제로 가득한 현장은 앞으로 살아가야 할 사회의 축소판이었다. 당연히 마음대로 되지 않는 것들이 많고, 술술 풀리지 않는 일도 다양하게 발생했다. 그때마다 어떤 태도와 방식으로 해결해야 하는지 하나씩 배워나갈 수 있었다. 현장이 좋아진 이유였고, 꿈의 첫 단계를 현장에서 시작해야겠다고 결심한 계기이기도 했다.

쉽고 편한 길이 좋다며 손바닥으로 하늘을 가리고 싶지 않았다. 위험하고 사납더라도 현실에서 진짜를 알고 싶었다. 가장 기본을 배우는 곳, 현장. 흙바닥에서 시작하는 집의 처음을 볼 수 있고 평범해 보이는 나무가 벽이 되는 과정을 만들어 낼 수 있는 곳이다. 이런 경험들이 하나씩 쌓여 진하고 깊은 건축을 가능하게 만드는 발판이 되어 줄 것이라 믿는다.

문제의 이치를 이해하고 넘어가지 않으면 백 번, 천 번을 듣고 배워도 내 것이 되지 않는다. 책으로 하는 공부는 내게 적합하지 않았다. 외우기보다 이해해야 다음 단계로 갈 수 있는 성향과 현장은 최고의 궁합이었다. 두 눈으로 보고, 내 손으로 해보면서 익히자 머릿속에 있는 이론이 온전하게 내 것이 되었다.

직접 경험하고 부딪쳐 얻은 배움을 통해 기본 실력을 쌓아야 응용과 변형도 가능하다. 영어를 익히기 위해 주변 사람들과 말을 하고, 여행지를 알기 위해 여행 책을 보기보다 걷고, 먹고, 자는 경험을 한 것처럼 말이다. 한국어를 배울 때 옹알이부터 시작하듯, 기초가 튼튼해 쉽게 무너지지 않는 건축을 배우기 위해 나는 현장에 뛰어들었다.

그러나 마음과 달리 현장에서는 자꾸 귀찮은 일, 피하고 싶은 일들이 생겼다. 마음대로 되는 일이 하나도 없었다. 포기하고 싶고 도망가고 싶을 때가 대부분이었다. 하지만 꿋꿋이 버티며 근성과 인내를 조금씩 키워나갔다. 덤벙거리는 성격을 고치기 시작했고, 하루의 일과를 복기하며 실수를 되새기는 습관을 길렀다.

현장을 통해 삶의 여러 상황에 대처하는 법을 깨달아 갔다. 인생에서 후회되는 순간들을 떠올리며, 그 상황에 알맞은 문제 해결 방법을 찾아보았다. 모든 과정 끝에 만들어진 결과는 온전히 내 책임이라는 사실을 배웠다. 책임이라는 것이 얼마나 매정하고 무거운 것인지 완전하게 깨달았다. 내 인생을 후회 없는 결과, 책임질 수 있는 결과로 이끌겠다고 다짐했다. 모두 현장이라는 공간에서 배운 것들이다.

혹여라도 나를 두고 출근할까 아빠보다 늘 한 시간 일찍 일어났다. 끈기가 부족해 한 달을 버티면 굉장하다 싶었는데, 그런 내가 현장에 목숨을 걸자 아빠는 농담처럼 "내일 쉬어, 대표님이 오지 말라고 했어"라고 말했다. 나는 소스라치게 놀라며 아빠에게 장난치지 말라고 울먹였다. 나만의 것을 찾겠다는 열정이나 의욕과 별개로 친구들과 비교하면서 스스로 뒤처지는 것 같은 마음이 나를 초조하게 만들 때마다 현장을 떠올렸다. 좋은 것을 골라 도전하겠다는 생각을 버리고, 일단 내가 할 수 있는 것을 하겠다는 다짐을 반복했다. 불안을 잠재우는 가장 좋은 방법은 당장 할 수 있는 것을 하는 것뿐이다.

현장에서의 시간이 쌓이고, 하나씩 목표가 생겼다. 느리지만 꾸준하게 발전하는 나를 만날 수 있었다. 더 잘하고 싶다, 더 두각을 나타내고 싶다는 목표를 향해 달리게 됐다.

그렇게 현장을 경험하며 목표가 있는 배움이 어떤 결과를 만들어 내는지 온전히 알게 되었다. 의지가 있는 배움만이 자신을 성장시킨다. 한계는 언제나 존재하지만, 의지는 그런 한계를 넘어 잃어버린 자신의 조각들을 찾아준다. 그렇게 나는 조금씩 더 성장해 나갔다.

06

그래서, 꿈이 뭐예요?

꿈을 향하겠다는 다짐과는 별개로 내게는 친구가 필요했다. 한국에서 가족을 제외하면 친구라고 부를 수 있는 사람이 없었다. 호주 친구들과는 환경도, 삶의 방식도 많이 달라지던 시기라 더더욱 나를 이해하고, 이야기를 나눌 수 있는 친구가 절실했다. 꿈에 대해 대화하고, 나의 오늘을 함께 기억해 줄 존재를 원했다. 그러나 현실적으로 또래 친구들을 사귀기가 쉽지 않았다. 학교에 다니지 않았고, 현장에는 아빠 같은 어른들이 대부분이었기 때문이다. 그래서 선택한 것이 실시간 방송 플랫폼이었다.

실시간 방송의 목표는 오직 친구 만들기였다. 저녁 7시쯤 무작정 핸드폰으로 방송을 켰다. 처음에는 방송이 되는지도 몰라 멍하니 화면을 바라보고만 있었다. 화면 아래쪽 사람 그림과 엄지손가락 그림의 숫자도 0이었다. 본능적으로 시청자 수를 알려주는 표시임을 알았고, 한 명만 들어와서 나와 이야기를 해주면 좋겠다고 생각하며 화면을 뚫어지게 보았다. 그때 별안간 숫자가 1로 바뀌었다. 심장이 얼마나 뛰던지, 마치 엄청난 크기의 바위가 떨어지는 것 같았다.

사람과 대화하고 싶어 켠 방송이었지만 초면인 사람과 온라인을 이용해 대화하는 게 쉬운 일은 아니었다. 진정되지 않는 심장은 문제였지만, 누군가를 만났다는 사실 그 자체가 설렜다. 어렵지만 조심스럽게 대화를 시도했다. 부끄러움 가득한 자기소개 시간이 지나고 점점 친구 같은 마음으로 이야기를 이어나갔다. 그때부터는 마냥 설레고 흥분되는 시간이었다. 친구나 동료의 존재를 느끼는 것만으로 행복했다.

다음날도 어김없이 방송을 켰다. 마치 일과의 하나처럼 자연스러웠다. 집 앞 가로등 아래서 시시콜콜한 대화를 나눴다. 저녁에 어떤 음식을 먹었는지, 텃밭에는 어떤 식물들이 자라고 있는지 등 정말 일상적이고 별것 아닌 수다가 이어졌다. 그때 채팅 창에 글이 하나 올라왔다.

"자퇴까지 하셨으면 하고 싶은 일이 있겠네요. 꿈이 뭐예요?"

이 질문을 보는데 뒤통수를 맞은 느낌이었다. 머릿속이 하얗게 변했다. 꿈은 내가 가장 자신 있는 단어이자, 나와 가장 잘 어울리는 단어라고 생각했다. 그런데 한순간에 정말 어색하고 낯선 단어가 됐다. 학교에 다닐 때는 꿈이라는 단어를 입에 달고 살았다. "꼭 가장 나다운 꿈을 꾸는 사람이 될 거야"라는 말도 매일 했는데, 막상 전혀 모르는 사람이 나에게 꿈을 묻자 대답이 나오지 않았다. 한참 어색하게 있다 간신히 대답한 말은 "잘 모르겠어요"였다.

그 순간 세상에서 가장 한심한 사람이 된 느낌이었다. 얼굴이 붉어지다 못해 터질 것 같았고, 부끄러워 숨고 싶었다. 그동안 외친 꿈은 속이 텅 빈 껍데기에 불과했다는 생각이 들었다. 내 모습을 보던 그분은 "학교까지 자퇴했다고 해서 자기만의 철학이 있다고 생각했는데 아니었네요. 죽기 살기로 하고 싶은 걸 위해 뛰어들지 않는 이상 그냥 도망자일 뿐이에요"라고 말하며 방송에서 나갔다.

엄마가 내게 해줬던 말과 똑같았다. 자신만의 철학이 있는 사람이 돼야 한다고, 한번 정했다면 그것을 향해 온몸을 던져야 한다고. 아주 먼 미래의 나를 위한 이야기 같던 엄마의 말은 사실 당장의 내가 생각해야 하는 말이었다. 전혀 모르는 타인의 입을 통해 들으니 머릿속에 콱 박혔다. 창피하고 속상한 마음이었지만, 그 한마디만은 가슴에 각인되어 지워지지 않았다.

부랴부랴 방송을 끝냈다. 방송에서 들었던 말이 머릿속을 빙글빙글 돌았다. '나는 학교까지 자퇴하고 왜 멈춰있지?' '세상을 경험하겠다고 했으면서 뛰어들지 않고 왜 이것저것 재고 있지?' 등의 생각이 이어졌다. 안전한 길을 찾고 싶었던 것 같다. 꿈이 실패했을 때 또 다른 해결책이 되어줄 보험을 찾고 있었다. 시작하기도 전에 도망갈 곳을 만들고 있었는지도 모르겠다. 더 그럴싸한 거, 더 쉬운 거, 더 괜찮아 보이는 것을 찾으며 꿈을 쇼핑하고 있었던 것이 아닐까. 내 상황을 정확하게 말해주는 타인의 한마디가 가진 힘은 엄청났다. 애써 피하던 나 자신의 모습과 정면으로 마주했고, 내 진짜 얼굴이 얼마나 한심한 지 보고 말았다.

이 사건을 계기로 인터넷 방송을 단순히 친구 만들기, 소소한 이야기 나누기용이 아니라 인생의 '스승'을 찾는 창구로 활용해야겠다고 생각했다. 그전까지 부모님이 "방송을 하면서 스스로 배움을 얻어야 해. 이제는 선생님이 찾아오지 않아. 배움도 온전히 너의 몫이 된 거야. 그러니 널 성장시켜줄 수 있는 사람들을 만나기 위해 노력해야 해" "방송이 너의 학교이자, 일기장이자, 비밀 노트가 되어 줄 수 있게 만들어 봐"라고 해도 전혀 이해하지 못했다. 어떻게 얼굴 한번 본 적 없는 이들이 스승이 되고, 배움의 창구가 되는지 알 수 없었다. 그런데 방송 이틀 만에 그런 상황을 경험한 것이다. 스승이 가지는 여러 의미 중 나에게 필요한 하나를 찾은 기분이었다.

꿈을 향한 태도에도 변화가 생겼다. 간절하게 생각하면 언젠가는 꿈이 다가와 줄 거라고 생각했는데, 그게 아니었다. 생각만 해서는 꿈을 찾지도, 이루지도 못한다. 막막하더라도 쫓아다니고,

잡기 위해 애써야 한다. 어떤 것이라도 시도하고 행동해야 한다. 시간이 해결해 주는 것은 아무것도 없다. 꿈을 잡기 위해 노력하는 내가 있어야만 꿈도 현실이 될 수 있다.

나보다 많은 것을 이뤄낸 친구들을 보며 부러워만 하고 있었다. 그들이 한 노력은 보지 않고 결과만 탐냈다. 처음부터 멋지고 잘난 아이들이라 할 수 있는 거라고 착각했다. 그들이 했던 노력을 외면했고 그들이 가지고 있는 짐과 책임들을 가볍게 여겼다. 나 자신을 연약하고 불쌍한 존재로 취급했다. 아무 노력도 하지 않으면서 누군가를 시기하고 부러워하는 내 모습을 깨달았을 때, 너무나도 부끄러워 쉽게 인정하고 받아들일 수 없었다.

나는 '지금' 할 수 있는 것들을 찾아서 최선을 다해보기로 했다. 남과 비교하며 인정받는 것이 아닌 나의 가슴이 소망하는 것, 내가 당장 할 수 있는 것들을 향해 달려가기로 스스로와 약속했다. 현장에 꾸준히 출근하겠다는 결심을 하게 된 이유다.

약해지고, 나태해질 때마다 그때의 충격을 다시 떠올린다. 이후 그분을 다시 만나지는 못했지만 방송이라는 창구를 통해 새로운 인생 '스승'을 찾겠다는 생각에는 변함이 없었다. 아주 적은 사람들만 보던 방송에 한두 명 새로운 이들이 찾아올 때마다 '내 인생에 또 다른 스승이 등장했구나'라고 생각했다. 멈추지 않고 세상을 향해 전진하는, 꿈 많은 소녀가 되자는 의미의 '전진소녀'라는 예명도 만들었다. 아빠가 마음을 담아 만들어 준 예명을 더해 채널 이름도 〈전진소녀 성장일기〉라고 정했다. 그 공간에 내 모든 성장 과정을 담겠다는 각오였다. 무슨 일이 있어도 성장을 멈추지 않겠다는 약속의 증표이기도 했다.

그때부터 한결같이 '나'를 기록했다. 꾸미거나 좋은 모습만이 아니라 좌절하고, 괴로워하는 모습까지 솔직하게 담았다. 모든 것을 처음 시작했던 시기였기에 실제로 나의 시간 대부분은 좌절과 슬픔으로 채워졌고, 방송에서 그 모습을 솔직하게 보여줬다.

자신만의 도전을 하려면 좌절하고 슬픈 것이 당연하다. 〈전진소녀 성장일기〉 채널이 자신만의 도전을 시작한 이들의 아지트이자 쉼터, 놀이방이 되기를 바랐기에 더욱 자연스러운 성장 과정을 보여주고 싶었다. 같은 방향을 향해 걷는 친구이자, 같은 시기를 경험하는 동지가 되기 위해서 꼭 필요한 부분이라고 여겼다. 나에게는 꿈을 향해 폭을 맞춰 함께 달리는 친구가 없었지만, 나는 누군가에게 그런 친구가 되어주고 싶었다. 먼저 손을 내민다면 그 손을 맞잡아 줄 이들이 반드시 있을 거라 믿었다.

원하는 바가 있다면 실행해야 한다. 왜 아무도 다가오지 않느냐며 신세한탄을 하기보다 내가 먼저 다가가 관계를 만들면 된다. 이런 깨달음을 통해 나는 또 한 걸음 꿈에 가까워졌다.

Quest 4.

나의 선택을 믿고 책임지기

"좌절은 해도
포기하고 후회하긴 싫어"

정말 잘못 생각한 걸까?

매일 현장에 출근했지만, 현장에서 바로 활용할 수 있는 지식이 없었다. 오랫동안 건축 현장을 배우고 적응할 시간이 필요했다. 자연스럽게 1인분이 아니라 0.5인분인 '보조' 역할을 했다. 모든 초보는 허드렛일부터 배우며 하나씩 단계를 밟아 나가는 것이 순서지만, 너무 쓸모없어 보이는 나를 견디지 못하고 초조함이 커졌다. 그럴수록 하나라도 더 배우기 위해 노력했다. 스스로 습득할 수 있는 것은 반드시 내 것으로 만들겠다 눈을 반짝였다. 단순히 물건을 옮기는 아이가 아니라, 1인분의 공정을 함께할 수 있는 건축 현장의 진짜 막내가 되고 싶었다. 같이 호흡을 맞춰 일을 완성하고 문제를 해결해 나가며 인정받고 싶은 마음이 점점 커졌다.

누구보다 잘하고 싶은 마음을 따라와 주지 못하는 몸이 얼마나 원망스러웠는지 모른다. 대표님이 "해머타카 가져와"라고 하면 당차게 대답한 뒤 공구 트럭으로 뛰어갔다. 1분이 1시간 같은데, 아무리 찾아도 해머타카라고 쓰인 공구는 보이질 않았다. 재빨리 핸드폰으로 공구 이름을 검색한 후 같은 그림 찾기에 돌입했다. 가장 비슷한 공구를 들고 열심히 대표님께 달려가 내밀면 결국 돌아오는 말은 "왜 엉뚱한 걸 가져와"였다.

이런 일이 반복될수록 나 자신이 한심하게 느껴졌다. 어느 하나 도움 되지 못하는 나를 보며 헛웃음조차 사라졌다. 있어도 그만, 없어도 그만인 사람. 내가 대표님이라도 나 같은 사람을 고용하는 건 돈이 아까울 것 같았다. 부끄러워진 나는 몇 주간 용돈처럼 받던 적은 돈마저 더 이상 받지 않겠다고 결심했다. 곧장 대표님께 온전한 1인분을 해낼 때까지 무급으로 일을 하겠다고 말씀드렸다. 그렇게 1년 동안 깍두기가 되어 현장을 배워나갔다.

일을 하면서 돈을 받지 못하는 속상함보다 '일하는 척 콘셉트 잡아서 참 쉽게 돈 버네'라고 비꼬는 사람들의 말이 나를 더 괴롭혔다. 당시 나는 건축 지식이나 실력을 떠나 한 사람으로도 어리고 미숙해 '실수 자판기'에 가까웠다. 그럼에도 이 또한 내가 성장해가는 과정이라고 생각했다. 현장 출근과 방송을 연결해 현재의 나, 성장하는 매일의 나를 기록했다. 물론 현장을 촬영하는 게 쉽거나 즐거운 일만은 아니었다. 아침 8시부터 12시까지 오전을 보여주는 1교시 방송, 점심 먹은 후 오후 1시부터 5시까지 2교시 방송을 진행했다. 점심시간을 제외하고는 매일 현장에서의 하루를 라이브 방송으로 담아냈다. 하는 일을 소개하고, 내가 배운 것을 공유했다.

해야 하는 일과 그 일을 하면서 느끼는 기분에 관해 이야기하기로 다짐한 것은 결과만 쫓기보다 꿈을 꾸는 나를 사람들이 봐 줬으면 해서였다. 존경받는 이들도 모두 겪었을 시간이라고 생각하며 과정을 나누고 싶었다. 나의 모든 성장 과정을 담는다면, 실수했던 날들의 마음을 나눈다면, 그런 하루하루가 모여 결국 꿈에 다다르는 모습을 보인다면 누군가에게 희망을 전할 수 있을 거라 굳게 믿었다.

현장에서 하는 대부분의 일이 새로웠기 때문에 설렜고, 신났다. 공정에 참여한다는 것 자체가 기분 좋은 떨림과 벅참을 주는 선물이었다. 물론 힘들고 속상한 점을 하소연하듯 이야기하기도 했다. 멋진 모습이나 전문 지식만을 알려주는 영상이 아닌 있는 그대로의 나와 내가 겪는 날것의 과정을 보여주었다.

그러나 모든 것에 좋은 면만 있는 것은 아니었다. 18살 소녀가 건축 공사 현장에서 일하며 새로운 것을 배우고 꿈을 찾아가는 과정이 누군가에게는 무한대로 응원해 주고 싶은 일이었지만, 또 다른 누군가에게는 한심하거나 이상한 아이로 비치는 일이기도 했다. 내 결정을 대담한 선택이라고 응원해 주는 분보다 색안경을 끼고 바라보는 이들이 더 많았다. 채팅창에 실시간으로 보이는 그들의 메시지는 적나라한 악의를 품고 있었다.

"나이도 어린 것 같은데 벌써부터 돈 벌겠다고 노가다 판에서 콘셉트 잡고 일하는 척하네."
"배운 게 없으니까 저렇게 노가다 하는구나. 불쌍하다."
"자퇴하고 공사판에서 일하는 거 보니까 문제아였구먼."
"진짜 일하는 거 맞아?"
"아빠가 사장이니까 놀면서 편하게 일하겠지."
"하루 이틀 하고 그만두겠지."
"저런 곳에 보내는 부모도 문제가 많네. 아빠가 친딸이었으면 안 데리고 오지."

많은 응원만큼 많은 비판을 받았다. 마음에 가장 큰 상처를 남긴 말은 '진정성'이 없다는 이야기였다. 나는 처음으로 현장이란 곳에서 살아있음을 느꼈다. 현장은 꿈으로 가는 문을 열어줄 열쇠였다. 누구에게는 기피하고 싶은 일이겠지만 나에게는 무엇보다 소중하고 중요하다고, 누구보다 가장 행복하게 웃으면서 보람차게 일하고 있다고 많은 사람에게 당당히 말하고 싶었다.
그렇기에 즐거운 것, 슬픈 것 가리지 않고 있는 그대로의 내 감정을 방송에서 보여줬다. 그러면 방송을 보는 사람들도 겉으로 보이는 게 전부가 아니라는 사실을 알아줄 것 같았다. 남들이 어떤 이야기를 하더라도 자신이 하고 싶은 일을 하는 것이 세상에서 가장 값어치 있고 빛나는 일이라고 말하고 싶었다. 사람들에게 무언가에 도전할 용기를 줄 수 있을 거라고 생각했다. 현장에서 방송을 통해 순간을 기록하는 게 나에게 중요한 이유였다. 하지만 나의 기대나 예상과는 달리 사람들은 계속 나를 비난했다.

현장은 놀이터가 아니니 웃지 말라고, 일이 장난인 줄 아냐고, 진지하게 일하지 않을 거면 하지 말라고 태도를 지적했다. 몇몇 분들은 대표님에게 진정성 없는 애를 채용하는 건 잘못됐다며 걱정스럽다고 말하기도 했다. 아무것도 모르고 공사 현장에 들어온 어린 여자아이. 공사 현장에 절대 어울리지 않는 사람이라 판단하고 "진짜 일을 하는 건지 한번 보자"라는 마음으로 방송을 지켜봤다. 조금이라도 헤매면 날아오는 악담, 잠깐 앉아 있으면 농땡이 부리며 콘셉트만 잡는 나쁜 아이가 되어 버리곤 했다. 나의 진심과 간절함은 보지 못한 채, 말투와 표정 때문에 진정성 없는 애가 된다는 사실이 억울하고 속상했다. 혹시라도 주변 사람들마저 내가 장난으로 일한다고 오해할까 두려워, 현장에서 웃지 않겠다고 다짐했다. 웃지 않고 일을 하면 조금이나마 더 진정성 있어 보일까, 한 명의 팀원으로 인정받을 수 있는 건가 싶었다.

그렇게 웃지 않는 시간이 늘어나면서 점점 카메라도 두려워졌다. 피하고 싶었다. 사람들이 카메라를 통해 나의 표정과 동작 하나하나에 집중하고 있는 것만 같았다. 언제라도 나에게 퇴장하라며 레드카드를 던질 것 같은 압박감도 느꼈다. 카메라 근처에만 가면 온몸이 굳어서 손가락 하나 까딱하기 무서울 정도였다. 마치 심판대 위에 올라서 감시당하는 것 같아 신경은 점점 더 예민해지고 불안감도 커졌다.

현장에서 육체적인 피로와 부상을 가장 걱정했는데, 직접적으로 나를 괴롭힌 건 마음의 피로와 말로 받은 상처였다. 억울했다. 사람들이 진심을 알아 주지 않는다는 것이. 그래서 더 설명하려고 했다. 단 한 순간도 장난으로 현장에 있었던 적이 없다고. 왜 진짜 나를 보려고 하지 않는 것이냐고, 자꾸만 오해하는 거냐고 따지고 싶었다. 결국 뱉어내지 못하고 삼켜버린 마음을 털어놓을 곳은 엄마밖에 없었다.

"어떠한 변명도 하지 말고, 더 오해를 받아봐. 오해를 많이 받은 사람은 강해지는 법이야. 아프고 억울하고 화도 나겠지만 그것들을 받아들이고 인내하며 묵묵히 네 일을 하면 절대 무너지지 않아."

나에게 오해와 편견이 섞인 시선을 보내는 사람들을 이해하지 못했던 것은 아니다. 그렇다고 그들이 하는 말에 지고 싶지 않았다. 다수가 하는 선택이 아니었기에 받는 편견을 깨기 위해 나만의 선택을 꿋꿋이 믿고 증명해 내는 수밖에 없었다. 아직은 힘이 없는 나의 꿈을 키우기 위해 내가 할 수 있는 일에만 집중했다. '돈도 벌고, 어려서 특혜도 받고, 일도 모르면서 방송이나 하는 애'라는 말이 나를 참 오랫동안 괴롭혔지만, 그럴수록 현장 일에 더 몰입했다. 입은 닫고 행동하면서 그들이 상상하는 것과 전혀 다른 결과를 만들겠다 결심했다. 어떤 실패나 장애물 때문에 넘어진다고 해도 결코 포기하지 않는 사람이 되겠다고 다짐했다.

그럼에도 나 한 명의 다짐이 여러 명의 지적을 이겨내기는 어려웠다. 시도 때도 없이 스스로를 향해 불쑥 솟는 의심은 어쩔 수 없었다. 어린 여자애가 왜 힘든 일을 선택해서 그러고 있냐는 걱정스러운 말까지도 의심의 싹이 되었다. '내가 정말 잘못 선택한 걸까?' '혹시 나는 현실에서 도망치는 낙오자가 아닐까?' '말도 안 되는 꿈을 꾸겠다고 고집을 부리는 건 아닐까?' 나를 찌르는 의심들이 자라났다. 남과 나를 비교하며 자책하고 스스로를 한심해했다. "저 사람들이 나를 한심하게 바라보고 있는 것 같아" "기대했던 것보다 실망스럽다고 생각했겠지?"라며 실력이 부족해 인정받지 못하는 것이라 여겼다. 어떻게든 실력을 키우면 모든 게 괜찮아질 것 같아 전문가들과 비교하기를 반복했다. 생각은 부정적으로 흘러갔고, 마음이 지치니 몸도 견디지 못했다.

여러 번 반복했던 다짐은 무너졌고, 현장에서 실력을 쌓으며 공간을 창조하는 과정을 배우겠다는 시작의 이유는 더 이상 중요하지 않게 됐다. 그저 맹목적으로 남이 인정하는 실력을 갖추겠다는 생각뿐이었다. 오로지 사람들에게 증명하기 위해서, 나 자신을 위한 하루가 아니라 타인에게 인정받는 하루를 살기 바빴다.

지금 18살의 내 시간을 돌아보면 그날들을 견딘 나에게 깊은 위로를 전하고 싶다. 일기장을 가득 채운 '무섭다'와 '못났어'라는 말이 그때의 내 마음을 대변하고 있다. 그렇게 나는 무방비 상태에서 혹독한 신고식을 치르며, 사회의 매운맛을 알아갔다. '나 이대로 괜찮을까?' 하는 마음의 불안을 한가득 껴안은 채로 말이다.

누구에게나 자신이 짊어질 짐이 있다

기준이 흔들렸다. 내가 선택하고 행동하는 기준은 '나'의 의지였다. 내가 이해하고, 느끼고, 원하는 방향으로 나아가며 살고 있다 생각했다. 그러나 한 번도 느껴보지 못한, 불특정 다수의 시선과 공격을 마주하며 나는 나를 잃어갔다. 내가 누구인지 모르는 상태가 됐다. 나를 믿기보다 다른 이들이 말하는 의견에 나를 맞추고, 누군가가 보고 싶어 하는 나를 만들어갔다.

카메라 앞에서 웃는 것도, 일하는 것도 진짜 나를 뺀 상태로 진행됐다. 배우기 위해 하는 것이 아니라 사람들에게 욕먹지 않으려 일을 하고 있었다. 사람들과 함께 무언가를 만들어 나가는 과정의 기쁨은 사라지고 오직 타인이 인정하는 빌더가 되겠다는 생각만 남았다. '나'는 없고 '목표'라는 껍데기만 존재했다. 아마

많은 이들이 느껴본 적 있을 것이다. 타인에게 나를 내어주고 진짜 자신은 잃은 채 살아가는 게 어떤 기분인지 말이다.

그때의 나에게 가장 버거웠던 건 '나'의 부족이었다. 방송을 시작한 이유는 명확했다. 아무것도 모르고 많이 부족하지만, 그런 나의 첫 단계를 세상과 공유하며 소통하고 싶었다. 그러나 새로운 영역에서 첫걸음을 떼는 자신을 온전히 믿기란 쉬운 일이 아니었다. 나조차도 나를 믿지 못했고, 내 인생인데도 한 걸음 전진하는 것이 버거웠다. 입버릇처럼 "눈을 감았다가 다시 뜨면 30살이 되어 있었으면 좋겠어"라고 말했다. 30살이 되면 '나'는 많이 자라 있고, 의지와 목표도 명확해 스스로를 의심하는 일이 없을 거라고 생각했다. "최소한 그때의 나는 지금의 나보단 낫겠지" "30살의 나는 남에게 휘둘리지 않을 만큼 훨씬 더 성숙해져 있겠지" 내일은 고사하고, 당장 한 시간 후의 일도 보이지 않는 현실에서 도피하고 싶었다.

사실 "너는 충분히 잘하고 있어" "너를 믿고 이름처럼 전진해도 괜찮아" 등 좋은 이야기나 응원을 해주는 분들도 많았다. 그러나 전혀 내 귀에 닿지 못했다. 수많은 이들의 격려보다 한 사람의 비난에 마음이 아팠고, 열 번을 잘해도 한 번의 실수에 무너졌다.

그렇게 빠지기 시작한 좌절감은 나를 더욱 갉아먹었다. 무엇 하나 제대로 갖추지 못한 아이, 간절하게 하루하루 목표를 만들어야 하지만 그렇지 못하는 아이, 눈앞에 보이지 않는 장애물이 두려워 한 걸음도 나아가지 못하는 아이가 됐다. 스스로가 마음에 들지 않았고, 점점 미워졌다. 겁 많고, 두려움이 큰 나를 욕하고 신세한탄을 하며 시간을 보냈다. 좋아하는 일을 해보고 싶었을 뿐인데 세상은 "어디 한번 해봐, 할 수 있다면 말이지"라고 말하는 것 같았다. 무슨 일이 벌어진 것도 아닌데 나는 두려움에 휩싸여 버렸다.

고통에서 벗어나기 위해 원망의 화살을 엄마에게 돌렸다. 항상 하고 싶은 걸 하는 사람이 되라고, 하고 싶은 걸 할 줄 아는 사람이 눈부시다고 했던 엄마의 말이 거짓처럼 느껴졌다. 남들이 쉽게 선택하지 않은 길을 간다는 것은 웃는 순간보다 우는 순간이 더 많은 일이었다. 쉬운 길을 알려주지 않고, 힘들어도 스스로 걸어가야 한다고 말한 엄마가 그렇게 미울 수 없었다. 내가 힘든 건 전부 엄마 때문이라고 탓을 했다. 내가 한 선택이었지만 그에 대한 책임을 피하고 싶어 괜히 남의 멱살을 잡았다.

한 번은 너무 힘들고 숨고 싶어, 도망가고 싶다고 이야기했다. 그때 나는 엄마의 따뜻한 위로와 격려를 원했다. 누구보다 열심히 했고 고생이 많았다고. 잠깐 쉬어가도 괜찮다는 말을 듣고 싶었다. 그러나 엄마의 반응은 냉정했고, 격려 대신 날카로운 질문이 돌아왔다. "네 꿈이잖아. 네가 원하는 걸 이루기 위해 얼마나 노력했어?"

나보다 힘든 환경에서도 더 큰 노력을 하며 자신의 삶을 개척하는 이들이 있다. 꿈을 이루기 위해서 힘든 건 나뿐만이 아니다. 꿈을 꾸는 것조차 힘든 이들도 존재한다. 이 모든 말들을 머리로는 아주 잘 이해하고 있었다. 나 역시 스스로에게 했던 말이었으니까. 그러나 당시 내가 엄마에게 듣고 싶은 말은 이러한 것들이 아니었다. 다른 사람도 아니고, 영원히 내 편이라고 생각한 엄마에게조차 냉정한 조언을 듣는 것이 서러웠다. 펑펑 울면서 왜 엄마는 나를 붙잡아 주지 않고, 오히려 상처를 더 깊게 만드냐고 투정 부렸다.

그러나 엄마는 단호했다. "독에 중독된 너에게 내가 아무리 해독제를 부어도 네 스스로 삼키지 않으면 벗어날 수 없어. 결코 나을 수 없어. 삼키는 것은 오로지 네 몫이야." 나를 사랑하기에 이빨이 썩어 아파하는 자식에게 사탕을 물려줄 순 없는 거라고, 당장은 아프고 불편해도 사탕 대신 치료제를 주는 거라던 엄마의 말을 납득하게 되기까지는 꽤 오랜 시간이 걸렸다.

어느 순간 엄마는 엄격한 코치로 변했다. 내가 꿈을 찾겠다고 다짐한 순간부터 나를 어린아이로 대하지 않고, 한 명의 인격과 의지를 가진 사람으로 대했다. 어린아이, 어린 딸이라고 생각하면 안아주고 무엇이든 너그러이 품어줄 수 있지만 꿈을 찾는 과정은 '이아진'이라는 한 사람의 일이었다. 그렇기에 스스로 해낼 수 있게 도와주는 게 엄마의 역할이라고 말했다. 이 정도 고통에 아파하면서 포기할 거라면 뛸 자격이 없는 거라고, 넘어지면 다시 일어나 달리면 된다고, 그러니 좌절하고 피하기보다 아픈 곳을 치료하라며 연고를 쥐여주었다.

나중에 알게 된 사실이지만, 엄마는 내가 보지 않는 곳에서 나보다 더 많은 눈물을 쏟아 내셨다. 언제까지 엄마 품에 숨을 수 없다는 사실을 내가 조금이라도 빨리 깨닫기를 바라는 마음에 냉정하게 대했지만, 마음속으로는 누구보다 나의 고통에 아파했다. 엄마의 정신 차리라는 말이 있었기에 힘들고 지칠 때마다 안주하지 않고 스스로를 다잡아가며 한 걸음씩 걸어나가는 법을 배울 수 있었다.

더 깨지고 다쳐야 성장의 크기가 커진다는 아빠의 말도 처음에는 얼마나 야속했는지 모른다. 설마 남 같아서 내 고통을 모른 척하는 게 아닌지, 나의 아픔을 공감해 주기보다 더 아파야 한다고 떠미는 건 아닌지 의심했다. 성장 따위 하지 않아도 괜찮으니 깨지고 싶지 않다는 생각뿐이었다.

그러나 엄마와 아빠의 말과 행동은 어느새 나에게 닿아 조금씩 내 안에 쌓이기 시작했다. 어떤 치료제보다 강력한 연고가 되어 상처 난 마음을 조심스레 덮어주었다. 눈앞에 고통을 조금 지우고 나니 보이기 시작했다. 당장의 달래주는 말은 달콤할 수 있으나 그것에 중독되면 할 수 있는 게 아무것도 없어진다는 사실이. 달달한 품 안에 숨어 세상으로부터 도망쳤다면 나는 꿈꾸기를 멈추었을 것이다. 그런 후에 또다시 엄마와 아빠를 원망했을 지도 모른다. 왜 나를 안아줘서, 왜 방패가 되어줘서 스스로 한 걸음도 나아갈 수 없게 만들었냐고. 내가 꿈을 포기했던 건, 엄마 랑 아빠 때문이라고. 나를 조금 더 믿어주지 그랬냐고 말이다.

오로지 자신의 선택을 따라야 후회를 하면서도 성장할 수 있 고, 실패해도 다시 일어날 수 있다. 방송을 포기하지 않았고, 현장 에 나가는 것을 멈추지도 않았다. 애초에 나에게 포기할 마음은 없었다. 단지 힘들다고 징징거릴 곳이 필요했던 것 같다. 포기하 거나 물러날 생각이 없으면서 스스로를 동정하고 자신에 대한 연 민에 빠져 있었다. 그때 주변에서 나에게 연민과 동정을 보냈더 라면 영원히 그 늪에서 빠져나올 수 없었을 것이다.

다시 한번 생각해 보았다. "내가 과연 얼마나 많은 노력을 거 쳐 실패를 해봤길래 힘들다는 소리를 하는 걸까?" 그 질문을 떠 올리는 것만으로도 지금까지와는 다른 생각의 방향이 열렸다. 다 른 이의 꿈을 대신하는 것이 아니기에 내가 꾸는 꿈의 무게는 나 스스로 짊어져야 한다. 아직 최선을 다해서 실패해 보기도 전에 좌절한다는 건 그저 "이만큼 했으면 됐어"라며 안주하고 싶은 마 음일 뿐이다. 이런 생각과 함께 조금씩 정신이 돌아왔다. 좌절에 빠져 지나친 것들과 슬퍼하느라 놓친 것들이 보였다.

남들과 다른 길을 선택한 것은 나 자신이다. 힘들 걸 알면서도 선택해놓고 힘들다 어리광을 부렸다. 세상에 힘들지 않은 길은 없고, 모든 길에는 크고 작은 실패와 좌절이 존재한다. 그럼에도 내가 좋아서, 내가 원해서 선택한 길을 간다면 적어도 후회만 하며 시간을 낭비하지 않을 자신이 있었다. 도대체 그 자신을 어디에 던져버리고 실패와 좌절이라는 작은 웅덩이에 빠져 허우적거리고 있었던 것일까.

나는 바닥을 치고 다시 일어났다. 온전히 짊어져야 할 꿈의 무게를 제대로 느낄 수 있어서 다행이었다. 스스로 선택한 것에 책임지고 최선을 다할 수 있다는 건 온전하게 살아있는 기분이 느껴지는 일이었다.

세상이 들을 때까지 소리칠 거야

내가 만난 장애물 중 하나는 편견이었다. '여자' '어린애'를 제외하더라도 건설 현장에 대한 편견은 정말 심했다. 가장 대표적인 것이 '노가다'라는 표현이다. 방송할 때 가장 많이 들었던 말이기도 하다. 분명 나는 그 일을 사랑하고, 어떤 것보다 가치 있는 예술이라고 생각했지만 사람들에게는 전혀 다르게 느껴지는 모양이었다. 몸을 쓰고, 땀을 흘리는 하찮은 육체노동. 어떤 사람은 불쌍하다며 다른 일을 알아보라고 했고, 또 어떤 사람은 고작 그런 일이나 하냐며 한심해했다. 그들의 시선을 마주할 때마다 내가 고민했던 시간과 결심들이 의미가 없는 것 같았고 세상에 퇴짜를 맞는 기분도 들었다. 그럴수록 빌더는 자랑스러운 직업이고, 세상을 이롭게 하는 역할이라고 증명하고 싶었다.

나의 가치를 전부 담아내기에 '직업'이라는 틀은 터무니없이 한정적이다. 직업이 내 가치를 정할 수도, 정체성을 설명해 줄 수도 없다. 직업은 이루고자 하는 꿈에 다다르기 위해 거쳐야 하는 수많은 목적지 중 한 곳이다. 그렇기에 남들이 말하는 중요성과 가치를 따져가며 직업에 의존하기보다 개개인의 선택과 의지에 따라 결정하면 된다.

이런 이야기를 더 많은 또래 친구와 나누고 싶다. 직업의 의미와 영역을 넓혀가는 친구들이 많아진다면 직업에 대한 세상의 기준도 바뀌지 않을까. 자신이 원하는 일을 하면서 자신감과 자부심을 갖는다면 모두가 자신만의 인생을 창조하는 예술가가 될 수 있다. 어렵게 용기를 내어 선택한 일들이 하찮다고 비난받지 않았으면 좋겠다. 이런 바람을 현실로 만드는 방법은 하나뿐이다. 일단 전진하는 것. 멈추지 않고 마음이 맞다고 소리치는 방향으로 걸어가는 것. 그리고 우리의 목소리가 들릴 때까지 세상을 향해 더 크게 쉬지 않고 외치는 수밖에 없다.

개인 방송을 통해 빌더라는 직업을 사랑한다고 계속해서 표현하는 것도 이런 생각 끝에 나온 행동이었다. 빌더라는 직업을 좀 더 완전하게 보여주기 위해 노력했다. 내가 사랑하고 무엇보다도 자랑스럽게 여기는 일이 얼마나 눈부시게 빛나는지 모두에게 알려주고 싶었다.

현장에서 전문성을 보여줄 수 있다는 생각에 편한 옷을 제대로 된 복장으로 바꿨다. 의사는 가운을 입고, 경찰은 제복을 입어 직업적 정체성을 보여주는 것처럼 나 역시 빌더로서의 정체성을 표현하는 작업복을 입기 시작했다. 튼튼한 재질의 옷을 입으면서 안전성을 높였고, 스스로에 대한 자부심도 키웠다.

이런 노력도 누군가에게는 돈이 남아서 하는 짓거리가 되기도 했다. 스포츠 브랜드 옷을 입고 현장에 나가면 사치 부리지 말라는 핀잔을 들었다. 노가다 하는 사람은 시장에서 파는 싸구려 티셔츠를 입어야 한다는 말도 있었다. 그때는 내 직업이 도대체 어떤 취급을 받고 있는지 생각이 많아졌고, 작은 편견들이 모여 직업을 정의할 수 있다는 사실이 안타까웠다.

직업의 가치를, 나의 가치를, 내가 사랑하는 것의 가치를 증명해 내기 위해선 첫 번째로 자신을 가치 있게 대우해야 한다. 그러려면 스스로 변하는 게 중요하다. 한 사람이 모든 편견을 부술 수는 없다. 그러나 적어도 내가 마주하는 고정관념, 직접 경험하는 한계는 스스로 넘어서고 싶다. 현장에서 나는 어린 여자아이가 아니라 빌더 이아진이다. 그 사실을 나 스스로에게 더 강하게 인식시켰다.

여자니까 쉬운 일만 하겠다는 말에 반박하듯 합판, 석고보드, 시멘트, 도기 등 무거운 자재를 나르는 일에 빠지지 않았다. 무조건 달려갔다. 오히려 배려해 주는 팀원에게도 일 자체에 차이를 두지 말아 달라고 부탁했다. 개인이 가진 힘의 차이 때문에 시멘트 한 포대를 들 수 있는 사람과 두 포대를 들 수 있는 사람은 다르지만, 힘이 부족하다고 아무것도 하지 말라는 말은 인정할 수 없었다. 한 포대밖에 들지 못한다면 남보다 2~3번 더 반복하면 된다.

현장에서 나르는 자재들은 모두 내 몸집보다 큰 것들이다. 사실 자재를 옮기기 시작하면 금방 숨이 차고 팔다리가 부들부들 떨린다. 하지만 현장에서 티를 내지 않으려 했다. 그러다보니 근육이 뭉치고, 몇 개월간 발가락에 감각이 없는 상태로 지내는 것은 일상이 되었다.

불가피하게 갖게 되는 약점들이 있다. 힘이나 체력이 부족한 것을 받아들이기 싫어 고집을 부리기도 했지만, 점차 약점을 보완할 수 있는 방법을 찾는 것에 집중했다. 도면을 더 보기 시작했고, 재단과 계산을 조금 더 빨리 할 수 있도록 노력했다.

잠도 줄였다. 집에서 현장까지 출퇴근에 왕복 4시간 정도가 소요됐다. 일이 끝나고 집에 돌아오면 하루를 복기하면서 현장에서의 일과 관련된 내용을 정리하는 시간을 가졌다. 빠짐없이 기록을 남기는 것은 나 자신과 가족, 방송을 보는 이들과 한 약속이었기 때문에 반드시 지켰다. 그렇게 보내온 나의 시간들은 '하루 일기'라는 코너에 여전히 남아있다. 다음날 해야 할 일에 대한 예습도 놓치지 않았다. 공정을 공부하고, 공구를 익히고, 기초적인 이론을 알아갔다. 나는 이해하기까지 걸리는 시간도, 온전히 내 것으로 만들기 위해 필요한 시간도 다른 사람보다 길다. 답답했지만 하루도 빠지지 않고 공부하는 것으로 조급한 마음을 달랬다.

여기까지 하고 나면 새벽 1시가 훌쩍 넘었다. 3시간 후에는 다시 현장으로 나갈 준비를 했다. 매일 반복되는 일상에 지칠 때도 있었고, 정신도 차리지 못한 채 차에 부랴부랴 탄 적도 많다. 몸 상태가 나쁜 날에는 이불 밖으로 나가기 싫다며 몸부림치지만, 어느새 일어나 옷을 입고 있는 나를 발견한다.

현장에서 다친 날도 혼자 앓고 지나가는 경우가 많았다. 조금이라도 힘들거나 아픈 모습을 보이면 현장에 나오지 말라고 할 것 같아 숨길 수밖에 없었다. 어떤 상태이든 현장으로 향했다. 하루라도 예외를 만들면 "역시" "결국"이라는 말을 듣는 그렇고 그런 애가 되어 버릴 것 같아서였다. 그리고 내가 놓친 그 '하루'에 발이 달려 나한테서 멀리 도망갈 것만 같았다. 내 몫으로 요구되는 1인분을 해내려고 무던히도 애썼다. "나는 여자니까 이 정도만 해도 괜찮아" "아직 어리니까 모를 수 있고 실수할 수 있어"라는 말을 내뱉지 않았다. 이런 잣대에 스스로 스며들지 않도록 더 움직였다.

그때의 나는 무엇을 해도 힘들어하는 자신이 한심했고, 노력의 정도를 남과 비교하기 바빴다. 왜 그렇게 내 노력이 부끄럽게 느껴졌는지 "나는 더 고생해야 해" "이런 응원이나 칭찬에 힘내지마. 너는 더 힘들어야 해. 그래야 인정받는 거야"라는 터무니없는 말을 자신에게 주문처럼 새겨 넣곤 했다. 급기야 "나 때는 망치로 맞아가면서 일 배웠어"라는 말을 듣고 현장에서 맞아가면서 일을 배우지 못한 나 자신이 부끄러워지는 지경에 이르렀다.

그때 내가 편견 어린 말에 얼마나 휘둘렸는지, 그 속에서 자신을 얼마나 몰아넣었는지 느껴져 지금도 가슴이 아프다. 그럼에도 나는 절대 멈추지 않았다. 이런 노력이 통했는지 평생 제자리일 것만 같았던 실력이 점차 늘었고, 조금씩 제 역할을 해내는 사람이 되었다.

4개월에 걸쳐 기초 타설 공정부터 설비, 나무 골조 작업, 외장 마감 작업, 내장 작업, 인테리어, 외부 데크 작업까지 진행한 첫 번째 현장 일이 마무리되었다. 처음이었던 현장이라 직접적인 참여를 따지기 어렵지만 그럼에도 나의 눈물, 땀, 애정, 노력이 모두 들어간 집이었다. 이 집에 한 땀이라도 나의 호흡이 포함되었다고 생각하니 충분히 기뻤다. 마치 첫사랑 같았다. 현장을 경험하며 슬프고, 화나고, 억울한 일도 있었지만 반대로 기쁘고 설레고 행복한 일도 가득했다. 시간이 지나도 잊히지 않는 첫사랑처럼 오래도록 기억에 남을 것 같다. 다만 두 번째 현장에서는 조금 덜 울었으면 좋겠다는 바람이 있었다.

두 번째 현장은 영주였다. 겨울에 경험하는 현장은 여름과 또 다른 어려움이 있었다. 일단 출근부터 더 힘들었다. 어두운 새벽, 찬 바람을 맞으며 출근하는 것은 고역이었다. 다시 이불 속으로 들어가고 싶은 마음이 100번도 더 들었고, 그때마다 자신과 치열한 싸움을 반복해야 했다. 해도 뜨지 않은 어둠 속에서 눈도 잘 못 뜬 상태로 차가운 삼각김밥을 입에 넣고 있으면 괜히 서럽기도 했다. 한참 자고 따스한 햇볕 아래 눈을 떠서 엄마가 해주는 밥을 먹는 아침을 상상하며 눈물을 찔끔 흘린 적도 있다.

여름보다 겨울 현장은 원초적 힘듦도 더 컸다. 낮 12시 전까지 밤새 얼었던 땅이 녹지 않아 힘도 두 배로 필요하고, 손이 얼어 공구를 잡는 것도 어렵다. 마지막 방점은 화장실이었다. 여름에는 몸의 수분이 땀으로 배출돼서 그런지 화장실에 자주 가지 않았는데, 겨울에는 하루에도 몇 번씩 화장실을 찾게 됐다. 현장에 있는 이동식 간이 화장실은 말로 표현하기 힘든 환경이다. 구더기가 넘치고, 발을 디딜 수도 없는 상태라 화장실을 참는 것이 가장 힘든 미션일 정도였다. 어떻게든 점심시간까지 참은 후 식당 화장실을 이용하고 퇴근 때까지 다시 참기를 반복했다. 그러나 이런 시간 속에서도 현장에서 경험하는 것들이 나에게 여러 생각을 하게 만들고, 삶의 방향을 정하는 기준이 되기도 해 버틸 수 있었다.

영주 현장에서 가장 기억에 남는 것은 인슐레이션 작업이다.

나무 골조 뼈대 사이에 들어가는 단열재가 인슐레이션이다. 인슐레이션을 빈 공간이나 작은 틈 없이 꼼꼼하게 채워야 외풍이 들지 않는 따뜻한 집을 완성할 수 있다. 내부 작업 중 가장 중요한 공정이기도 하다. 지붕 위에도, 손이 닿지 않고 눈에 보이지 않는 곳에도 모두 꼼꼼하게 작업해야 한다.

이 단열재는 유리를 섬유로 빼낸 건데 손으로 만지거나 피부에 닿으면 유리 입자가 모공에 박힌다. 따끔따끔 간지럽다가 바늘로 찌르는 듯한 기분 나쁜 고통이 훅 느껴진다. 인슐레이션을 처음 접했을 때 이 사실을 모른 채 만졌다가 비명을 질렀다. 방진복을 입어도, 얼굴에 떨어지는 유리 가루까지는 막을 수 없다. 얼굴에 떨어진 유리 가루는 차가운 겨울바람과 만나 피부를 긁어내는 듯한 상처를 만든다. 누군가 손톱으로 할퀴어 놓은 것처럼 얼굴 전체가 욱신거린다. 아무리 흐르는 물로 씻어내도 소용이 없어 자연스럽게 빠질 때까지 며칠간 고통을 참아내는 수밖에 없다. 어떤 일도 고통 없이 배울 수 없다는 진리를 깨닫게 해준 따끔한 작업이었다.

어깨너머로 팀원들의 작업을 보면서, 작지만 꼭 필요한 일을 배우게 됐다. 그럴수록 내 상상은 더 구체적으로 뻗어 나갔다. '내가 집의 뼈대인 골조 작업을 도맡아 하게 된다면?' '능숙하게 작업을 하면 어떻게 될까?' 등. 19살에는 직접 시공을 하겠다는 다짐도 했다. 한 명의 빌더로 현장에 있는 것이 점차 익숙해졌다.

그러는 사이 18살이 지나갔다. 영주 현장까지 마무리하고 나니 일을 한 지 5개월의 시간이 지났고, 조금 더 성숙한 빌더가 되고 싶다는 바람도 커져만 갔다.

모두에게 처음은 가장 설레지만 가장 힘든 시간일 것이다. 나의 처음 역시 고통스럽지만 가장 반짝이는 시간으로 남아있다. 빌더가 되기 위한 첫걸음은 너무 아프고 괴로웠다. 가진 것 하나 없이 그저 하고 싶은 마음, 꿈을 향한 열정만 가득했다. 지금 와서 돌아보면 그때의 나는 우수해지기 위해, 대단해지기 위해서가 아니라 무슨 일이 있어도 포기하지 않기 위해 노력했다. 무작정 달려들었기에 더 많이 상처받았다. 마음은 너덜거렸지만 포기하지 않았고, 결국 한 단계 성장했다.

나조차 나를 믿지 못하던 시기에도 변함없이 내 옆에 있어주었던 이들 덕분이다. 방송을 포기하고 싶을 때마다 아낌없는 응원을 해주는 몇몇의 말이 떠올라 용기를 얻었다. 도망가는 마음을 돌려세울 수 있었던 것은 누군가의 믿음이었다. 너무 힘들어 나도 나를 어쩌지 못했던 18살의 이아진을 지켜주고, 도와준 사람들이 없었다면 나는 일찌감치 포기했을 것이다.

어린아이에 불과했던 나에게 함께하는 법을 알려주고, 쉬어가도 괜찮다고 이야기해 주고, 다시 일어나 걸을 힘을 주었던 가족이자 스승이고 친구인 이들을 결코 잊지 못할 것이다. 그들은 내가 꾸준히 세상을 향해 소리치며 전진할 수 있는 원동력이다.

18살의 페이지가 닫히고 19살이라는 새로운 페이지가 열렸다. 모험은 시작되었고 앞으로 어떤 고난을 만나게 될까 궁금했다. 많은 일들을 하나씩 겪으며 결국 꿈꾸던 곳을 향할 나의 모습이 기대됐다. 지금까지의 자신보다 훨씬 반짝이고 눈부신 사람으로 성장할 것을 알기에 힘들고 아파도 계속 앞으로 나아가고 싶었다. 이 마음이 변하지 않는 한 세상을 향해 소리치기를 멈추지 않겠다 다짐해 본다.

손보다 못났다고 발을 자를 순 없는데…

19살에 만난 현장은 경상남도 함양에 있었다. 충주 집에서 왕복 6시간이 넘는 거리라 처음으로 숙소 생활을 했다. 이전까지 함께 일했던 팀이 아닌, 새로운 팀에 합류해서 완전히 새롭게 출발하는 기분이 들었다. 하던 대로만 하면 된다고 스스로를 다독였지만, 아빠의 1+1 혹은 0.5인분 아이에서 벗어나고 싶은 마음도 커 기대와 두려움이 교차했다. 첫 만남에서 벌어질 오만 가지 상황을 가정하며 긴장했다. 최소한 방해가 되지 않는, 역할을 다하는 막내가 되겠다는 다짐을 하며 현장으로 향했다.

함양 현장은 지금까지의 업무 방식과 조금 달랐다. 팀이 하나의 시스템 안에서 움직였는데, 막내인 나 역시 역할을 맡아야 했다. 그동안 공부했던 것들을 실행하고 온전한 1인분의 몫을 해내야 하는 순간이 온 것이다. 이전까지는 사수들의 작업을 옆에서 돕고, 자재를 자르고 다음 공정을 준비하는 것이 주된 업무였다. 늘 사수의 지시가 있어야 행동을 할 수 있었는데, 새로운 현장에서는 그렇지 않았다. 업무 시작 전 팀장이 그날의 공정에 대해 간단한 지시와 설명을 해주면 모두 자기의 자리에서 각자의 역할을 하는 구조였다.

처음에는 매시간 지시를 받고 일을 하다가 스스로 해야 하니 어느 것부터 손을 대야 할지 몰라 당황하고 방황했다. 항상 숙제 검사받듯 일해온 나와 달리 팀원들은 자기 일을 물 흐르듯 자연스럽게 또 프로페셔널하게 하고 있었다. 같이 흐르지 못하고 삐걱대는 내 모습이 부끄러웠지만, 지난 시간 동안 어깨너머로 배운 것들을 직접 실행하며 완전히 내 것으로 만들 기회가 왔다는 생각에 가슴이 두근거리기도 했다.

그때부터 나의 또 다른 현장 라이프가 시작됐다. 학교에서 모르는 문제가 있으면 선생님에게 묻고 또 물었던 것처럼 팀장님과 사수에게 사소한 것이라도 궁금한 것을 반복해 물었다. 원래 일이 진행되어야 하는 속도에 한참 미치지 못했지만, 두 분은 늘 내 질문에 정성껏 답을 해주며 묵묵히 나를 이끌어 주었다. 혼내거나 타박하지 않고, 알맞은 방향으로 작업할 수 있게 방법을 알려주었다.

그 마음에 보답하기 위해 열심히 공부했다. 처음부터 끝까지 집을 지을 수 있는 사람이 되겠다는 목표로 목조주택 시공 실무를 공부했고, 현장에 나가지 않을 때는 작은 모형 집을 지어보곤 했다. 배운 대로 레이아웃을 해보고, 지붕을 계산하여 조립하면서 현장에서 하듯 똑같이 시뮬레이션했다.

이 시기에 새롭게 도전한 것이 굴삭기 자격증 취득이었다. 현장에서 일해보니 가장 요긴하게 쓰이는 것 중 하나가 중장비였다. 다행히 필기시험은 무난히 합격했는데 굴착 작업 실기시험에서 떨어지고 말았다. 굴삭기를 작동시키다 시간이 초과되어 흙을 다 퍼내지 못했다. 한 번의 탈락으로 포기할 수는 없었기에 처음부터 다시 굴삭기 운전을 연습했다. 학원도 다니며 실기를 더 열심히 준비해 두 번째 시험에서는 당당히 자격증을 손에 넣었다. 현장에서 큰 도움이 되는 자격증을 따면서 자신감도 조금 커졌다. 나를 더 쓸모 있는 사람으로 만들고 싶었던 바람이 조금이라도 이뤄진 것 같아 내심 뿌듯했다.

작은 성과를 얻었지만 주변에서 늘 나를 기다려 주고 있다는 사실을 알기에 여전히 마음이 분주했다. 그러지 않으려 노력했지만 다른 팀원들의 직무 능력과 나를 비교하며 자꾸만 작아졌다. 처음 일을 시작하면서 들었던 사람들의 모진 이야기가 다시 귓가에 들렸다. 분명 그런 말들에 더 이상 휩쓸리지 않겠다고 다짐했지만, 나의 두려움은 고무줄 같았다. 멀리 가 있는 듯해도 눈 깜

빡할 새에 또다시 눈앞에 와 있는 고무줄. 이룬 것보다 부족한 것이 더 크고 선명하게 보였다. 매번 실망하고, 다시 일어나기를 반복했다. 자존감도 하늘과 땅을 오갔고, 주체할 수 없는 절망감에 빠졌다가 나오는 것도 여러 번 겪었다. 원하는 것과 할 수 있는 것이 달랐고, 바라는 모습과 실제에 차이가 있었다. 모두가 나와 같은 시간을 겪으며 조금씩 실력을 쌓아 올리고 있다는 걸 머리는 알고 있지만 가슴은 받아들이지 못해 조급하고 답답했다. 그렇게 스스로를 믿지 못하고 사람들의 인정에 목마른 시기가 다시 찾아왔다.

생각해 보면 이런 상황의 반복이었다. 늘 성장하고 싶고, 꿈을 향해 나아가고 싶었지만 현실은 내 마음과 같지 않았다. '비교'라는 것이 나를 한없이 불행하게 만들었다. 누군가의 시간이 나보다 빠르면 내가 뒤처진다 생각했고, 누군가의 결과를 보면 내 과정이 참 못나 보였다. 19살의 나는 현재를 살아가기보다 항상 먼 미래를 살고 있었다. 더 대단한 것, 더 많은 것, 그래서 더 빠른 것. 다른 사람들이 내 인생의 답을 쥐고 있는 것 마냥 타인의 말과 생각, 인정을 맹목적으로 따라다녔다.

학교가 아닌 건설 현장에 있는 19살 여자아이라는 타이틀이 부끄러워졌다. 처음에 느낀 감동과 목표는 잊었고, 겉으로 보이는 모습에 신경 썼다. 멋지게 포장해서 나라는 사람이 괜찮아 보이기를 바랐다. '조금 더 멋지게, 조금 더 성숙하게, 내가 좀 더 돋보일 수 있게 만들어야지'라는 생각뿐이었다. 못났다고 생각하는 모습은 모두 가리고 잘 가꾸어진 모습만 보이려 했다. 열정이 아닌 오기가 마음에 자리 잡았고, 도전에 대한 설렘 대신 실패와 사람들의 실망에 대한 두려움만 남았다. 나라는 사람이 가진 색을 잃어버리자 생기도 함께 사라졌다.

18살, 첫 현장과 이별하며 떠나보냈다고 생각했던 열등감과 피해 의식, 딜레마가 몇 배로 몸집을 불려서 다시 찾아왔다. 그때보다 더 날카로운 화살이 나를 겨냥했다. 모두가 나를 판단하고 못난 모습을 손가락질하는 것 같았다. 사람을 피하고 싶었지만, 티 내지 않으려 무던히 노력했다. 들키는 순간 약점이 드러나는 것이라 생각해 꼭꼭 숨기기 바빴다.

부정적 감정들도 함께 숨겼다. 아픈 나를 보듬어 주기보다 아파하는 내가 부끄러워 죽을 지경이었다. 그렇게 나는 점차 나를 잃어가고 있었다. 이 모든 걸 알고 있음에도 나는 나를 증오하는 것 말고는 어떤 것도 하지 못했다.

05

온전히 스스로를 마주 보는 과정은 고통스럽기 마련이다

19살의 나에게 가장 어려웠던 일은 고무줄 같은 상처를 극복하는 것이었다. 특히 타인으로 인해 받은 상처보다 내가 나에게 준 상처가 더 깊고 아팠다. 무방비 상태로 사람들에게 공격을 받는 것은 생각보다 고통스러운 일이었기에 조금 덜 아프자고 내가 먼저 나에게 상처를 만들었다. 먼저 실망하고, 스스로에게 손가락질하고 핍박했다. 사람에게 기대하기 전에 미리 내 마음을 밟았다. 말로 생긴 상처는 상상했던 것보다 괴롭고, 겉으로 드러나지 않는 흔적을 남겼다.

당시 나는 편견과 색안경 없이 솔직한 이야기를 나눌 수 있는 어른이 있는지 의심했다. 제발 한 명이라도 존재해 주기를, 내가 모르는 어딘가에 있기를 간절히 바랐다. 내가 나인 것이 괴로워

어디로든 도망가고 싶을 때 어떻게 해야 하는지, 넘어져서 도저히 일어날 수 없다고 느낄 때 다시 일어서기 위해 무엇을 해야 하는지 누군가 답을 내려주면 좋겠다고 생각했다. 아프고 상처받고 넘어졌지만 다시 일어나 밝게 웃으며 살아가는 사람과 마주하고 싶었다. 또 다른 증거를 바랐다.

이런 생각들이 어지럽게 생겼다 사라지기를 반복하던 시기에 한 개인 방송을 보게 됐다. 지리산 둘레길을 걸으며 사람들과 소통하는 모습을 보며 '저 사람도 나와 같은 시간과 상처를 가지고 있는 건 아닐까' 궁금해졌다. 편견 섞인 시선이 아닌 있는 그대로의 모습을 바라보는 법, 받은 상처를 이겨내는 방법을 알고 있을 것만 같았다. 물론 모니터를 통해 보이는 모습만 보고 나 혼자 일방적으로 한 생각이었다. 고의였든 아니든 나에게 그랬던 많은 사람처럼 나도 누군가를 보이는 모습만으로 판단하고 있는 건 아닐까, 내가 원하는 대로만 보고 있는 건 아닐까 하는 생각도 들었다. 직접 만나 이야기를 나누면 이런 복잡한 마음이 정리될 것 같았다. 내가 헤어 나오지 못한 두려움에 대해 찾고 있는 답을 줄 것 같기도 했다.

며칠 동안 어떻게 연락을 해보면 좋을지를 고민하다 장문의 메시지를 보냈다. 같이 이야기를 나누며 둘레길을 함께 완주하고 싶다고, 며칠이라도 함께 걷고 싶다는 말을 적었다. 절박했기에 작은 희망이나마 꼭 잡고 싶었다. 그때가 아니면 영영 기회가 없

을 것 같았다. 누군가에게 위로를 받는 시간을 보낼 수 있지 않을
까 하는 기대감에 무작정 지리산으로 길을 떠났다.

지리산으로 향하면서도 마음 한편에 두려움이 자리 잡았다.
내가 하는 행동이 누군가에게 오해를 불러일으킬 수 있고, 또 누
군가에게는 악의적으로 해석될 수도 있었다. 하지만 그 모든 문
제들을 감당하더라도 당시의 나에게는 그분과의 만남이 꼭 잡아
야 하는 마지막 희망처럼 느껴졌다. 여차하면 '전진소녀'로서의
모든 활동을 그만두겠다는 각오로 길을 나섰다. 꿈과 희망을 잃
고 어둠만 가득한 마음으로 사는 건 고문이었다. 나를 가득 채운
실망과 좌절을 몰아내고, 그 자리에 다시 내 꿈을 품고 싶었다.

무수히 많은 생각을 하며 지리산으로 향했고, 다행히도 그분
을 만날 수 있었다. 라이브 방송을 하고 있어서 나와 그분이 만나
는 장면을 많은 시청자가 보았다. 걱정했던 것처럼 반응이 여러
갈래로 나뉘었다. 다행스러운 점은 그분이 나를 쫓아내지 않았다
는 것. 나는 어렵게 얻은 시간을 가치 있게 보내고 싶은 마음뿐이
었다. 다시 집으로 돌아가지 않아도 된다는 사실에, 함께 길을 걷
자고 해주는 그 말 한마디에 세상을 얻은 듯 기뻤다. 그분과 있으
니 사람에 대한 경계가 필요 하지 않았다. 내 마음은 점점 따뜻해
졌는데 사람들의 반응은 더 차가워졌다.

'인지도를 얻기 위해 무턱대고 찾아온 것이다' '숟가락을 아무

렇지 않게 얹어 방송 진행자로 뜨려고 한다' '이렇게 내버려 둔 부모가 문제다' '기부도 본인이 하겠다고 한 게 아닐 것이다' 등 나를 향한 반감들은 날카로운 말이 되어 날아들었다. 결코 가벼운 결심과 치기 어린 마음으로 그곳에 간 게 아니었기 때문에 사람들의 말에 아무렇지 않은 척할 순 없었다. '전진소녀' 채널의 쪽지함에 많은 이들이 비난이 쉴 새 없이 쌓여갔다. 엄마에게 직접 딸자식 교육을 그렇게 시키지 말라거나 잘못 가르친 당신 탓이라는 말들이 쏟아졌다.

이런 상황이 이틀째 이어지니 더 이상 내 고집대로 할 수 없었다. 나뿐 아니라 주변 사람들 모두가 상처를 받을 것 같았다. 그분 역시 아무 잘못 없이 나로 인해 안 좋은 이야기를 듣고 있는 상황도 난감했다. 방송을 시청하는 사람들 사이의 불화도 신경 쓰였다. 내가 진행하는 방송도 아닌, 그분의 방송에서 나라는 존재 때문에 갈등과 분란이 계속되고 있었다. 나만 없어지면 모두가 다시 제자리를 찾고 평화로워질 수 있는 일이었다. 이튿날 아침이 되었을 때 짧은 시간이었지만 함께 걸어 주어서 감사했다는 말과 죄송하다는 쪽지를 남긴 후 그곳을 떠났다.

각오를 하고 갔지만 결과는 혹독했다. 내가 했던 다짐은 현실에서 일어나는 일보다 약했고, 사람들이 쏘는 화살을 막아내기에 나라는 사람의 방어력은 턱없이 부족했다. 많은 용기를 짜 시작한 일이었지만 오히려 남아있는 힘마저 소모한 채 더 커진 상처를 가슴에 안고 집에 돌아오게 되었다. 사람과 함께하면서 사람에게 받았던 상처와 실망을 이겨내고 다시 꿈꾸고, 희망을 품고 살아가고 싶다는 바람. 그것을 가능하게 만들어 줄 용기를 얻고 싶었는데 오히려 사람에 대한 두려움만 커졌다.

나를 응원해 주던 몇몇 사람들의 정성이 무색할 만큼 쉴 새 없이 쏟아지는 비난의 말은 힘도 양도 거대했다. 나는 그들이 말하는 그런 사람이 아니라고 설명하고 싶었다. 시간이 약이라는 말은 거짓말 같았다. 점점 더 억울하고 분하고 화가 났다. 항상 믿고 싶고 아름답다고 생각한 '사람'과 '세상'이었는데, 짧은 시간 동안 내가 느낀 세상은 지옥이었다.

세상을 사는 모든 이들은 저마다의 상처를 가지고 있다. 나만 아픈 것이 아니라는 사실은 잘 알고 있다. 그러나 나의 아픔을 알기에 타인의 아픔을 이해하는 것이 아니라 내가 아팠으니 너도 아파야 공정하다고 말하는 것만 같았다. 너의 아픔은 내 것보다 아무것도 아니라고. 사람들은 그런 것이 '현실'이라고 포장했다.

끝까지 부정하고 피했지만 그럴수록 사람들의 공격은 더 잔인해졌다. 내가 아파하는 모습을 보면서 자신들의 상처를 치유하는 것 같았다. 사실은 네가 겪은 것보다 훨씬 더 따뜻하고 아름다운 것들이 있다고, 그러니 널 믿고 다시 꿈을 꾸라고, 너와 같은 시기를 겪은 내가 있다고. 그렇게 말해줄 누군가를 찾아 헤맸고 마지막 희망을 잡아보려던 마음은 갈기갈기 찢겨 더 이상 쥐어지지 않는 모양으로 변했다.

사람으로 인해 즐거웠던 순간들마저 증오스러웠다. 사람들과 웃던 내가 끔찍해졌다. 사람은 남을 해치고 세상을 불행하게 만드는 존재라고 믿게 됐다. 지옥에서 서로를 밟고 죽이며 혼자 살아남으려는 모습만 그려져 점점 세상이 끔찍하게 느껴졌다. 서로에 대한 이해와 수용이 없어졌다. 이런 변화 과정은 나에게도 혼란스럽고 고통스러운 일이었다. 나에게 손을 내밀었던 이들도 결국엔 모두 돌아설 것이라고 여기며 누구도 믿지 못하게 됐다.

머릿속에서 나의 인생을 아무렇지 않게 내팽개치고, 나와 우리 가족들이 걸어왔던 길을 무너트려 버린 사람들의 모습이 사라지지 않았다. 점차 '이런 세상에서 꿈을 꾸는 게 무슨 의미가 있을까'라는 생각이 자리 잡았다. 내가 무엇을 하든 그들은 아무것도 보지 않고 듣지 않을 테니까. 나는 그저 철없는 몽상가에 불과했던 것뿐이구나 하는 허무감에 참담한 마음이 들었다.

집을 만들었던 것도, 개인 방송을 시작한 것도, 새로운 도전을 하겠다며 시도한 것도, 내가 살아온 시간까지도 다 가식이 되어가고 있었다. 사람을 사랑하기에 사람과 함께하는 예술가가 되는 것이 꿈이라고 당당히 말하던 내가 어색해졌다. 꿈을 꾸면서 어떤 장애물도 극복하겠다고, 포기하는 일은 없을 거라고 무수히 스스로에게 다짐했지만 결국 나는 굴복했다. 사람의 어떤 모습이든 인정할 수 있어야 하는데 나 역시 내가 보고 싶은 모습만 보고 내가 하고 싶은 것만을 하겠다고 외친 꼴이었다. 사람들의 밝은 모습만 사랑했다. 미처 보지 못했던 어두운 모습에 혼자 상처 받았고, 사람을 증오하게 되었으면서 사람을 위한 예술을 하겠다거만을 떨고 있는 내가 참 가소로웠다.

스스로를 향해 쏘아대는 비난의 화살은 좀처럼 멈추지 않았다. 꿈과 희망은 사라지고 악한 증오만 가슴에 남았다. "내가 잘못되면, 그들도 조금은 나에게 미안해하겠지"라는 생각까지 하게 되었다. 그렇게 증오하고 미워하는 사람들의 모습을 그대로 닮아갔다. 한번 시작된 감정은 마른 짚에 불이 타오르듯 멈출 기미를 보이지 않았다. 나는 나를 때리고, 할퀴며 상처 냈다.

그러던 어느 날은 무언가에 홀린 듯 물병 하나를 들고 옷 방에 들어가 문을 잠갔다. 약상자를 열어 눈에 보이는 모든 약을 입에 털어 넣었다. 내가 그런 사람이라는 사실을 인정하지도, 받아들이지도 못하겠기에 결국 삶에서 도망치는 선택을 했다. 조금이라도 빨리 나라는 존재를 세상에서 사라지게 만들고 싶었다. 그렇게 약을 모두 삼킨 후 나른하고 편안한 기분으로 누웠다. 눈을 뜨게 될 때 아주 긴 시간이 흘러가 있었으면 좋겠다는 생각에서 마지막 기억이 끊겼다.

다시 눈을 떴을 때 나는 내 방 침대에 누워있었고, 주변은 온통 어두웠다. 엄마가 내 손을 잡은 채 나를 꼭 안고 있었다. 어지러움이 몰아쳐 화장실로 기어가 토하고 다시 정신을 놓기를 반복했다. 응급조치를 받았음에도 눈알이 빠져나올 것처럼 아프고, 머리를 가누지 못해 몸은 바닥으로 고꾸라졌다. 온몸에 감각이 없는 상태로 기억이 끊어졌다 다시 이어졌다. 다만 이 모든 순간에도 유일하게 뚜렷한 기억은 엄마의 목소리였다. "쩐아, 엄마는 무슨 일이 있어도 네 손을 놓지 않을 거야."

내 몸이 내 것 같지 않은 상태에서도 엄마가 잡고 있는 손은 참 따뜻했다. 그 손을 마주 잡고 엄마와 이야기하고 싶었지만, 몸이 말을 듣지 않았다. 깨고 싶은데 깰 수 없는 상태로 기억이 다시 끊어졌다. 다행히 하루가 지나 눈을 떴을 때는 조금 더 나아진 상태였다. 의식이 희미한 순간에도 더 이상 아프고 싶지 않아서 했던 선택이 내가 한 행동 중 가장 후회스러운 것이란 생각이 들었다.

지금까지의 내 모든 선택과 행동은 남에게 인정받기 위해서, 증명해 내기 위해서 시작한 것들이 아니었다. 그저 가슴이 원하는 것을 찾아 자유롭게 표현하고 내가 선택한 것들을 사랑하고 최선을 다하고 싶었다. 세상에 조금 더 가치 있는 예술을 해 사람들과 더 크게 웃고 싶었다. 아프지 않고 웃을 수 있게 해주는 예술을 하고 싶을 뿐이었다.

나는 천천히 엄마와 이야기를 할 수 있게 됐고 더 이상 숨길 것 없이 솔직한 내 상태와 마음을 털어놨다. 엄마는 내 말을 끝까지 다 듣고 조심스럽게 이야기를 시작했다.

"엄마도 사람에게 받는 상처가 얼마나 아프고 힘든지 잘 알고 있어. 우리 찐이가 어떤 마음일지, 무슨 감정을 느꼈는지 누구보다 깊게 이해해. 그런데 진아, 증오가 커지면 결국 죽어가는 건 자기 자신이야. 마음에 화만 남으면 그 화가 자신을 태워. 너 스스로를 향한 분노를 멈추고 용서하고 이해하는 시간이 필요해. 자신을 받아들이지 못하면 어떤 것도 받아들일 수 없어. 너는 그 사람들을 못 받아들이는 게 아니라 너 자신을 못 받아들이고 스스로에게 화가 나 있는 거야. 당연히 사랑할 수도 없지.

자신을 온전하게 마주하는 건 참 어려운 일이야. 하지만 어렵다고 도망치고 피하면 지금 같은 상황이 반복될 뿐이야. 무섭더라도 정면돌파를 해야 이 굴레에서 벗어날 수 있어. 우선 진이가 진이를 용서해 주자. 그것부터 해보자. 엄마가 옆에 있을게."

나는 더 이상 증오하는 마음을 가지고 싶지 않았다. 가슴속에 누군가를 미워하는 감정을 품고 있는 것만으로도 고통스러웠다. 사실 사람들과 웃고 싶고 이야기를 나누고 싶고 내 진짜 모습을 보여주고 싶고 진심을 느끼게 해주고 싶었다. 함께 걷고 싶었다. 모든 사람들은 사랑받지 못해 아프고, 사랑하지 못해 슬프고, 함께하지 못해 외롭다는 엄마의 말을 천천히 되새겼다. 몸을 건강하게 만들면서 마음도, 생각도 건강해지기 위해 애썼다.

마음에 쌓인 분노를 조금씩 녹여냈다. 한순간에 되지 않겠지만 나부터 나를 사랑해 보기로 했다. '용서할 거야' 하는 마음이 있다고 내가 용서되고, '사랑할 거야' 하는 마음이 있다고 나를 바로 사랑할 수 있는 건 아니다. 나를 이해하고 받아들이는 것은 영원히 연습해야 하는 일이다. 그러나 내가 온전히 나라는 사람과 세상을 보기 위해선 보지 않으려 했던 모습까지도 보아야 한다는 사실을 깨달았다. 온전히 보아야 온전히 사랑할 수 있다는 건 나에게 정말 중요한 교훈이 되었다. 그때부터 나는 나를, 사람을, 세상을 조금 더 온전히 보려고 노력 중이다.

06

사람에 절망하지만 사람으로 위로 받는다

나는 조금씩 마음의 안정을 찾아갔다. 그때 스스로와 화해하는 데 도움이 될 것 같다면서 엄마가 쪽지를 하나 보여주었다. 쪽지에는 그동안 나에게 좋지 않은 댓글을 달던 분과 엄마의 대화가 담겨있었다. 대화가 이어질수록 서로 마음을 열고 상대방이 하는 이야기를 받아들였다. 처음에는 분노와 슬픔이 가득했지만 이야기를 나누며 서로가 서로를 이해해 나가는 모습이 놀라웠다. 상처를 주는 게 쉬운 만큼 마음을 열고 서로를 치유하는 것도 어렵지 않다는 사실을 알 수 있었다.

쪽지를 읽고 처음 든 생각은 '부끄럽다'였다. 오직 나만 아프다 여기며 신세한탄을 하고, 결국 스스로에게 최악인 선택을 했다. 나 역시 마음의 문을 굳게 걸어 닫고 상대방을 외면하고 상처 주는 사람이었음을 한 번 더 깨달으니 면목이 없었다.

마음속에 증오 대신 사랑을 키우고 싶다면 용서를 해야 한다. 우선 나 자신에 대한 용서가 필요하다. 나를 받아들이고 나의 모습을 인정해야 한다. 끝까지 나를 외면하고 극단적인 선택까지 하게 내팽개쳐 두어서는 안 된다.

이 일을 계기로 나는 나를 용서하는 법을 배웠다. 있는 그대로의 나를 바라보고, 나에게 괜찮다고 말해주는 법을 알게 됐다. 어떤 의도로 날아왔든 돌멩이에 맞으면 아픈 것이 당연하다. 당장은 힘들겠지만 상처를 치료하고 다시 건강해져야 한다. 상처를 끌어안은 채 하염없이 아프다고 울고, 나에게 왜 돌을 던졌냐고 울고, 누가 그랬냐며 우는 것은 나만 지치는 일이다. 치료해야 고통이 사라진다. 이 깨달음이 나를 다시 움직이게 했다. 나는 스스로를 용서하면서 나 자신과 이야기를 나누기 시작했다. 내가 나를 치료한 것이다.

더 괜찮아지고 나니 다른 사람을, 나를 아프게 했다고 생각한 사람들을 용서하고 이해하는 과정이 필요했다. 엄마와 쪽지를 주고받은 분에게 내 마음을 솔직하게 전달해 보기로 했다. 어떻게 이야기를 시작해야 할지 정말 오래 고민하고 망설였다. 수없이 썼다가 지웠고, 대중없이 느껴지는 수많은 감정이 지나가기를 기다렸다. 편견 없이 상대를 대하기 위해 노력했다. 그러다 이 모든 것이 불필요하게 느껴졌다. 내 이야기를 전하고 싶다면 다른 목적 없이 내 이야기를 하면 되는 것이었다.

모든 것을 적었다. 내가 살고 싶었던 인생, 막연한 꿈을 위해 내가 달려온 길, 세상과 사람을 향한 증오, 그 사람을 향했던 서러움과 미움까지 솔직하게 썼다. 한편의 고백 같은 편지를 적으며 그 시간의 나를 용서했고, 고통을 선물한 상대방을 이해했다. 누군가를 싫어하는 마음에서 사랑하는 마음으로 바꿔 가는 과정이었다. 상대에게도 미워하고 원망했던 것에 대한 용서를 구했다. 어떻게 보면 용서란 말보다 눈을 가리고 보길 거부했던 것들을 있는 그대로 피하지 않고, 골라내지 않고 마주했다는 표현이 더 정확할 것이다.

오래지 않아 답장이 왔다. 그분 또한 솔직한 자신의 이야기를 들려주었다. 어떤 상처를 가졌는지, 세상이 준 상처로 얼마나 아팠는지, 좋은 어른이 되어 주지 못해 미안하다고 말했다. 그분과 나는 서로가 나눈 편지로 화해한 것이 아니다. 편지를 쓰는 동안 자신의 마음을 이해하고 인정하면서 스스로를 용서하게 된 것이다. 스스로를 용서하니 타인의 이야기, 타인의 감정도 있는 그대로 받아들이게 되었다.

며칠 지나지 않아 소포가 하나 도착했다. 지난 1년의 시간 동안 내가 했던 방송들 속 모습을 사진으로 인화해 하나씩 담은 앨범이었다. 사진 속의 나는 울고, 웃고, 화내고, 수많은 도전을 하며 살고 있었다. 수십 장이 넘는 사진들이 정성껏 정리되어 있었다. 그리고 마지막에 남은 페이지에는 앞으로의 내 이야기가 채워지기를 바란다는 편지가 적혀있었다. 사진을 하나씩 넘겨보며 이걸 붙여준 그분의 마음도, 당시의 내가 가졌던 마음도 느껴졌다. 그분은 나를 받아들이고 용서하는 것의 의미를 직접 보여주었고, 언제나 응원하겠다는 말로 나를 치유했다. 내가 다시 일어서는 힘이 되어주었다.

나를 살리기 위한 선물은 여기서 끝이 아니었다. 아빠의 선물이 연달아 도착했다. 아빠는 〈사랑합니다〉라는 노래를 녹음한 후 내가 방송했던 영상을 조금씩 편집해 3분 44초의 뮤직비디오를 만들어 주었다. 아빠로서 딸을, 선배로서 후배를, 사람으로서 사람을 사랑한다는 메시지가 오롯이 담겨있었다. 그 어떤 모습의 나도 사랑한다는 아빠만의 표현이었다.

엄마는 언제나 내 인생의 가장 훌륭한 선생님이 되어주었고, 인생 선배로 또는 좋은 어른으로 매 순간 주저 없이 도움의 손길을 내밀어 주었다. 아빠는 엄마의 방식과 달랐다. 나의 가장 친한 친구로 내 곁에 있어 주었다. 아낌없이 주는 나무처럼 묵묵하게 내 옆을 지켜주는 사람이었다. 아빠와 하루 종일 함께 있을 때가 많은데, 내가 울 때마다 아빠는 한결같이 나를 보듬어 주었다. 현장에서, 출퇴근 길에서, 집에서까지 아빠는 존재하는 것으로 나를 위로하고 있었다.

　처음에는 내가 중요하지 않아서, 나를 사랑하지 않아서, 내가 남이라서 울든 말든 신경 쓰지 않는다고 생각했다. 감정이 없는 사람이라고 여길 때도 있었다. 하지만 아빠는 아빠만의 방법으로 나를 지켜주고 있었다. 울고 있는 내 손을 잡고 멈춰도 괜찮다고, 쉬었다가 가도 된다고 알려주었다. 일하다가 힘들어 쩔쩔매는 나를 보고 내가 잠든 사이 그 일들을 대신해 주기도 했다. 내가 울고 소리치고 짜증 내도 늘 한결같은 모습으로 나를 받아주었다. 변함없이, 언제나 나를 나로 대해줄 거란 사실을 느꼈다.

　아빠는 나에게 딸로서 무언가를 기대하지도, 부모로서 가지는 바람을 강요하지도 않았다. 그저 내가 나이기를 바랐고, 내가 가진 모습을 잃지 않도록 사랑해 주었다. 이 모든 것이 아빠만의 사랑 방식이었다. 그 사실을 깨닫고 나자 마음속에 무언가가 가득 차오른 기분이었다.

　영상 마지막에는 엄마의 편지도 있었다. "세상을 아프게 하는 것도 사람이지만, 세상을 살리는 것도 사람이다. 쩐이가 이런 세상에 사랑을 줄 수 있는 사람이 되기를"이라는 글귀를 한참 동안 보고 또 봤다.

　만약 내가 계속해서 색안경을 쓴 채 세상을 봤다면 내 옆에서 나를 가장 사랑해 주는 사람들에게조차 등을 돌렸을 것이다. 아빠가 선물해 준 뮤직비디오를 보면서, 아빠의 노래를 듣고 엄마의 편지를 읽으면서 많이 울었다. 그들이 이렇게나 사랑하는 나를 내가 아프게 했다는 것이 미안했다. 그들의 사랑을 외면하고 나 역시 나를 외면해 버렸던 시간이 후회스러웠다. 앨범에 담긴 나의 순간들이, 나조차 몰랐던 반짝이던 시간들이 새삼 그리웠다. 희로애락을 고스란히 담고 있는 나라는 사람의 인생이 아름다웠고, 사람이 가장 아름다운 예술이라는 말을 이해하게 됐다.

살아있지 않은 생명체는 없는 것처럼 감정이 없는 생명체도 존재하지 않는다. 식물도, 작은 생물도, 동물도 모두 감정을 가진다. 그중 인간의 가장 다른 점은 의지로 모든 것을 변화시킬 수 있다는 사실이다. 감정을 다스리고, 감정을 원동력으로 변화를 가져올 수 있는 존재는 인간뿐이다. 인간은 의지 하나로 자기 자신을 바꾸고, 세상을 바꾸는 힘이 있다. 아름다운 것, 거대한 창조를 할 수 있는 예술가는 인간이 유일하다. 그 모든 게 한순간에 분명하게 느껴졌다.

나는 세상에서 가장 가치 있는 예술을 하는 예술가다. 사람의 인생만큼 가치가 큰 예술은 없기에 내 인생을 통해 나만의 예술품을 완성하고 있다. 세상에 나와 같은 감정을 가지고 같은 삶을 사는 사람은 없다. 모두가 미세하게 다른 감정을 느끼며, 같은 환경에서 받아들이는 것도 다르다. 그렇기에 사람은 한 명, 한 명 다양하고 다채로운 예술작품을 만들어내는 예술가들이다.

사람들 안에서는 수많은 일이 일어난다. 하나의 세계가 창조됐다 사라지기도 하고, 수많은 감정이 꽃을 피우기도 한다. 지난 시간 중 아파하고, 나약하고, 힘들어하던 내 모습 역시 그 많은 꽃 중 하나다.

그동안은 병들었던 흔적을 지우고 싶어 했다. 그러나 그 흔적마저 내가 다시 건강하게 피어날 수 있다는 증거였다. 나를 강하게 만들어 줄 흔적이었다. 아픔을 이겨내기 위해 끊임없이 노력했고, 결국 괜찮아지겠다는 의지가 결실을 맺었다.

넘어지지 않으면 일어나는 방법을 배울 수 없고 어둠을 알지 못하다면 빛을 깨달을 수 없듯 실패와 실수를 경험하지 않으면 더 나은 자신을 찾을 수 없다. 강해지는 법도, 나를 용서하는 법도, 좀 더 스스로를 사랑하는 법도 아픔 속에서 찾게 되는 것들이다. 나는 그 순간 불현듯 모든 과정 속에 결과가 있다는 사실을 알게 되었다. 망치로 뒤통수를 맞은 듯한 얼얼함과 허탈감, 행복함이 한꺼번에 찾아왔다. 경험하지 않으면 알 수 없기에 이 모든 과정을 겪어야만 했나 보다.

섬에 도달하기 위해서는 바다를 건너야 한다. 18살의 나는 섬에 가겠다는 목표 하나로 바다에 뛰어들었다. 그러나 어떤 장비도 없이 차가운 바닷물에 들어가 추위에 지치고, 물살에 상처가 났다. 온몸 가득 아픔만 남은 19살의 나는 더 이상 다치고 싶지 않아 섬에 가는 걸 포기하려고 했다. 다시 도전할 용기 따위 없었다. 그때 누군가는 튜브를, 누군가는 상처에 바르는 약을 선물해줬다. 물론 그런 것들이 섬을 완전히 건널 수 있는 최고의 도구는 아니다. 그러나 사소한 손길들에 '이번에는 섬에 갈 수 있지 않을까'라는 작은 희망이 생겼다. 약을 바르니 상처는 나았고, 튜브를 끼니 물이 덜 무서워졌다. 이제 두려움을 극복하고 한 번 더 바다에 뛰어들어 내가 가고자 했던 그 섬까지 열심히 헤엄쳐 보는 일만 남았다.

물론 또 실패할 수도 있다. 지난번보다 더 큰 상처를 얻을 수도 있다. 그러나 한 번 경험해 봤기에, 그 모든 순간을 견뎠고 이겨냈기에 조금 더 수월하게 스스로를 돌볼 수 있을 것이다. 그리고 다시 도전해도 괜찮다는 것을 알았기에 또 다시 시작할 기회를 잡게 될 것이다. 나약한 나지만, 그래서 조금씩 강해질 수 있음을 배웠다. 나는 내가 가진 의지의 힘을 믿는다.

07

목표가 나를 천하무적으로 만든다

꿈을 되새겨봤다. 내가 진짜 좋아하는 것은 무엇일까, 내가 하고 싶은 것은 무엇일까, 정말 건축이 내가 하고 싶은 것일까 등 나 자신에게 질문을 던졌다. 꿈을 이루겠다는 포부는 거창했다. 그러나 모든 일에는 과정에서 겪는 고통이 존재한다. 나 역시 꿈을 꾸고 꿈을 향해 달리는 동안 너무 지쳤고, 피곤했고, 아팠다. 한 걸음도 더 걷고 싶지 않을 때도 있었다. 꿈을 향하는 건 설레고 즐거운 일인 줄만 알았는데 고통스럽기도 한 일이었다. 그래서 주저앉아 버렸다. 일단 쉬어가기로 한 것이다.

쉬는 동안 목공품도 만들어 보고, 그림도 그리고, 맛있는 것도 먹으며 스스로를 기분 좋게 만들었다. 방송이나 현장에 대한 걱정은 내려놓은 채 오직 당장의 나만 생각했다. 미련이 남지 않는다면 모든 걸 그만두고 언제까지든 쉴 수 있겠다는 생각도 들었다. 늦게 도착하지 않을까 초조할 일이 없고, 실수하는 내 모습에 좌절할 일도 없었다. 나를 억압하는 것도, 내가 극복해야 하거나 풀어야만 하는 숙제도 없었다. 파도 없이 고요하고 평화로운 호수 같은 상태였다.

그러나 평화가 지속되자 좋다기보다 허무해졌다. 생활은 무의미했고 가슴은 멈춘 듯 어떤 설렘도 없었다. 내가 원하는 것은 이런 상태의 내가 아니었다. 아프고 고통스럽지 않기를 바랐지만 그 길은 내 길이 아니었다. 누군가가 예쁘고 안전하게 만들어 준 길을 걷는 동안 나는 오히려 답답했다. 그 길에서 벗어나고 싶었다.

"그래. 누가 뭐래도 나는 좌충우돌하며 전진하는 전진소녀잖아"라는 마음이 점점 커졌다. 엉엉 울기도 하고, 마음대로 풀리지 않아 투정 부리거나 실수하고 넘어지며 다치고 깨져도 그것은 나만이 만들 수 있는 길을 완성해 가는 과정이었다. 오직 나만의 이야기였고, 진정한 나를 찾는 방법이었다.

이런 깨달음을 얻자 무언가 억울했다. 내가 가진 다리로 뛸 수 있고, 내가 가진 눈으로 볼 수 있고, 나의 입으로 더 많은 이들에게 재미있는 이야기를 해줄 수 있고, 내 귀로 수많은 이들의 이야기를 들을 수 있는데 왜 나는 아무것도 하지 않을까. 나는 더 크게 웃고 더 진심으로 울 수 있는 사람이었다. 심지어 '아직 찾지 못한 내 모습은 더 많을 텐데 수많은 선택지에서 굳이 우울을 선택했을까, 왜 나를 이렇게 활용했을까' 하는 생각에 지난 시간이 아까워졌다.

나를 파헤쳐 보고 탐험해 보고 싶은 마음이 자라났다. 꿈이 고통만 주었다고 생각해 꿈꾸기를 멈추었는데, 가보지 못한 세계가 궁금해지고 다시 꿈을 향해 달려가고 싶은 마음이 고개를 들었다. 잠시 쉬는 동안 비로소 가슴이 뛰는 것에 귀 기울이고, 꿈을 간직한다는 것이 나에게 어떤 영향을 주는지 알게 되었다.

심장이 뛰었다. 살아있다는 기분이 들었다. 고요하게 숨만 쉬는 것이 아니라 심장이 쿵쿵 울리는, 온몸이 외치는 살아있음이었다. 누군가와 비교하며 더 대단하고 잘나지 않아도, 그저 내가 나인 것만으로도, 나의 꿈을 바라보는 것만으로도 마음속에 퍼지는 따뜻한 행복감은 말로 표현할 수 없었다. 나는 주저 없이 내 앞에 보이는 길을 달려가고 싶었다. 무엇이 있을지 여전히 미로 같은 곳이지만, 절대 뻔하지 않을 것이다.

나조차 모르던 나를 만날 수 있을 것 같았다. 생각만으로도 내 머릿속에는 나를 주인공으로 한 영화 한 편이 재생되었다. 다음에 이어질 이야기를 생각하면서 즐거웠다. 오래 잊고 있던 행복을 다시 느낄 수 있었다. 결국 나는 꿈을 꾸는 것이 내 평생의 꿈이자, 인생의 가장 큰 원동력이라는 사실을 받아들였다. 몇 번이고 상처받고 튕겨 나가도 결국 나는 똑같은 선택을 할 것이다.

가슴이 시키는 일을 놓친다면 평생 후회하며 고통스러워할 사람은 바로 나이다. 그렇기에 혼자 유별나도, 정답이 아니더라도, 실리가 없는 선택이라 하여도 나는 내 가슴이 시키는 일을 향해 전진할 수밖에 없다는 사실을 인정했다.

단 하나 차이가 있다면 더 이상 '남의 꿈'을 꾸지 않게 되었다. 살아있는 나를 위해 꾸는 꿈이기에 오롯이 나만 위하기로 했다. 남의 눈에 보기 좋은 것, 남들이 훌륭하다고 하는 것이 나의 꿈이 되어서도, 나의 신념이 되어서도 안 된다. 나는 나만이 가진 것들을 하나씩 찾아내 나의 각본으로 나만의 이야기를 담은 영화를 완성하고 싶었다. 그렇기에 다른 사람의 꿈은 소용이 없다.

이때부터 새로운 관찰이 시작됐다. 내 심장이 반응하는 일들을 하나씩 찾아내기 위해 나에게 집중했다. 그러자 조금씩 범위가 좁혀졌다. 혼자만을 위한, 혼자만 할 수 있는 일에는 큰 감동이 없었다. 나 자신을 위해 만드는 요리와 가족을 위해, 사랑하는 사람을 위해 만드는 요리는 맛과 모양에 큰 차이가 난다. 무엇보다 가족을 위해, 사랑하는 사람을 위해 만드는 요리에 담는 정성과 사랑의 크기, 그로 인해 느끼는 행복의 질과 양은 비교가 되지 않는다. 내가 쏟아낼 수 있는 가장 큰 정성과 사랑을 담은 요리를 만들고 싶었고, 그러기 위해서는 나만이 아닌 타인을 위한 요리여야 했다. 나의 요리로 인해 누군가 웃고 치유받을 수 있다면,

그로 인해 다시 살아갈 힘을 얻게 된다면 나는 무엇과도 비교할
수 없는 행복을 느낄 것이다.

내가 잘하는 것, 좋아하는 것들이 좀 더 가치 있고 소중하게
쓰이기를 바랐다. 더 많은 사람을 위해, 더 넓은 세상을 이롭게
하기 위해 활용되었으면 했다. '사람'을 위한 예술을 하겠다는 것
이 내가 정말 원하는 꿈이었다. 결국 내 꿈은 '사람'이었다.

세상에는 내가 받은 실망이나 경험한 좌절과는 비교할 수 없
는 크기의 상처를 안고 살아가는 이들이 있다. 짧은 시간이었지
만 그들이 가진 아픔의 작은 부분을 경험하고 나니 더욱 그들과
손을 잡고 싶어졌다. 함께 아파하고, 상처가 곪기 전에 치료받을
수 있기를 바라게 됐다. 만약 내가 조금이라도 다른 사람들과 고
통을 나눌 수 있다면 나의 상처도, 그들의 상처도 아물 수 있지
않을까. 그렇게 각자 다른 방식으로 서로를 치료하다 보면 완전
히 치유되는 날도 올 것이라 생각한다.

사람은 혼자 살 수 없다. 타인을 공격만 할 수도 없다. 그러다
보면 자신이 더 큰 상처를 입는다. 진정한 소통을 할 수 있는 단
한 명만 곁에 있어도 우리는 좀 더 건강하게 살아갈 수 있다. 실
제로 나는 내 곁에서 마음으로 나의 이야기를 들어주고, 소통해
주었던 이들 덕분에 다시 살 수 있었다. 그들이 나를 살려주었듯
나도 다른 사람들에게 먼저 손을 뻗는 사람이 되기로 다짐했다.

마음을 정하고 나니 좀 더 명확한 꿈을 만들 수 있었다. 나는 공간이 필요한 이들에게 보금자리를 만들어 주고, 그들만의 이야기가 그 공간 속에서 피어나기를 바랐다. 처음에는 단순히 멋있고 기술력 있는 집을 만드는 것이 최고라고 생각했다. 그러나 나에게 안식처가 되어준 공간을 떠올리다 보니 다른 답을 얻게 됐다.

공간에 대해 깊게 느끼는 순간은 낯선 장소로 여행을 떠날 때였다. 경험하지 않고 판단하는 것은 거만한 행동이기에 여행하는 동안 다양한 공간을 찾았다. 어렸을 때는 넓고 반짝거리는, 시설이 좋은 호텔이 좋았다. 하지만 그런 곳들은 가슴에 깊이 남지 않았다. 평범한 가정집이지만 마음을 따뜻하게 해주는 곳들이 오래도록 잊히지 않았다.

그중 가장 좋은 기억으로 남은 공간은 부모님과 배낭여행을 하며 방문했던 이탈리아에 있는 작은 섬, 시칠리아의 한 가정집이다. 무화과나무가 심어져 있는 풍경이 인상적이었다. 우연히 하룻밤을 묵게 된 그곳에는 토마스 부부가 살고 있었다. 그들은 겨우 하룻밤만 묵을 예정인 우리를 멀리서 온 친척만큼이나 따뜻하게 반겨주었다.

아침에는 이탈리아식 식사와 프루타 마르토라나라는 과일 모양의 설탕 과자인 시칠리아 디저트를 챙겨주었다. 토마스 부부와 함께 부엌 창가에 있는 식탁에 둘러앉아 식사를 했다. 지금껏 다닌 숙소 중 가장 평범하고 소박한 곳이었다. 화려한 건물도, 기가 막히는 풍경도, 눈이 크게 떠지는 휘황찬란한 음식도 없었지만 어떤 곳보다 따뜻했다. 사람의 온기가 느껴지는 곳, 가족들과 함께 식탁에 둘러앉아 서로를 마주 보고 웃음을 나눌 수 있는 포근한 집이었다. 맘마미아를 외치면서 밝게 이야기를 하던 토마스 덕분에 낯선 여행지에서의 긴장을 풀 수 있었고, 시칠리아를 한껏 사랑하게 되었다.

시간이 오래 지났지만 토마스의 집은 마치 어제처럼 내 기억 속에 반짝반짝 빛나며 선명하게 남아있다. 토마스 부부가 있던 시칠리아의 집을 떠올리는 것만으로 나는 고향에 온 듯한 기분이 들곤 한다. 토마스 부부의 집을 경험하면서 진정한 집은 어떤 공간이 되어야 하는지 마음속에 새겼다.

사람의 이야기로 채워지지 않은 곳은 아무리 화려하고 멋져도 집이 될 수 없다. 누군가의 이야기, 그에 따른 기억으로 집에도 성격이 생기고 습관이 생기는 것 같다. 그리고 공간은 살아있는 하나의 생명체같이 변하기도 한다. 나는 그런 집, 그런 공간을 만들고 싶다.

좀 더 많은 사람들이 경계와 분별없이 서로를 바라볼 수 있는 공간을 만들고 싶은 목표가 생겼다. 진짜 사는 곳이 집이기도 하지만, 경계 없이 한계 없이 함께 이야기를 나누는 공간도 집이 될 수 있다. 그래서 인터넷 방송국 역시 나의 또 다른 집이었다. 그 안에서 도전기를 써 내려갔고 여러 사람들을 만나며 새로운 배움을 얻었다. 지구 반대편에서 나와 전혀 다른 환경, 문화, 시간을 살던 토마스의 집 역시 또 다른 나의 집이었고, 팀원들과 함께 공간을 완성해가는 현장 역시 나의 집이었다. 텅 빈 곳에 사람들의 이야기가 채워지면서 공간은 빛을 발하고 집이라는 이름을 얻는 것 같다.

지난 시간 속에 나는 수많은 집을 만났고 그 안에는 내가 여전히 머무르는 집도, 어쩔 수 없이 떠나야 했던 집도 있다. 마음속에 집이 존재하는 것만으로도 돌아갈 곳이 생긴다. 놓아버리고 싶지 않은 기억들은 나의 집을 채워줄 이삿짐이다.

돌아가 다시 충전할 수 있는 곳이 있다는 건 굉장히 든든한 일이다. 세상에 많은 이들에게 그런 공간을 선물하고 싶다. 자신들의 소중한 시간과 기억을 믿고 보관할 수 있는 안전한 공간을 만들고 싶다. 그것이 내가 해낼 수 있는 예술 중 가장 크고 의미 있는 일이 될 것이다.

거리낌 없이 도전하고, 언제나 꿈꾸기

"멈추지 않고, 내가 할 수 있는 것들을
찾아 달려갈 거야"

낯선 것을 두려워하지 않을 때까지

새로운 마음으로 다시 달려나가겠다고 결정하니 지금껏 보이지 않았던 것들이 눈에 들어왔다. 특히 빌더로 성장할 기회, 경험들을 찾아보게 됐다. 그러면서 알게 된 행사가 매년 미국 라스베이거스와 올란도에서 열리는 〈International Builder Show〉였다. 미국의 수많은 시공사, 공구 회사, 건축 관련 업체들이 부스를 열고 빌더, 엔지니어, 디자이너 등 업계의 사람들이 참여하는 세계적인 행사였다. 건축과 관련된 정보를 공유하고 새로운 자재를 소개하는 장이기도 했다.

처음 행사를 알게 되었을 때는 직접 참관할 계획까지 세우지 못한 채 막연히 '정말 훌륭하겠다'라는 생각만 가졌다. 한편으로는 '내가 가서 볼 게 뭐가 있겠어. 기존의 다른 박람회처럼 그냥 신기해하는 게 전부겠지'라고 여겼다. 그러나 시간이 지날수록 호기심이 강해졌고, 새로운 도전에 마음이 끌리는 것 아닌가. 먼 나라에서 열리는 박람회를 경험하기 위한 여행이 가고 싶었다. 지금껏 하지 못했던 일을 해본다는 것도 매력적이었고, 침체되어 있던 꿈꾸기의 새로운 전환점을 만들어 보고 싶기도 했다. 보고 느낄 수 있는 게 있다면 내 모든 것을 투자해 그 경험을 자신의 것으로 만들어야 할 때였다.

3일 동안 열리는 IBS에 참여한 후 라스베이거스에서 출발해 한 달간 미국 서부를 여행하는 일정을 짰다. 미국 여행은 꿈을 찾기 위해 떠나는 중대한 모험이었다. 만약 이 도전을 감당하지 못하면 어떻게 하나 걱정되었고, 용기 있게 전진하지 못하면 다시 숨게 될까 불안했다. 하지만 다녀오면 분명히 성장할 거라는 생각에 마음을 굳게 먹고 미국으로 향했다.

서울에서 캐나다를 경유했다. 당연히 배낭여행이었다. 한 달의 여행에는 꽤 큰 예산이 필요했기에 최대한 효율적인 동선을 계획하고 경비의 지출도 최소한으로 짰다. 캐나다에서 경유할 때도 공항 노숙을 선택했다. 사실 나에게 노숙은 아주 익숙하다. 부모님과 함께 여행할 때면 기차역, 공항 가리지 않고 노숙을 했기에 어색함은 없었다. 담요를 깔고 누워서 자기도 하고 의자에 앉아 졸기도 하며 캐나다 공항에서의 대기 시간을 버텼다.

밴쿠버 국제공항의 이곳저곳도 탐색했다. 호주 유학 이후 오랜만에 외국인들과 만나는 것인데도 낯선 감정보다 반가움이 컸다. 오히려 한국인이 없다는 사실에 마음이 조금 편해지기도 했다. 한국에서는 항상 어른 앞에 선 어린아이가 되었는데 외국에서는 오히려 자유로웠다. 그 누구도 어른이라는 느낌이 들지 않았다. 나이와 국적을 떠나 친구가 될 수 있는 존재들이었다.

특히 인상적이었던 것은 공항 푸드코드 중앙에 있는 원형극장에서 피아노를 연주하던 할아버지였다. 사람들은 할아버지를 중심으로 둥글게 자리를 잡고 앉아 본인이 가장 편안한 모습으로 연주를 즐기고 있었다. 그 모습을 보며 왠지 울컥한 마음이 들었다. 지금까지 받아온 사람들의 차가운 시선, 그들이 던진 날카로운 말에 상처받으며 꽁꽁 감췄던 마음이 풀어지는 느낌이었다. 편안하고 자유로웠다. 누군가의 시선을 의식하지 않고 편안하게 존재할 수 있다는 사실이 기뻤다.

공항에서는 빌더들도 쉽게 볼 수 있었다. 호주에서 익숙히 봐왔던 '트레이디'들이 작업자를 상징하는 형광 조끼를 입고 알록달록 개성 가득한 색의 헬멧을 쓰고 있었다. 공항 내부에서 공사를 하는 것 같았는데 여자 빌더와 남자 빌더가 활짝 웃으면서 이야기하는 모습이 너무나도 멋있어 보였다. 그들을 보면서 미국에 가면 더 많은 것들을 보고 배우고 싶다는 마음이 들었다. 나 역시 저들처럼 스스로를 자랑스러워할 수 있는 빌더로 성장하고 싶었다. 이번 여행이 새로운 출발이 될 것만 같아 설렘이 더 커졌다.

그렇게 공항에서 하루를 보내고 다음 날 오후, 라스베이거스에 도착했다. 라스베이거스라는 도시의 첫인상은 꽤 매력적이었다. 특히 내가 반한 것은 사람이었다. 자유로움이라는 단어를 이미지로 만들면 딱 그들의 모습일 것 같은 풍경이 펼쳐졌다. 사람들은 서로를 판단하지 않고 그저 자신을 표현하는 것에만 집중한 듯 보였다. 자신을 억압하지 않고 자연스럽게 드러내는 모습은 영혼까지 자유롭게 만드는 것 같았다. 첫 느낌만으로도 미국 여행에 가지고 있던 두려움이 자취를 감추고, 오히려 열정이 솟아났다.

자료로만 보았던 IBS 박람회에 대한 기대감도 함께 커졌다. 기술이나 물건보다 어떤 사람들을 만날 수 있을까, 그들은 어떤 모습을 하고 있을까 하는 생각이 이어졌다. 지구 반대편에서 사는 사람들이지만 나와 같은 일을 하고 같은 방향의 꿈을 가진 이들의 모습이 궁금했다. 그들의 생활에 가까워지고 싶었다. 지금껏 내가 보지 못한 삶의 모습들이 또 한 번 나의 호기심에 불을 지폈다. 보고만 있어도 잃어버렸던 자신감이 차오르는 것 같았다.

낯설다는 이유로, 너무 먼 곳이라는 이유로, 혹은 과거의 나처럼 이런저런 핑계를 대고 여행을 오지 않았다면 이런 모습들을 볼 기회는 영영 없었을지 모른다. 두려움이나 걱정은 내려놓고 한 걸음 새로운 곳으로 향하겠다고 결정한 나 자신이 뿌듯해지는 밤이었다. 라스베이거스에서 펼쳐질 시간에 대한 기대로 심장이 쿵쿵 뛰었다.

날이 밝자마자 IBS 박람회로 향했다. 총 3일간 열리는 박람회의 2일 차 행사가 시작되는 날이었다. IBS 박람회가 열리는 라스베이거스 컨벤션 센터는 말 그대로 광활했다. 너무 넓어서 건물의 입구를 찾는 것도 쉽지 않았다. 몇 번 길을 묻고 물어 건물에 들어왔는데, 넘쳐나는 사람으로 또 한 번 당황했다. 행사장 입구를 찾아 한참을 헤맸고, 스태프의 도움으로 간신히 안으로 발을 디딜 수 있었다.

그때부터 나는 한순간도 입을 다물지 못했다. 개미처럼 보이는 사람들을 피하다 보니 거대한 크기의 부스들이 나타났다. 가구, 건축 자재, 마감재, 부엌부터 화장실 타일까지 각종 인테리어 용품 등 건축과 관련된 모든 것이 전시 중이었다. 그중에서 가장 관심이 갔던 것은 공구 회사들의 부스였다. 지금껏 한 번도 보지 못했던 각종 공구에 관한 설명을 듣고 직접 사용해볼 수도 있었다.

지금껏 나는 내 세계에만 머물러 있었다. 내가 보는 것이 전부라고 생각했다. 그런데 시선을 넓히고 새로운 세상을 보니 내가 알던 세계가 아주 작았음을 새삼 느끼게 됐다. 현장에서도 전전긍긍했는데, 일을 할 때 볼 수도 없던 수많은 도구와 자재들이 존재했다. 내가 알던 것은 콩알 반쪽도 안되는 지식이었다. 건축시장에는 하루가 다르게 새로운 제품과 기술이 등장한다. 지속해서 업그레이드하며 연구도 활발하게 일어나고 있다. 머리로 아는 것과 달리 눈으로 보고, 피부로 느끼니 더 거대한 영역이었다.

새로운 세상을 탐험하는 모험가처럼 박람회장 곳곳을 다니며 나를 채워 나갔다. 궁금한 것을 묻고, 생소한 것을 배웠다. 마치 대학교 수업에 참여한 초등학생이 된 기분이었지만 주늑 들지 않았다. 너무 쉬운 질문을 할 때면 담당자들이 어떤 답을 해야 할지 몰라 당황한 느낌이 들었지만 멈출 수 없었다.

사소하고 기본적인 질문에 당황은 할지언정 누구도 불편해하거나 거부하지 않았다. 친절하게 천천히 답을 해주며 온전히 자신이 아는 것을 전해주려는 느낌이었다. '나는 언제쯤 내가 아는 것을 능숙하고 막힘없이 누군가에게 전할 수 있을까'라는 의문이 들었지만, 우선 걱정과 막연함은 내려놓고 그 순간을 즐기기로 했다. 멀지 않은 시기에 자신감 넘치는 전문가의 모습으로 거듭나겠다는 다짐과 함께 말이다.

첫날은 말 그대로 환희의 연속이었다면 이틀째는 좀 더 디테일한 부분들을 챙겼다. 가족들과 함께 집을 지을 때 사용하면 좋을 자재들을 찾아보기도 하고, 정보로만 배웠던 신기술을 눈앞에서 감상하며 행복한 감정을 오롯이 즐겼다. 각 회사가 준비한 팸

플릿과 정보 책자도 빠짐없이 챙겼다. 어떤 교과서보다 더 도움이 될 자료였다.

2일은 짧은 시간이었지만 예상했던 것보다 훨씬 더 많은 것을 얻을 수 있었다. 내가 꿈꾸는 분야에서 이미 자리를 잡은 사람들과 이야기를 나누고, 그들이 자랑스러워하는 기술이나 제품에 관해 들으며 바람 빠진 풍선처럼 쪼그라들었던 용기가 곧 하늘로 날아갈 수 있을 정도로 빵빵해졌다. 낯선 것은 두려운 게 아니라 자신을 성장시키는 원동력이 될 수 있음을 느끼며 다시 새로운 세상을 향해 나갈 힘을 얻었다. 결국 나는 무엇이든 직접 경험해야만 또 다른 세상의 문을 열 수 있는 사람이구나 싶었다. 이제 문은 열렸으니 겁먹지 말고 달려볼 일만 남았다.

편견 없는 경험으로 채운 인생의 한 페이지

미국 여행은 처음부터 끝까지 나의 기획이었다. 계획과 실행 모두 직접 준비했다. 스스로 어떤 곳을 가고 싶은지 조사하고, 그곳에서 무엇을 보고 느끼고 싶은지 온전히 내 의지로 결정했다. 나에게 여행은 인생 공부의 장이자 내가 꼭 해야 할 경험의 영역이다. 그래서 미국 여행이 앞으로 하게 될 세계 여행의 연습게임처럼 느껴졌다. 하고 싶은 것을 스스로 선택할 수 있는 나이이자 본인의 의지에 따라 무엇이든 계획하고 실행할 수 있는 19살의 나에게 온 첫 번째 기회이기도 했다.

하지만 무엇이든 시작은 어려운 법이다. 막상 여행 계획을 짜니 좀처럼 진도가 나가지 않았다. 한 달이라는 시간을 어떻게 의미 있게 보낼 것인지 막막했다. 정해져 있는 루트를 따라가기만

했던 부모님과의 여행과 난이도 차이가 엄청났다.

우선 컴퓨터에 지도를 띄워놓고 고민을 시작했다. 라스베이거스에서 유명한 곳, 미국에서 꼭 가봐야 할 곳, 죽기 전에 가봐야 하는 관광지들을 검색하며 하나씩 점을 찍어 루트를 짰다. 수많은 블로거가 소개하는 관광지와 맛집 리스트를 여행 계획에 포함시켰다. 많은 사람들이 소개하고 있으니 당연히 좋을 거라고 생각하면서. 몇 시 몇 분에 이동할 것인지까지 엑셀로 정리하며 조금의 여유도 허락하지 않은 계획이 완성됐다.

그런데 여행 계획을 세우면 세울수록 즐겁고 기대되기보다는 숙제하는 기분이었다. 이대로는 절대 기분 좋은 여행이 될 수 없다는 직감이 들었다. 부모님께 솔직히 고백하고 도움을 청했다. 내 계획표를 본 엄마의 첫 마디는 "이런 거 하나도 쓸모없어"였다. '내가 얼마나 열심히 짰는데 쓸모없다니! 며칠 밤을 새웠는데 쓸모가 없다니'라는 생각에 반항심이 슬며시 고개를 들었다. 그래도 나보다 여행 계획을 세우는 데에는 엄청난 선배이니 엄마의 다음 말을 가만히 기다려 보았다. 엄마는 오히려 나에게 질문을 했다. "이번 여행의 목표가 뭐야?"

너무 갑작스러워 멍한 상태로 시간이 흘렀다. 간단하고 쉬운 질문이었는데 답을 할 수가 없었다. 나에게는 어떠한 여행의 목표도 없었다. 그저 시간을 알차게 쓰겠다, 더 많은 곳을 보겠다는 각오만 있었을 뿐이었다. 여행을 통해 무엇을 얻을지 생각하지 않고 무작정 계획을 짰다. 그러니 자연스럽게 다른 사람들이 추천하는 관광 명소가 계획서의 모든 자리를 차지했고, 맛집 리스트만 넘쳐나게 된 것이다.

말 그대로 뽕 뽑는 관광을 하겠다는 의지가 보였다. 어쩐지 너무 부끄러웠다. 어렸을 때부터 부모님과 함께 여러 번 여행을 했으면서, 부모님이 어떤 곳들을 가고 어떤 것들을 느끼고자 했는지 알고 있으면서, 어떻게 이런 선택을 했나 싶었다. 그리고 차분히 여행의 진짜 의미를 다시 생각하기 시작했다.

첫 단계는 여행을 통해 무엇을 느끼고 싶은지 정하는 것이었다. 그것을 중심으로 나만의 마인드맵을 그렸다. 숙제나 시험이 아니라 오직 나만이 할 수 있는 모험을 상상하면서 정리하기 시작했다. 시간을 채우는 것에 집중하지 않고 내 마음과 생각을 무엇으로 채울 수 있는지 고민했다. 그러자 답은 생각보다 쉽게 나왔다. 나는 그곳에 사는 사람들의 생활방식과 문화를 직접 느껴보고 싶었다.

예전에 부모님과 함께했던 태국 배낭여행에서 그들의 역사가 가득 담긴 문화를 온몸으로 경험했던 기억이 떠올랐다. 그때처럼 여운이 긴 여행을 하고 싶었다. 이런 마음을 기준 삼아 다시 여행 계획 세우기에 들어갔다. 그러자 지금까지와는 다른 정보들이 보였다.

우선 마음을 사로잡은 것은 그랜드 서클 투어였다. 자연의 웅장함을 느끼며 미국의 작은 마을들을 두루 볼 수 있을 것 같았다. 가보고 싶은 지역을 표시하다 보니 여행 루트가 완성됐고, 자연스럽게 이동 수단은 자동차 렌트로 결정했다. 여러 곳을 보면서 이동하기에 자동차 렌트가 가장 효율적이기 때문이었다.

지도를 띄어놓고 중점적으로 방문할 곳을 먼저 표시하고, 그곳들을 직선으로 이으니 나만의 그랜드 서클 투어 루트가 만들어졌다. 루트를 기준으로 외곽에 방문하고 싶은 곳들은 따로 체크했다. 여유로운 마음도 추가했다. 꼭 계획했던 곳들을 다 보겠다는 다짐 대신 그 길을 가는 동안 내가 만나게 될 뜻밖의 모험을 기대하고 즐기기로 마음먹은 것이다. 그러다 보니 여행 계획은 아주 단순해졌다.

새롭게 짠 여행 계획을 본 엄마는 웃으며 "찐아, 여행은 인생이랑 닮아있어. 목적지에 도착하는 것이 중요한 게 아니야. 스스로 가겠다고 결정한 곳을 향하는 도중에 만나게 될 예측 불가능한 일들을 기꺼이 마주하며 성장하고 자신만의 신념을 만들어 나가는 게 중요해"라고 이야기해 주셨다. 목적지에 먼저 도착하는 사람이 이기는 게 아니라 과정 속에서 진짜 자신을 찾고 모험의 목적을 만드는 사람이 진정한 승자라는 말이 마음에 깊게 박혔다.

미국 여행이 1년여의 시간 동안 내가 어디로 가야 하는지, 내 꿈이 맞는지, 왜 그렇게 고통스러워야 하는지 고민하던 나에게 꼭 필요한 과정이라는 생각이 들었다. 그렇게 나는 새로운 여행 길 입구에 섰다.

　IBS 박람회가 끝난 후 라스베이거스에서 유타로 이동했다. 이어 덴버, 애리조나, 캘리포니아까지 이어지는 로드트립이 시작되었다. 결과부터 이야기하자면 이 여행을 통해 편견에서 조금은 자유로워졌다. 처음 깨진 편견은 미국이라는 나라에 대한 것이었다. 할리우드, 뉴욕으로 연상되는 미국은 바쁘고 분주한 이미지의 나라였다. 하지만 라스베이거스에서 유타로 이동하며 보았던 미국의 풍경은 상상과 달랐다.

　빌딩과 차들은 사라졌고, 쭉 뻗은 하이웨이를 중심으로 양옆에 펼쳐진 서부 사막은 하늘과 맞닿아있었다. 인위적인 사람의 힘으로 만들 수 없는 모양과 무늬를 가진 거대한 바위, 성인 남자의 키를 뛰어넘는 선인장, 석양이 질 때 태양의 색을 머금은 사막까지 놀라움의 연속이었다. 마치 내가 70년대 서부영화 속 주인공이 된 기분이었다. 이어지는 그랜드캐니언, 브라이스 캐니언, 홀스슈 밴드와 엔텔롭 캐니언, 세도나까지 그랜드 서클 투어의 메인 장소들은 감동 그 자체였다. 한국의 자연과 특색이 달랐다. 웅장하고 거대하며 초월적인 느낌이 강했다. 지금껏 보지 못했던 풍경에 절로 말을 잃었다.

　사이사이 우연히 들린 이름도 알려지지 않은 장소들은 더욱 놀라웠다. 예상보다 늦어져 어쩔 수 없이 하루 숙박을 해야 했던 유타의 아주 작은 마을인 판귀치에서는 목조주택 공사 현장도 발견했다. 한국에서는 쉽게 볼 수 없는 모양의 지하실이 있는 3층짜리 목조주택이었는데, 골조부터 시작해 모든 것이 다 생소했다.

세도나에 가기 위해 애리조나로 넘어가는 길에서 우연히 만난 원주민 아저씨의 기념품 가게도 인상적이었다. 아메리카 원주민들의 전통 물품, 액세서리, 사진을 전시해 놓았는데 마치 그들의 이야기를 직접 전해 듣는 것만 같았다. 한참을 머물며 그들의 삶과 문화가 담긴 역사 책을 읽듯 그 장소를 천천히 살펴보았다. 전통 액세서리도 샀는데, 용기 있는 사람이 되고 싶을 때 착용한다. 그럼 거짓말같이 애리조나에서 봤던 원주민들의 모습처럼 두려움 없이 용감해지는 느낌이다.

애리조나 여행을 마무리하고 다시 라스베이거스로 돌아가던 길에 스코츠데일에서 계획에 없던 대학교 탐방도 했다. 따뜻하고 평화로운 곳에서 학교에 다니는 학생들은 어떤 모습일까 궁금해 무작정 캠퍼스를 찾았다. 원래 나라면 쉽게 하지 못할 행동이었는데, 미국 여행을 하며 한껏 용감해진 상태였기에 시도할 수 있었다.

사실 한국에서 나는 잘 모르는 사람과 이야기하는 것을 가장 힘들어했다. 내 의견을 말하고 기분을 표현하는 게 항상 두려웠다. '이 말을 하면 예의 없다고 생각하지 않을까?' '나를 싫어하게 만드는 말은 아닐까?' 생각하며 눈치 보기에 바빴다. 그런데 미국을 여행하면서 그런 두려움이 거의 사라졌다. 의견을 말하고 기분을 표현하는 것이 좋았다. 식당에서 주문할 때 직원과 나누는 짧은 대화도 즐거웠다. 미국의 자유로운 분위기가 용기와 자신감을 주었고, 그곳에서 살아가는 학생들의 모습도 직접 보고 싶게 만들었다.

그러나 현실은 또 한 번 상상을 벗어났다. 마침 방학 시즌이어서 대학교에 학생들이 거의 없었다. 미국 여행의 잊을 수 없는 마지막 추억으로 현지 대학생과 대화를 해보고 싶었는데 기대를 버려야 할 것 같았다. 학생들이 몇 명 없으니 다가가는 것부터 어려웠다. 어떻게 말을 걸어야 할지, 혹여 나를 이상한 사람으로 보진 않을지 걱정이 앞섰다.

먼저 호의를 보이는 이들도 없었다. 짧은 대화라도 시도해 보려고 조심스럽게 다가갔으나 번번이 거절당했다. 마음속으로 이제 그만 가야겠다고 생각하며 학교 건물을 돌아보고 나왔다. 그때 멀리서 학생 두 명이 손을 흔들며 다가왔다. 처음에는 당연히 내 뒤에 다른 학생이 있을 거라고 생각했다. 멀뚱멀뚱 서 있는데, 학생들이 점점 내 앞으로 걸어왔다. 그때부터 심장이 엄청 뛰며 긴장되기 시작했다.

레게 머리를 하고 스케이트보드를 들고 있는 두 명의 남학생은 해맑게 웃으며 나에게 왔고, 핸드폰으로 영상을 찍는 것을 보고 인사도 해주었다. 넓은 학교를 몇 바퀴 도는 동안 사람과 한마디도 할 수 없었는데, 나를 친구 만난 듯 반갑게 대해주는 학생들이 구세주 같았다. 떨리는 마음에 말이 잘 나오지 않았지만 천천히 내 이야기를 했다. 학생은 아니지만 이 학교가 궁금하고, 학생들의 생각과 문화를 알고 싶다고 말했다. 그들은 끝까지 친절하게 대답을 해주었고 만나서 반가웠다며 서로의 SNS 계정을 팔로우했다. 내가 한국인이라고 하니 우리나라를 좋아한다며 "사랑해"라는 한국어를 하기도 했다.

마지막 인사까지 하고 학교 밖으로 나가는데 별안간 눈물이 쏟아졌다. 짧은 만남이었지만 그들이 너무 고마웠다. 학생도 아니면서 학교를 찍는 이상한 동양 여자아이로 보이지 않을까 걱정했는데 그 마음을 일순간에 날려버릴 수 있었다. 망설이고 포기하려던 나에게, 방황하고 불안하던 나에게 보여준 그들의 친절이 참 소중했다. 무엇이든, 어떤 도전이든 계속하다 보면 이렇게 예상치 못한 결론을 만날 수 있다는 깨달음이 크게 다가왔다.

미국을 여행하는 한 달간 가장 크게 얻은 것은 '용기'였다. 막상 여행 중에는 느끼지 못했지만 계획 없이 떠난 목적지에서 앞으로의 나를 만들어 줄 좋은 재료들을 하나씩 얻어 나만의 보따리를 채울 수 있었다. 처음에 세웠던 계획처럼 완벽하게, 낭비하는 시간 없이 짰다면 결코 선택하지 않았거나 만나지 못했을 순간들이 편견을 깨고 새로운 경험을 가능하게 해주었다.

언제나 세상에는 내가 생각하는 것 이상이 항상 존재한다. 그렇기에 자신이 가진 영역을 넓혀야 한다. 미국 여행은 그런 시작을 가능하게 만들어 준 불씨였다. 새로운 것에 대한 도전, 낯선 것, 처음 만나는 사람들과의 대화가 더 이상 두렵지 않았다. 어떤 것이든 의연하게 도전할 수 있는 상태로 스스로를 한 단계 더 업그레이드했다.

우리가 하는 도전은 당장 혹은 그 순간에는 큰 의미를 찾지 못할 수도 있다. 그러나 시간이 지나면 도전하며 내 안에 쌓인 시간들이 황금보다 더 빛나게 된다. 미국 여행을 계기로 편견 없는 경험의 소중함이 자연스럽게 나의 일부가 되었다.

하고 싶은 일이 하나일 필요는 없잖아

19살 도전 목록에는 '스파르탄 레이스'에 재도전하기가 있었다. 18살 여름에 가족들과 함께 참여해 가장 짧은 구간인 5km 코스를 뛰었는데, 이번에는 나 혼자 가장 긴 구간인 21km 코스를 달려보고 싶었다. 몇 번이나 "정말 괜찮겠어?"라고 묻는 엄마를 뒤로하고 호기롭게 괜찮다고 하며 레이스를 신청했다.

레이스는 모래사장을 뛰는 것부터 시작해 암벽 타기, 창살 던지기, 공굴리기 등 몸풀기 과정을 거쳐 산을 넘는 본격 구간으로 이어진다. 21km 코스는 5km와는 비교가 되지 않았다. 가파른 산을 넘어가는 몇 시간 동안 정말 많은 생각을 했다. 중간중간 비도 왔고, 강을 건너야 하는 코스도 있어 몸은 축축 처졌다. 진흙 밭을 구르고 기다 보니 내 몸은 내 것이 아니었다. 땅바닥에 파묻

힐 것처럼 한 걸음 옮기기가 힘들었다. 그러나 라이브 방송으로 함께하는 이들의 응원에 힘을 내 몸을 움직였다. 내 방송을 시청하는 다양한 연령대, 성별의 사람들에게 어떠한 일이든 포기하지 말자는 마음을 전하고 싶었다. 물론 중간에 포기한다 해서 전혀 문제 될 것은 없었지만, 돌아가는 시간이 결승점까지 가는 시간보다 더 걸려 멈출 수가 없었다.

마음을 다잡고 조금씩 산에 올랐다. 시간이 지나자 자연스레 스쳐 지나가는 풍경이 눈에 들어왔다. 코스에는 불이 났던 산과 쓰러진 채 길을 막고 있는 거대한 나무들, 시원하게 물이 흐르는 계곡도 포함되어 있었다. 그런 곳들을 지날 때마다 자연이 품고 있는 지나온 시간의 이야기가 들리는 느낌이었다. 뿌리가 끊기고 새까맣게 그을려 줄기만 덩그러니 남은 나무들은 죽어있는 것 같지만, 자세히 보면 스스로의 의지로 여전히 살아가는 중이었다. 그 모습을 보니 나 역시 나약하게 포기할 수 없다는 마음이 점점 강해졌고, 오히려 처음보다 걸음에 힘이 실렸다.

그러나 걷는 나와 달리 레이스답게 뛰는 사람들이 많았고, 나보다 늦게 출발한 사람들도 어느 순간 나를 따라잡았다. 나보다 몇 배는 빠른 속도로 코스를 빠져나가는 사람들을 보면서 초조해하지 않기로 했다. 내가 늦게 가고 있는 것이 아니라고, 나만의 속도로 걷고 있는 거라며 스스로를 다독였다. 완주하는 사람들 중 코스의 풍경을 가장 뚜렷하게 간직할 사람은 나라고 생각했다.

7시간이 넘는 자신과의 싸움 끝에 제일 마지막으로 결승 지점에 도착했다. 낮에 시작해 날이 어둑해질 때까지 산을 헤매다 겨우 내려와 결승점을 향해 뛰던 마지막 순간은 아직도 생생하게 기억난다. 지금도 가끔 "내가 21km도 걸어서 완주한 애였지"라며 스스로가 못할 것이 없는 사람임을 되새겨본다. 이후 스카이다이빙도 도전했고, 새로 이사 간 집을 가족들과 함께 손수 리모델링하기도 했다. 인생의 첫 솔로 캠핑도 경험했다. 해보지 않았던 아주 사소한 일부터 큰일까지 '도전'하며 그 의미를 온몸으로 느꼈다.

사실 빌더로 일을 시작하면서 가장 납득이 가지 않았던 말이 "직업이 곧 너의 정체성이야"라는 것이었다. 사회는 사람을 직업으로 구분 짓고, 직업만이 자신을 설명하는 유일한 방법인 것처럼 굴었다. 하지만 내가 좋아하는 것이 한 가지가 아니고 잘하는 것도 한 가지가 아니듯, 나를 표현할 수 있는 것도 분명 한 가지만이 아니다.

좋아하는 것이 많다는 건 잘못이 아니다. 나는 수많은 나를 보여주고 싶다. 여러 가지를 도전하며 나도 몰랐던 내 모습을 발견할 때가 많다. 하지만 사람들은 여전히 나에게 빌더라는 정체성 하나만 요구하곤 한다. 현장에 있지 않고 그림을 그리거나 요리하는 모습을 본 많은 이들이 "집은 안 짓고 뭐해요?" "목수가 집을 만들어야지 왜 엉뚱한 걸 해요?"라고 묻는다. 빌더라는 직업을 선택한 책임과 의무를 다하는 것만큼 나의 정체성을 발견해가는 시간도 중요하다. 나는 특정 직업을 가진 사람이 되기 위해 사는 것이 아니다. 빌더라는 직업은 내 인생에 무수히 많은 페이지 중 하나의 주제이자 많은 분량을 차지하는 챕터일 뿐이다.

뿌리를 중심으로 나무가 자라 꽃을 피우고 열매를 맺는 것처럼 건축을 뿌리로 해 많은 가지들을 뻗어내고 싶다. 그중 나의 가장 첫번째이자 단단한 가지는 빌더이다. 클수록 쓰임이 다양해지는 나무처럼 나 역시 더 큰 사람이 되어 내가 맺은 열매로 누군가를 배부르게 해주고 싶다. 그러나 내 인생도 제대로 지어내지 못하면서 타인의 보금자리를 만들어 주겠다고 말할 자신이 없다는 게 나의 가장 큰 딜레마였다.

신념이 없다면 내가 만든 작품에도 신념이 깃들지 않는 게 당연하다. 나라는 사람의 알맹이를 찾고 신념을 만들어 가고 싶다. 그렇기에 무의미한 도전은 없다. 도전하며 얻는 깨달음과 지혜가 너무 소중하다. 사람들이 말하는 "목수, 목수 같은, 목수다운" 틀에 갇히지 않고 새로운 것들을 받아들여 나만이 가능한 모습을 완성할 것이다. 지금 하는 도전들이 나를 더 깊은 농도를 자랑하는 한 사람으로, 한 명의 예술가로 만들어 줄 것이라 믿는다.

내가 선택한 예술, 사람

    스무 살이 되니 설레는 마음과 무서운 마음이 반반이었다. 무엇이든 자유롭게 할 수 있는 나이지만, 그만큼 책임도 커지기 때문에 오히려 어깨는 더 무거워졌다. 하지만 18살부터 학생이 아닌 사회인으로 일을 했기 때문에 현실적인 변화는 없었다. 다만 미성년자에서 성인이 되면서 내가 좀 더 당당해졌다는 것이 차이라면 차이였다. 더불어 조금 더 자유로워지기도 했다.

    이런 자유를 만끽하고자 스무 살 첫 도전은 혼자 떠나는 건축 여행으로 정했다. 집과 공간에 대한 시야를 넓히고 생각을 정리하기 위한 건축 여행이라는 테마가 만족스러웠다. 단순히 지붕과 벽이 있기에 공간이 되고 집이 되는 것은 아니다. 진짜 좋은 집, 좋은 공간은 그곳을 찾은 이들에게 새로운 영감과 감동을 준다.

그래서 직접 그런 곳들을 찾아보고 싶었다. 직접 보고 느끼며 내가 만들어 갈 공간에 대한 영감도 얻을 수 있으니 일석이조였다.

여행의 키워드는 좋아하는 공간으로 정했다. 워낙 어렸을 때부터 역사를 품고 있는 고궁을 좋아했다. 호주 유학 시절, 방학 때 한국에 오면 다른 곳은 가지 않아도 고궁 투어는 무조건 했다. 고궁뿐 아니라 한옥도 좋아해 빼놓지 않고 두루 살펴봤다. 다양한 형태와 종류를 가진 한옥이나 고궁을 보면 늘 존경심이 들었다. 서울의 5대 궁궐과 종묘, 사찰과 향교 그리고 전통 박물관, 역사박물관 모두 나를 사로잡은 곳들이다. 마음이 편안해지고 진정되는 느낌이 드는 공간이라는 특징이 있다. 일을 끝내고 가장 편한 내 집으로 돌아온 기분이 드는 공간이기도 하다. 그렇기에 건축 여행에서도 자연스럽게 그 시대의 이야기를 품고 있는 곳, 역사가 담긴 곳을 중심으로 일정을 짰다.

담양을 시작으로 군산, 전주 이렇게 세 곳을 5박 6일 동안 여행하기로 했다. 직접 운전을 해서 이동하고, 많이 걸으며 아낌없이 보고 느끼겠다고 단단히 마음먹었다. 첫날부터 2일간은 군산에 머물렀는데, 키워드는 '근대건축'이었다. 다른 지역에 비해 근대 역사가 두드러진 곳이기 때문에 적산가옥(패망한 일본인 소유의 재산 중 주택을 지칭하는 표현)이 골목마다 한 채씩 꼭 보였다. 유명한 관광지가 아니더라도 일반 가정집, 상가 등에서 근대의 건축 양식을 볼 수 있었다.

마을 단위로 골목을 모두 둘러봤다. 정겹고 그리운 고향의 느낌을 품은 군산에는 영화에서나 봤을 법한 상회, 딱 하나 남은 나무 전봇대, 더 이상 쓰지 않는 철길 등 향수를 불러일으키는 공간들이 많았다. 분명 내가 겪어보지 못한 시대인데도 그때의 생활들이 눈앞에 선명하게 그려졌다. 마치 그 시대에 살았던 것처럼 그리운 기분마저 들었다. 현대적인 집 사이사이 숨은 옛 공간들이 나에게 그 시대의 기억을 전해주는 듯했다.

그곳에서 살았던 사람들에게 집이 어떤 공간이었는지 어렴풋이 느껴졌다. 과거의 모습부터 시대의 변화에 따라 바뀐 모습까지 자연스럽게 어우러져 과거와 현재가 공존하고 있었다. 짧은 시간이었지만 군산 여행을 통해 공간이 주는 특별한 아름다움을 배울 수 있었다.

다음으로 만난 전주는 군산과 전혀 다른 분위기였다. 한옥마을은 상상했던 것과 조금 달랐다. 직접 보기 전에는 한옥과 상가의 조화, 한옥마을만이 가진 분위기가 궁금했는데 막상 도착하니 빼곡히 붙은 간판이나 물건을 파는 상점들이 서울과 큰 차이가 없었다. 오히려 팔복예술공장이 훨씬 더 깊은 여운을 주었다.

1979년부터 1990년대 초반까지 카세트테이프를 생산하던 공장이었다가 25년간 폐공장으로 방치되어 있었는데, 도시재생사업을 통해 예술공장으로 변신했다. 전시와 창작 작업, 교육 등이 진행되는 그곳에 들어서자마자 자유로운 그라피티로 가득한 벽, 폐자재들을 이용해 만든 놀이터 등 인상적인 공간을 만날 수 있었다. 잊히고 망가진 폐공장이 새로운 문화공간으로 사용되면서 많은 이들에게 영감을 주는 곳으로 변했다. 같은 건물이라도 쓰임에 따라 전혀 다른 공간이 될 수 있다는 것, 공간이 가지는 역량이 커지기도 하고 줄어들기도 한다는 것을 배웠다.

전주에서 묵었던 숙소도 정말 좋았다. 한옥마을이 끝나는 지점과 아랫동네가 시작되는 자락에 자리 잡은 곳이었다. 한옥 사이에 붙어있는 작은 숙소는 아담한 연못과 정원이 특히 매력적이었는데, 덕분에 한옥마을에서는 느낄 수 없었던 전주만의 분위기를 경험할 수 있었다.

전주에서의 마지막 장소인 청연루에서는 방송을 켰다. 나는 여행하는 동안 라이브 방송을 통해 여러 사람들과 그 과정을 나누었다. 누군가와 함께 보고 느낀 것을 공유하고, 감정을 표현하는 것은 결국 나를 성장시키는 원동력이 되어 주기 때문이다. 그들은 내가 보는 시선과 같은 위치에서 같은 곳들을 바라봐 주었고, 내가 느끼는 것을 공감하고 들어주었다. 내 방송을 보는 분들은 대부분 부모님 연령대였기 때문에 마치 딸처럼, 조카처럼 보듬어 줄 때가 많다. 아끼는 마음과 별개로 한 사람으로 나를 믿고 지지해 준다는 인상을 받는다. 이 모든 것들이 감사하다. 그들의 믿음이 있기에 최선의 선택을 하려고 노력했고, 실패 앞에서 기죽기보다 다시 시작하는 용기를 낼 수 있었다. 나를 깊게 이해해 주는 사람들이 늘어날수록 나는 강해진다. 전주에서의 마지막도 그들과 함께 나눌 수 있어 기뻤다.

다음 날 건축 여행의 마지막 목적지인 담양으로 향했다. 키워 드는 정처 없이 발길 닿는 대로 돌아보는 골목길 여행이었다. 더 불어 자연이 포인트였다. 이틀 동안 딱 세 곳을 방문했다. 대나무 숲인 죽녹원, 조선 시대 정원인 소쇄원, 내가 묵게 될 고택 민박 하심당.

처음으로 간 곳은 죽녹원이었다. 약 $16m^2$ 크기의 거대한 대나 무 숲이자 공원이다. 일단 웅장한 규모에 심장이 두근거렸고, 숲 안에 들어섰을 때 보이는 수천 그루의 대나무들이 가진 아름다움 에 말을 잃었다. 인위적인 것이 하나도 없었다. 벤치, 정자 심지어 쓰레기통까지 대나무로 만들어져있었다. 물론 한옥과 현대적인 건축물이 있기는 했지만 죽은 공간이 아니라 대나무와 함께 살아 숨 쉬는 공간이었다. 아무도 모르는 비밀 공간에 들어간 기분이 들어 한시도 발걸음을 멈출 수 없었다. 조용하고 깨끗해 머무르 기만 해도 온몸이 씻기는 느낌이었다.

두 번째로 만난 공간은 150년 된 고택이자 숙소인 하심당이었 다. 해가 지고 나서 숙소로 향했는데, 주변에는 어떤 것도 보이 지 않았다. 마을의 가장 안쪽에 자리한 하심당에 다가갈수록 강

한 매화 향기가 났다. 돌담으로 된 입구로 들어가니 매화꽃이 가
득했다. 조금 더 걸어가자 150년이라는 시간이 무색할 만큼 깨끗
하고 튼튼한 한옥이 보였다. 인위적인 향수나 향초 대신 자연의
매화꽃 향기에 취해 조용한 밤을 보냈다. 자료조사를 할 때부터
사랑에 빠졌던 공간이었는데 실제로 경험하니 더 좋아졌다.

　마지막 공간은 소쇄원이었다. 조선 시대에 지어진 전통 정원
인데, 입구에 있는 대나무 숲을 지나면 한 폭의 그림 같은 풍경
이 펼쳐진다. 계류가 흘러내려오면서 중간에 작은 연못이 만들어
졌고, 계단 구조가 자연과 경이로운 조화를 이뤘다. 흘러내리는
계류를 따라 돌 위에 핀 이끼와 풀들이 보는 이의 마음을 사로잡
았다. 사이사이 심은 소나무와 산수유도 아름다웠다. 아주 커다
란 나무를 쓰러트려 계류가 흐르는 곳을 건널 수 있게 만들어 놓
기도 했다. 소쇄원을 둘러볼수록 마치 다른 시공간을 넘어온 기
분이 들었다. 마지막으로 내 눈을 사로잡은 것은 나무들만큼이나
오랜 세월을 품은 한옥이었다. 소쇄원의 한옥과 정자는 지금껏
봤던 고궁이나 한옥과 비교했을 때 굉장히 소박하고 평범한 인상
이었다. 그러나 초라하지 않고 단단하고 견고해 보였다. 자연과
어우러지면서도 자신만의 빛을 뿜어내고 있었다.

　앞으로 더 성장해 당당히 건축가가 되었을 때, 꼭 현대와 자
연이 조화된 공간을 만들겠다는 목표가 생겼다. 소쇄원에서 느

긴 벅참과 감동을 더 많은 이들과 나누고 싶다. 도심에 세워진 정자는 소쇄원의 정자보다 깨끗하고 쾌적할지 몰라도, 이 공간에서만큼의 위로와 치유를 주지는 못할 것 같다. 아무 말 없이 앉아 있기만 해도 마음이 편안해지고, 위로가 되는 곳이 바로 소쇄원이었다.

꼭 담양까지 오지 않아도 주변에 이런 위안이 되는 치유의 공간이 많았으면 좋겠다. 한옥이 가진 실용적이면서도 섬세한 아름다움은 언제나 경이롭다. 화려하고 아름다운 조경보다 사람이 실제로 생활하고 움직이는 공간. 사람을 위한 건축이자 사람이 사는 공간이 한옥이다. 소쇄원을 둘러보며 건축에 있어 자연과의 조화와 사람을 위하는 마음이 얼마나 큰 역할을 하는지, 얼마나 중요한지 다시 한번 깨달았다.

군산부터 담양까지 5박 6일의 여행은 나에게 굉장한 시간이었다. 미숙한 부분도 있었지만 건축에 대한 생각을 정리할 수 있어 좋았다. 여행을 통해 다양한 건축물을 보고, 도시 속 공간을 둘러보며 공간의 의미를 되새겨 보았다. 그리고 나의 어린 시절 기억 속에 존재하는 따뜻한 공간들도 떠올려 보았다. 그런데 아무리 떠올려도 공간의 생김새나 구조보다 그때의 시간, 분위기, 사람들의 모습, 냄새, 풍경 등만 기억이 났다.

현관 앞까지 가는 모든 장소들은 집의 범주에 들어가는 또 다른 형태의 아주 큰 집이다. 대문까지 이어지던 골목길에서 동네, 동네에서 지역, 지역에서 대한민국, 대한민국을 넘어 지구상 모든 곳이 집 아닐까.

여행에서도 같은 느낌이었다. 어떤 한 공간이 아닌, 기억 속에 남은 모든 요소가 더해져 하나의 순간을 '집'으로 인지했다. 그렇기에 나에게는 기억에 남아 있는 모든 순간이 나의 집이고 고향이다. 눈으로 볼 수 있는 벽과 건물이 공간이라기보다 우리가 살아가고 있는 무형의 테두리 안 영역이 곧 집이다. 결국 사회도 또 하나의 집인 셈이다.

개인적으로 19살이었던, 2020년은 절대 다시 가고 싶지 않은 집이다. 마치 쓰러져서 무너지는 집 같은 기억이다. 그 집에서 나는 추위와 싸웠고, 외로움에 떨었다. 부실 공사로 완성된 집은 그곳에 사는 이를 따뜻하게 품어줄 수 없다. 휴식이나 안정을 선물해 주지도 못한다.

사회도 집이기에, 잘못 완성된 사회 속 사람들은 언제 죽을지 모른다는 불안을 가진 채 살아간다. 안전하지 않은 사회에서 특히 아이들은 더욱 위험에 노출된다. 내가 2020년에 느꼈던 모든 감정을 어쩌면 다른 아이들도 비슷하게 느끼고 있을 지도 모른다.

모두에게 좋은 집을, 좋은 사회를 만들어 줄 수는 없지만 적어도 삭막하고 불안한 세상은 아니길 바란다. 등 뒤에서 언제나 변화를 위해 노력하는 어른들이 있다는 사실을 전하고 싶다. 들릴 때까지 외치고, 믿어줄 때까지 보여줄 것이다. 모든 어른이 나를 방관하는 것만 같다고 좌절했을 때 묵묵히 내 뒤에 서 있어주던, 희망을 주던 몇몇 어른들처럼. 나 역시 누군가에게 든든한 마음의 울타리가 될 수 있었으면 좋겠다.

희망 없이 사는 것이 얼마나 고통스러운 일인지 잘 알고 있기에 조금이라도 우리 집이, 우리 사회가 '살아보고 싶은 곳'이 될 수 있도록 만드는 게 내가 새롭게 찾은 꿈이자 목표다. 희망을 느낄 수 있는 따뜻하고 튼튼한 집을 짓는 건축인이 되고 싶다. 참 마음에 드는 스무 살의 첫 시작이었다.

한 걸음씩, 일단 앞을 향해 걸어보자

　여행에서 돌아오자마자 자격증 취득을 위한 공부를 시작했다. 건축목공기능사 자격증을 준비했는데, 1년에 두 번 응시할 수 있는 국가기술자격시험이다. 도면을 그리는 법, 나무 부재를 자르고 조립해서 한 가지 모양을 만드는 과정을 평가한다.

　사실 19살 겨울에 이 시험에 처음 도전했다. 아빠와 함께 준비했고, 우리는 하루 차이로 시험을 치렀다. 아빠가 첫째 날, 내가 둘째 날. 먼저 시험을 치른 아빠는 부재를 잘못 골라서 아쉽게 실격 처리가 됐다. 그 이야기를 듣고 같은 실수를 하지 않겠다고 다짐하며 필요한 짐을 챙겨 시험장으로 향했다.

　연습할 때마다 항상 시간이 부족했기 때문에 시간에 쫓기지 않아야 한다는 생각이 강했다. 신속하게 도면부터 그린 후 부재들을 잘랐다. 그러나 마음이 급한 나머지 자르면 안 되는 부분까지 잘라 버리고 말았다. 잘린 부재를 보면서 바늘과 실이 있으면 꿰고 싶다는 생각까지 했다.

원래대로라면 이미 떨어졌기 때문에 짐을 챙겨 시험장 밖으로 나가야 했지만, 전체 시험 과정을 경험해 보자는 마음으로 나머지 조립도 진행했다. 시험이 시작된 지 1시간도 지나지 않아 시험장을 나서기 창피한 마음도 있었다. 문을 열고 나가는 순간 지난 한 달간의 과정이 쓸모없게 느껴질 것만 같았다. 어딘가 모르게 패배한 기분에 휩싸이고 싶지 않아 끝까지 해보기로 했다. 나머지 부재를 마저 자르고 조립까지 마쳤다. 아슬아슬했지만 정해진 시간 안에 끝낼 수 있었고, 연습할 때보다 더 정교한 작업물이 탄생했다. 합격을 바랄 수는 없었지만 끝까지 했다는 사실이 기뻤다.

건축 여행을 다녀오고 바로 4월에 있을 재시험 준비에 몰두한 것은 이번에는 결코 불합격하지 않겠다는 의지의 표현이었다. 도면을 그리는 연습부터 실기까지 복습을 거듭했다. 다행히 아빠와 같은 장소, 같은 시간에 시험을 보게 되어 마음이 조금 편했다.

시험 당일, 나와 아빠는 앞뒤 자리에서 시험을 봤다. 이번에는 빨리하는 것보다 실수하지 않는 것을 목표로 했다. '신속하지만 차분하게'를 되새기며 천천히 자르고 조립해 나갔다. 다행히 연습 때보다 더 정교한 결과물을 완성해 제출할 수 있었다. 시험을 끝까지 해냈다는 사실이 너무 뿌듯했다.

여유가 생겨 주위를 둘러보니 다급하게 조립하는 아빠의 뒷모습이 눈에 들어왔다. 시간이 얼마 없으니 빨리 마무리해야 한다고 이야기했는데, 아빠가 금방이라도 울 것 같은 얼굴로 나를 쳐다봤다. 아빠의 손에는 반도 완성하지 못한 부재가 들려있었다. 알고 보니 아빠가 수공구를 모두 집에 두고 온 것이었다. 서로 얼마나 열심히 연습했는지 알기에 타공할 드릴 비트도 없어 구멍조차 파지 못한 아빠가 정말 안타까웠다. 결국 아빠는 시간 부족으로 실격됐다. 시험이 끝나고 함께 집으로 돌아가면서 얼마나 웃었는지 모른다. 집에 도착해 엄마에게 이야기하니 어이없다는 표정을 하고는 웃으셨다. 그 뒤로 우리 집에서는 모두 아빠를 놀리기 바빴다.

며칠이 지나고 건축목공기능사 시험에 합격했다는 연락을 받았다. 굴삭기 자격증에 이어 두 번째로 취득한 국가기술자격증이었다. 한 걸음씩이지만 내가 정한 방향으로 꾸준히 나아가고 있다는 생각이 들자 스스로가 대견했다. 멈추지 않고, 포기하지 않고 일단 앞을 향해 나아가는 걸음에는 분명 엄청난 힘이 들어 있다. 앞으로도 이 사실을 믿고, 나 자신을 믿고 한 걸음씩 내가 원하는 목적지를 향해 꾸준히 걸어갈 것이다.

전하고 싶은 메시지에 집중하기

건축목공기능사 자격증 시험을 보고 얼마 지나지 않아 자주 쓰는 공구 브랜드인 디월트(Dewalt)에서 '세상을 만드는 시간 3분'이라는 주제로 영상 콘텐츠 공모전을 주최한다는 사실을 알게 됐다. 디월트에서 출시하는 공구들을 이용해 세상을 만들어가는 사람들의 이야기를 담는 것이 공모전 주제였다.

처음 공모전 포스터를 봤을 때 하고 싶다는 마음과 함께 고민도 됐다. 분명 나보다 뛰어나고 실력 있는 사람들이 많이 참가할 것이고, 내가 가진 강점이 적다고 느꼈다. 그러나 공모전은 경계나 구분 없이 다양한 사람들이 참가할 수 있으니 각자의 시각에서 분석하고 표현한 것들을 배울 기회이기도 했다.

무엇보다 내 생각과 아이디어를 제약 없이 펼칠 기회였다. 공모전에 참가하는 것이 꼭 수상을 목적으로 하는 건 아니라고 생각하니 마음이 편해졌다. 자연스러운 결과물을 완성하는 것만으로 의미 있지 않을까. 오롯이 내 머릿속에서 떠오르는 것을 창의적으로 표현해 보고, 기존의 틀을 깨는 경험을 할 수 있을 것 같았다. 참가하지 않고 제삼자로 보기만 하면 그 안에서 생기는 교류가 불가능하고 직접 느끼고 배울 수 없다. 여기까지 생각하고 공모전에 도전하겠다는 마음을 굳혔다.

영상의 종류는 선택할 수 있었다. 공구를 사용하는 방법을 알려주는 인스트럭션 비디오, 공공을 위한 설치물이나 작품을 제작해 감동을 주는 영상 또는 이 두 가지를 모두 활용해 무언가를 만드는 것도 괜찮았다. 단, 영상의 길이는 3분 이내여야 했다.

나는 가장 자신 있는 것을 선택하기로 했다. 내가 가진 강점은 꿈과 열정이다. 꿈과 열정이 있기에 어떤 것도 두렵지 않은 나와 비슷한 청춘들을 위해 영상을 만들고 싶었다. "세상에 나의 이야기를 전달하자"라는 목표에 집중하니 결과에 대한 중압감과 막막함은 줄고 자신감이 생겼다. 목소리를 내어 하고 싶은 이야기들이 너무나도 많았다.

세상이 편견에 가득 찬 시선으로 나를 바라보고 손가락질했을 때, 언젠가 나의 신념과 목표를 세상에 들려줄 것이라 다짐했다. 그 후로 꼭꼭 담아두었던 생각을 시나리오로 작성하고 영상의 구성을 정리했다. 메시지는 단 하나였다. "우리는 세상을 창조하는 예술가이다." 나에게 실패자이자 낙오자라 했던 이들에게 나는 틀리지 않았다고 이야기하고 싶었다. 무엇보다 자신만의 길을 가고 있는 사람들, 청춘들에게 우리가 바로 세상을 만들어가는 예술가이니 결코 포기하지 말자고 전하고 싶었다. 내가 생각한 메시지를 분명하게 전달한다면 꼴등을 해도 미련이 없을 것 같았다. 그러니 메시지가 분명한 영상을, 욕심 부리기보다 솔직한 영상을 만들겠다고 스스로에게 여러 번 다짐했다.

빌더로 일을 하며 수많은 편견을 마주했고 스스로의 벽에 막히기도 했다. 하지만 나는 포기하지 않고 내 자리에서 끊임없이 무언가를 창조해 내고 있다. 그리고 이것은 나만의 이야기가 아니다. 나와 같은 수많은 기술자들, 여러 분야에서 활동하는 예술가들의 이야기이다. 그들이 있기에 세상이 만들어지고 있다고, 나와 직접적으로 닿지 못하는 모든 사람에게 절대 주눅 들거나 포기하지 말고 예술을 해나가자는 외침을 넣고 싶었다.

최소한 내가 느낀 것들은 그랬다. 우거진 숲을 걷는 건 힘들지만 가지 않은 길에서만 만날 수 있는 새로움이 있다. 나를 향한 편견과 오해가 되려 나를 더 단단하게 만들었고, 더 움직이게 하는 힘이 되어주었다. 이런 내용을 담기 위해 우리 팀이 일하는 모습을 촬영했다. 다양한 모습을 담아내려고 현장 외에 공방에서 직접 나무로 세계지도를 제작하는 장면도 촬영했다. 나라라는 경계를 넘어 전 세계에 감동을 주는 사람이 되겠다는 표현이었다.

학교에 다닐 때 들었던 멀티미디어 수업과 포토그래피 수업이 도움이 됐다. 특히 멀티미디어 수업 중 영상을 제작하는 과제를 가장 좋아했는데, 내가 무언가를 직접 구성하고 촬영해서 하나의 이야기를 담아내는 과정이 매력적이었다. 그때 영상 편집에 대해 배웠던 것이 공모전에서 큰 역할을 했다.

촬영한 영상들을 편집해 메시지가 두드러질 수 있게 만들었다. 컷 편집, 자막 작업까지 한 후 최종적으로 영상에 효과를 주어 마무리했다. 편집이 끝난 뒤 직접 쓴 시나리오와 대본을 참고해 영상에 들어갈 내레이션 녹음도 했다. 녹음 파일과 배경음악 삽입까지 완료하니 하나의 결과물이 완성됐다.

처음에는 어렵지 않게 영상을 완성할 수 있을 줄 알았다. 그러나 마음에 드는, 내가 하고 싶었던 이야기들을 온전히 담기까지는 여러 고비가 있었다. 조금 더 표현하고 싶은 부분에서는 욕심을 내느라 진도가 나가지 못했고, 마음이 급하고 초조한 탓에 하고 있던 작업조차 매듭을 짓지 못했다. 편집 프로그램을 사용하다 갑작스러운 에러로 작업물을 날릴 뻔한 적도 있다. 자동복구 기능으로 3분의 2를 구한 덕에 포기하지 않고 다시 시작할 수 있었다. 그 후로는 하나를 작업할 때마다 습관처럼 저장하기를 눌렀다. 그렇게 일주일간 밤을 새우다시피 해서 영상을 완성했다.

온 가족이 둘러앉아 첫 시사회를 열었다. 시사회 후 조금 더 고치면 좋을 것 같아 수정의 수정의 수정을 했다. 파일명에 최종을 몇 번이나 붙였는지 모른다. 특히 영상 안에 삽입되는 내레이션 자막에 가장 신경을 썼다. 목표는 공모전 제출이나 수상보다 시간이 지나도 여러 나라에서 볼 수 있는 영상, 꿈을 포기하지 않게 도와주는 영상을 만드는 것이었다. 그래서 내레이션도 영어로 녹음했고, 분명한 메시지를 전할 수 있도록 노력했다.

나에게 가장 중요한 부분은 영상미나 음악 같은 요소가 아닌 내레이션과 메시지였다. 편집보다 더 많은 고민과 시간을 쏟아 작업했기에 예민해질 수밖에 없었다. 오디오는 영어로, 자막은 한국어로 만들었다. 단순 번역이 아니라 의미를 전하는 적절한 단어들을 선별하는 과정이 굉장히 어려웠다. 언어가 가진 뉘앙스, 사회적으로 통용되는 의미까지 고려했다.

창작의 시간이 얼마나 고통스러운지를 온전히 느낀 후에야 최종 영상이 완성됐다. 2주가 넘는 시간 동안 열과 성을 다해, 나를 갈아 넣어 완성한 영상이었다. 떨리는 마음으로 〈전진소녀 성장일기〉 유튜브 채널에 영상을 업로드했다.

영상을 만드는 동안 누구보다 보여주고 싶었던 사람들에게 가장 먼저 공개했다. 어느 순간부터 시청자 또는 팬이라는 표현보다 '가족'이라는 말이 어울리는 사이가 된 사람들이었다. 나의 처음부터 언제가 될지 모를 마지막까지 곁을 지켜주는 사람들이고, 내가 좌절하거나 우울할 때에도 자신들의 일부분처럼 감싸주었던 이들이다. 행복한 일이 있을 때는 같이 웃으며 나의 순간들을 혼자가 아닌 '함께'로 만들어주었다. 이들을 보면서 나는 계속 꿈을 키워가고 희망을 잃지 않을 수 있었다. 그렇기에 그들에게는 무엇을 하던 가장 먼저 내 이야기를 전하고 싶다.

어렸을 때 친구가 많지 않아 속상했던 적이 있다. 반에서 가장 인기가 좋은 아이처럼 친구가 많았으면 좋겠다고 엄마에게 하소연하기도 했다. 그때 엄마가 나에게 해주었던 말이 지금도 뚜렷하게 기억난다. 인생을 살면서 다섯 손가락 안에 드는 친구가 한 명이라도 있다면 성공한 것이니 많은 친구보다 진실한 단 한 명의 친구를 만들어야 한다는 내용이었다.

그때는 엄마의 이야기를 듣고 다섯 손가락 안에 드는 친구가 한 명도 없다며 또 우울해했다. 정말 나의 마음을 털어놓을 수 있는 친구, 나를 이해해 주는 친구가 한 명도 없었다. 하지만 커가면서 나에게 진정한 친구가 없었던 것이 아니라 내가 원하는 방식으로 사랑을 주는 사람만이 진정한 친구라고 생각했기 때문에 찾지 못했다는 사실을 알게 됐다.

각자 사랑을 주고받고, 표현하는 방법은 미묘하게 다르다. 나는 사랑을 주는 사람을 보면서도 내가 생각한 형태가 아니라며

"너는 나를 사랑하지 않아"라고 이야기했다. 이제는 나를 스쳐 간 이들 중 나에게 사랑을 줬던 사람들이 너무 많다는 사실을 깨닫는다. 다섯 손가락이 아니라 열 손가락이 부족할 정도로 많은 사람들이 내 진정한 친구가 되어주었다. 그렇게 나도 모르는 사이 많은 것들을 받았다. 그런데도 '나를 편하게 만들어주는 사람' '내가 같이 있으면 웃게 되는 사람'을 찾기만 했을 뿐 누군가에게 그런 사람이 되어주진 못한 것 같다.

누군가에게 마음의 문을 열고 소통하며 손을 잡는 건 쉬운 일이 아니다. 약한 모습도 보여줘야 하고, 혹시나 상처받을까 하는 두려움도 이겨내야 한다. 그러나 나에게는 3년이 넘는 시간 동안 자신들의 문을 활짝 열고 나를 기다려준 이들이 있다. 선뜻 다가가지 못할 때도 다그치지 않고 그저 묵묵히 기다려 주었다. 시간이 지날수록 그 마음들이 점차 진하게 느껴졌다.

진정한 친구가 되어주고 가족이 되어준 그들에게 보답하고 싶다. 마음의 문을 열고 그들이 나를 기다려주고 일으켜주었듯, 더 많은 사람들에게 힘을 주는 것이 내가 할 수 있는 최고의 보답이다. 공모전에 제출한 영상은 생각만 하지 않고 행동하겠다는 의지의 표현이었다. 나를 지켜주고, 가르쳐주고, 넘어졌을 땐 다시 일어설 수 있도록 지탱해 주고 믿어준 사람들에게, 작았던 소녀가 당신들의 도움을 먹고 무럭무럭 자라 이제는 세상에 도움을 되돌려줄 수 있는 사람이 되었다는 것을 보여주고 싶었다.

영상의 주인공은 빌더이다. 하지만 오로지 빌더만을 위해 제작한 것은 아니다. 분야를 뛰어넘어, 세상에서 자신들이 하고 싶은 것을 표현하고 자신의 인생을 멋지게 창조해 나가는 모든 예술가들에게 전하고 싶은 메시지이다.

직접적으로 창작활동을 하는 전문가가 아니더라도, 자신의 인생에서 하고 싶은 것, 꿈꾸는 것, 좋아하는 것들을 용기 있게 해나가는 사람들이 모두 예술가라고 생각한다. 사람 자체가 예술이고, 우리는 인생이라는 예술품을 창조하고 있다. 그리고 나는 이런 우리가 모여 조금씩 세상을 밝게 만들고 있다고 굳게 믿는다.

내가 만든 영상 속 주인공이 아닌 사람은 단 한 명도 없다. 모두가 주인공이자 뮤즈이다. 그러니 어떤 누구든, 이 모든 이야기의 주인공은 자기 자신임을 꼭 기억해 주면 좋겠다.

함께하는 것의 힘

분주하게 여름을 보내던 중 SNS 메시지를 받았다. 한 중학교의 동아리 대표인 학생이 10월 즈음 계획하고 있는 학교 행사에 연사로 참여해 줄 수 있는지 묻는 내용이었다. 꿈을 찾기 어려워하는 학생들에게 이야기를 들려주었으면 좋겠다는 제안이 담겨있었다. 정말 나에게 온 메시지가 맞는 건가 싶어 몇 번이나 이름을 확인했다. 혹시 다른 사람에게 보내야 할 내용을 잘못 보낸 것은 아닌지 의심이 되기도 했다. 강연에 대해 전혀 생각해 본 적도 없고, 내가 강연할 정도의 사람이라고 생각하지도 않았기 때문이다.

나에게 연락한 친구는 여러 매체를 통해 나를 알게 되었다며, 청소년기 진로 고민으로 방황하는 학생들이 많은데 그 시간을 버티고 확고한 꿈을 갖게 된 것이 인상적이었다고 말했다. 그래서 같은 경험을 하며 힘든 시간을 보내는 학생들에게 전해주고 싶은 말을 편하게 나누어주면 좋겠다고 했다.

그 말을 듣고 기분이 굉장히 묘했다. 나 역시 얼마 전까지만 해도 불확신으로 가득했고, 믿음 대신 의심을 가졌으며 아슬아슬한 줄타기를 하듯 인생을 걸어왔는데 이제 누군가의 멘토가 되어 줄 수 있다고 하니 여러 감정들이 교차했다. 몇 년 지나지 않은 중학교 시절, 내가 얼마나 방황하며 불안해하고 우울했는지 생각하니 멋진 성공담이나 최고가 되는 법은 알려주지 못해도 청소년들이 느끼는 장벽은 조금이라도 허물어 줄 수 있을 것 같았다.

간직하고 있는 꿈을 지키는 것만으로도 충분히 힘든데, 사람들의 억압과 시선 때문에 있던 꿈조차 버려야 했던 친구들이 내 주변에도 많았기에 더더욱 그들과 이야기를 나누고 싶었다. 나는 한 분야에서 성공한 사람도 아니고, 정점을 찍어 존경을 받는 사람도 아니다. 하지만 좋아하는 걸 하기로 한 후 그 길을 꾸준히 걸어왔다고 생각한다. 솔직한 나의 모험담과 도전기가 친구들에게 용기를 줄 수 있길 바라며 강연을 하기로 했다.

그때부터 하나둘 강연 준비를 했다. 강연을 듣는 학생들과 나이 차이도 크게 나지 않으니 강연자보다는 언니나 누나가 되어 편하고 여유롭게 이야기하고 싶었다. 그러나 현실의 나는 강연 날짜가 다가올수록 지나치게 긴장했고, 실수라도 할까 봐 불안하게 뛰는 심장을 주체할 수 없는 지경이 되었다. 첫 강연이기도 했고 그 대상이 중학생 친구들이라니 더 조심스러웠다. 여름부터 가을까지 두 계절을 거치는 동안 나를 초청해 준 친구와 연락을 주고받으며, 학생들이 얼마나 행사에 공을 들이는지 알게 됐다. 그럴수록 망치면 안 된다는 생각이 커져 긴장감도 높아질 수밖에 없었다. 바로 전날까지도 머릿속에 강연 내용이 명확하게 정리되지 않아 잠도 설쳤다. 그러다 보니 점점 자신은 없어지고 의심이 생겼다.

드디어 행사 당일 완주군에 있는 중학교에 도착했고, 정문에 들어서면서부터 심장이 밖으로 나올 것만 같았다. 연락을 주고받았던 학생 대표와 교장 선생님, 담당 선생님과 인사를 나누고 강당으로 향했다. 나는 2학년과 3학년 친구들에게 강연을 하기로 했고, 1학년 친구들은 외부에서 온 다른 연사의 강연을 들었다. 나-외부 강연자-나 순으로 강연이 진행됐다.

3학년 친구들이 강당으로 들어오면서 본격적인 행사가 시작되었다. 생각보다 너무 많은 숫자의 학생들을 보고 긴장이 몇 배 더 커졌다. 손에 땀이 흐르고 앞이 잘 보이지 않는 상태에서 단상 위에 올라갔다. 많은 인원이 나만 바라보고 있으니 얼굴이 화끈거렸다. 금방이라도 기절할 것 같은 상태로 천천히 자기소개를 하고 '내가 되고 싶은 것이 아닌 하고 싶은 것은 무엇인가'라는 주제로 강연을 시작했다.

내가 정말 좋아하고 하고 싶은 것은 무엇일지, 꿈이 뭔지 물었을 때 직업이 아니라 정말 하고 싶은 것을 말할 수 있는지에 관해 이야기하고 싶었다. 하지만 내가 겪은 경험을 말하면서 생각해 볼 수 있는 메시지를 전하고 싶다는 포부는 1퍼센트도 달성하지 못한 채 어영부영 40분의 시간이 흘렀다. 머릿속에 많은 것들이 차 있어서 마음만 급했다. 말이 거의 속사포 랩을 하듯 나왔다. 내가 한 강연이지만 가슴속에 남는 메시지라고는 하나도 없을 것 같았다. 오히려 내 강연을 듣는다고 강당까지 발걸음을 옮겨준 친구들에게 너무 창피하고 미안했다.

어쨌든 시간은 흘렀고, 강연은 끝났다. 진행자가 올라와 짧게 질의응답 시간을 가졌다. 궁금한 것이 있을 리 없다고 생각하던 순간 남학생 한 명이 손을 들었다. 그러고는 또 다른 남학생과 여학생의 질문이 이어졌다. 그러나 지나치게 긴장해 꿈에 관해 질문하는 학생들에게 머릿속에 떠오르는 말을 여과 없이 뱉어냈다.

학교가 무의미하게 느껴져 고등학교 진학에 대해 고민하는 친구가 있었는데, 나에게 학교에서 배운 것들이 도움이 되냐고 물어봤다. 그 질문에 학교에서 배우고 공부했던 것 중 나에게 도움이 된 건 없다고 말해버렸다. 사실 학교에서 수많은 지혜를 배웠고 사람들과 함께하는 법을 배웠고, 학교라는 하나의 작은 사회를 경험하며 얻은 기본 지식과 규칙이 나침반 같은 역할을 해준다고 말했어야 했다. 너무 감정적으로 대답한 것 같아 말을 하고

도 아차 싶었다.

하고 싶은 일이 있지만 부모님과 의견이 달라 고민이라는 친구도 있었다. 그 친구에게 본인의 꿈을 포기하지 말라고, 스스로 가슴 뛰는 것을 하며 행복한 모습을 보여주면 언젠가 부모님도 함께 꿈을 응원해 주실 거라고 말해주지 못했다. 3학년 친구들에게 용기와 희망을 줘야 했는데, 내가 작게 품고 있던 불씨마저 꺼버린 느낌이었다.

강당을 나갈 때까지 학생들을 제대로 마주 볼 수 없었다. 면목이 없었고, 스스로가 너무 창피했다. 강당을 나가려던 찰나에 나에게 질문한 여학생과 마주쳤는데 그 친구가 울고 있었다. 강연을 듣고 울어본 적은 처음이라며, 오늘 들려준 이야기가 정말 고마웠다고 말해주었다. 순간 더 부끄러움이 밀려왔다. 부족한 강의를 듣고도 용기를 얻는, 이미 꿈을 가지고 있는 멋진 친구였다.

차에 타자마자 눈물이 쏟아졌다. 그러나 울고만 있을 수는 없었다. 2학년 친구들에게까지 미안할 짓을 하면 안 되겠다는 마음이 들었고, 다시 강연 내용을 정리했다. 15살 때로 돌아가 내가 가장 고민하던 것은 무엇이었는지 생각해 보았다. 그때의 나에게 필요했던 이야기는 무엇이었는지, 간절히 듣고 싶던 이야기는 무엇이었는지 떠올려봤다.

생각해 보니 그때의 나는 지금처럼 심장이 뛰는 꿈이나 목표를 가지고 있지 않았다. 하고 싶고 좋아하는 것들이 많았고, 미래에는 막연하게 내가 하고 싶은 것을 열정적으로 할 수 있는 어른이 되고 싶었을 뿐이었다. 여기까지 생각하니 어떤 이야기를 해야 할지 조금은 알 것 같았다. 2학년 친구들의 강의 시간에 맞춰 강당으로 다시 들어갔고, 이번에는 최대한 편하고 여유롭게 이야기를 하겠다고 다짐했다.

  나는 중학교 시절에 '되고 싶은 것'이 없는 사람이었다. 다른 친구들은 다 목표로 정해둔 직업과 학교가 있었는데, 나는 그런 것이 없어 불안한 마음이 있었다. 그러나 하고 싶은 것이 많고 좋아하는 것이 다양해 그것들을 하나씩 경험하다 보니 점점 나만의 목적지가 보이고 길이 좁혀졌다.

  처음부터 거대하고 확실한 꿈을 정해둔 상태에서 그것을 향해 달려가는 것이 아니라, 무모하게 좋아하는 것을 하겠다는 의지로 경험을 늘리고 도전을 반복하니 목표가 생겼고, 목표가 생기니 꿈이 생기게 되었다고 말해주었다. 그러니 좋아하고 하고 싶은 것을 하나씩 천천히 해보는 것이 꿈을 만들 수 있는 방법이라고 했다. 지금의 내가 중학생 친구들에게 전할 수 있는 최선의 메시지였다.

  미묘한 차이였지만 2학년과 3학년 학생들의 분위기는 굉장히 달랐다. 2학년 친구들은 더 쾌활하고 자신들이 좋아하는 것을 간직하고 있는 듯했다. 하지만 3학년 친구들은 이제 졸업을 앞두고 고등학교 진학을 준비해야 하는 시기여서 그런지, 조금은 무거운 짐을 어깨에 지고 있는 것 같았다. 벌써 좌절을 겪은 친구들도 많이 있었고, 다음 단계에 올라가기 위해 성장통을 겪는 모습도 느껴졌다. 그럼에도 그 친구들이 포기하지 않고 자신의 인생을 계속 빚어가고 있는 것 같아 고마웠다.

친구들에게 도움이 되는 이야기를 하러 갔는데 정작 내가 학생들을 통해 더 많은 것을 느낀 시간이었다. 강연이 끝나고 며칠 지나지 않아 몇몇 학생들이 연락을 해왔다. 조금이나마 자신의 꿈을 찾은 것 같다고 이야기해 준 친구도 있고, 강연을 해주어서 정말 고마웠다고 말해준 친구도 있었다. 특히 자기가 평소에 꿈만 꾸던 것을 용기 내어 도전해 보려 한다는 친구의 메시지를 받았을 때는 울컥했다. 그 친구가 나에게 전진할 수 있는 또 다른 힘을 준 것이다. 나 또한 계속해서 꿈을 꿔야겠다고 다시 한번 다짐하는 계기가 됐다.

어른들은 우리에게 "너희들은 꾸미지 않아도 예뻐" "너희 때가 가장 눈부신 시기야"라고 이야기한다. 이런 말을 듣는 것은 우리가 스스로를 두근거리게 하는 꿈을 품고 있어 자연스레 빛이 나기 때문이라고 생각한다. 반짝이는 꿈을 자신 안에 꾹꾹 눌러

놓고 숨기는 것이 아니라 더 닦아주고 가공시켜 밖으로 꺼냈을 때 존재만으로도 세상을 밝히는 사람이 될 수 있다. 나뿐만이 아닌 더 많은 아이들과 청춘들이 꼭 자신들의 반짝거리는 꿈을 품 밖으로 꺼내게 되기를 바란다. 인생이라는 아주 고단하고 어려운 작품을 만드는 지구별 예술가가 되어 서로를 존경하며 함께하는 힘을 느낄 수 있었으면 좋겠다.

배움에 자존심 부리지 마!

시간이 지날수록 현장이라는 곳과 빌더라는 이름이 가지는 무게가 조금씩 더 커졌다. 처음에는 좋아하는 일을 하는 것이 가장 중요했다면, 이제는 좋아하는 일을 선택하면서 따라오는 책임감까지 감당할 수 있느냐가 중요해졌다. 그렇기에 할 수 있는 영역을 넓혀 좀 더 성장하고 싶었다.

빌더로 일을 하며 즐거운 마음과 달리 육체적인 고통은 컸다. 현장 초보 때는 허드렛일부터 해가면서 일을 배운다. 나무를 자르고 조립하고, 공구를 쓰는 일을 배우고 숙련도가 생기면 누군가가 옆에서 지켜보지 않아도 혼자 할 수 있는 과정이 많아진다. 보통 오래 작업해온 분들이 시공을 도맡아 진행하고 나는 자재를 나르거나 공구 정리, 청소를 담당할 때가 많았다. 그래서 언제나 마음이 조급했다. 허드렛일이 아니라 현장에서 한 사람의 몫을 온전히 해내고, 작업의 일부를 담당하며 빌더로서 자격이 있다는 말을 듣고 싶었다.

그러나 실제 현장에서 가장 많이 하는 일은 자재를 나르는 업무였다. 빌더는 시공을 하고 집을 짓는 일만 한다고 생각했다. 자재를 나르는 일은 힘들고 의미 없는 일이라고 여긴 적도 있다. '나는 시공을 하고 싶고, 작업을 배우고 싶은데 왜 이렇게 쓸모없는 일만 하고 있을까'라고 의기소침하기도 했다. 하지만 오래 걸리지 않아 내가 단단히 착각하고 있었다는 사실을 깨달았다. 집을 지으면서 필요하지 않은 공정과 작업은 하나도 없다. 모든 사람에게 각자의 임무와 책임이 있고, 어떤 작업이든 자신이 맡은 일을 얼마나 완성도 높게 마무리하느냐에 따라 프로와 아마추어가 결정된다.

사수들을 보면서 깨닫는 것도 많았다. 한 번은 위치가 높아 지게차나 크레인이 올라갈 수 없고, 오로지 자재를 실은 트럭 하나만 겨우 왕래 가능한 현장이 있었다. 그래서 트럭에 실린 나무와 합판들, 공사에 쓰이는 모든 자재를 하나하나 손으로 옮겨야 했다. 생각만 해도 땀이 흐르고 숨이 차는 기분이었다. 트럭에 실린 자재가 워낙 무겁고 많아서 팀원 모두가 자재를 날랐다. 그때 문득 내가 주어진 기회는 보지 못한 채 불평만 하고 있었다는 걸 느꼈다. 대충, 적당히 하면 된다고 생각하던 자재 옮기기를 사수들은 다음 공정과 다른 사람들의 동선, 소진해야 할 자재들의 순서까지 고려하며 하고 있었다. 결국 내가 필요하지 않은 작업이라고 생각했던 것 중 대충해도 되는 작업은 없었다.

더 좋은 것을 쥐게 되면 자신이 바뀔 거라고 생각하지만, 스스로가 바뀌지 않으면 아무리 좋은 것을 쥐여줘도 좋은지 나쁜지 구분하지 못하는 바보가 된다. 이후로 나는 현장에서 무엇이든 사수들이 하는 행동 하나하나를 놓치지 않고 눈에 담아두려 노력했다. 공구를 정리하는 방법부터 나무를 치우는 방법까지 머릿속에서 시뮬레이션을 반복했다. 쉽다고 무시했던 것들이 가장 기본이었고 그 기본부터 쌓아가지 않으면 무너질 수밖에 없는 탑이 된다는 사실을 확실하게 배웠다.

건축을 공부하고 빌더 일을 하면서 생긴 또 다른 목표는 전 세계 어디라도 도움이 필요한 곳이라면 집과 학교처럼 보금자리가 되어 줄 공간을 짓겠다는 것이다. 나 혼자서는 할 수 없다는 걸 알기에 언젠가 팀원들을 모아 꼭 이루고 싶다.

새로운 목표가 생기니 나에게 현장은 더욱 중요한 곳이 됐다. 집을 만들기 위해 필요한 공정과 작업, 과정을 A부터 Z까지 보고 배울 수 있는 곳이기 때문이다. 집 한 채를 만들기 위해 알아야 하는 것, 공부해야 하는 것은 끊임없다. 현장에서 '빌더의 임무를 완벽하게 수행할 수 있는 사람이 되자'는 눈앞의 목표에 집중할

수록 다양한 작업들이 눈에 들어왔다.

집을 짓기까지 수많은 공법이 있다. 경량 목조주택뿐만 아니라 한옥, 철근콘크리트, 조적, ALC, 경량 철 골조 등 수많은 공법에 관해 공부할수록 관심이 더욱 커졌다. 같은 목조주택에도 경량 목조주택, 중목 구조와 같은 팀버프레이밍, 한옥 등 여러 갈래가 있다. 나는 다양한 공법을 경험하며 조금씩 역량을 넓히기로 했다. 그중에서도 특히 경량 목조주택 공부에 중점을 둔 이유는 쓰이는 나무를 구하는 것이 비교적 수월하기 때문이다.

한옥과 팀버프레이밍에 쓰이는 나무는 너무 비싸고, 해당 분야 장인들의 기술을 터득하기도 까다롭고 어려운 편이다. 전문가도 많지 않아 익히는 시간도 훨씬 오래 걸린다. 내가 원하는 것은 오래 익혀서 나만 쓸 수 있는 기술이 아니라 언제 어디서든 적절한 시간과 자재로 기본에 가장 충실하면서도 견고한 공간을 만들 수 있는 기술이다.

어느 공법이 사용된 공간이든 목작업은 반드시 따라온다. 목조주택이 아니라고 해도 내외부 마감 또는 가구처럼 나무를 가공하여 만들어내는 과정은 필수적이기 때문이다. 그래서 가장 먼저 나무를 다루는 법을 공부했다. 경량 목조주택 기술은 여러 나라에서 보편화되어 있고, 자재와 나무들도 넓게 생산되고 있다. 이 기술을 잘 익혀두면 나중에 어느 나라의 현장에서도 가장 기본적인 자재들로 효율적이지만 튼튼한 공간을 만들어낼 수 있다.

허허벌판인 곳에 집을 지어야 할 때도 환경적인 요소를 제외하고 문제없이 집을 지을 수 있는 실력을 쌓고 싶다. 힘들어도 지치지 않고 쓰러지지 않을 수 있었던 이유는 명확한 목표 덕분이다. 지금도 전 세계 어디든 필요한 곳에 공간을 만들어내는 사람이 되자는 꿈은 변함없다. 그 꿈을 위해 당장 할 수 있는 일을 하나씩 해나가고 있다.

요즘은 18살에 처음 현장에서 빌더로 일을 시작하던 때의 마음과는 많은 것들이 달라졌다. 예전에는 새로운 프로젝트를 시작하면 무작정 신나고 기대가 되었지만, 이제는 긴장부터 된다. 지난 현장에서 배운 것들을 잘 활용할 수 있는지 생각하며 집을 짓기까지 얼마큼의 준비가 되어있나 스스로에게 묻는다.

나는 스스로 만든 목표와 꿈을 포기하지 않고 이루어 나갈 것이다. 더불어 직업에 대한 편견 역시 허물고 싶다. 대부분의 사람은 돈 때문에 빌더 일을 한다고 생각한다. 기술직이기 때문에 돈을 잘 벌 것이고, 목수 흉내를 내면서 방송을 통해 인지도를 올려 더 큰 돈을 번다는 논리도 있다. 그래서인지 사람들은 내가 돈을 얼마나 버는지 가장 궁금해한다. 또는 연예인이 되는 것이 최종 목표냐고 묻기도 한다.

그런 질문을 받을 때마다 의아했다. 사람이 인생을 살아가면서 스스로의 결정을 좌우하는 요소가 어떻게 돈뿐일 수 있을까.

돈이나 명예라는 목줄에 걸린 채 평생 끌려다니는 인생을 살아야 하는 걸까. 그러고 싶은 사람은 없을 것이다. 나 역시 돈을 벌기 위해 빌더 일을 시작한 것도 아니며, 유명해지기 위해 방송을 선택한 것도 아니다. 나에게 가장 중요한 것은 내 인생을 온전하게 나의 이야기로 채워가는 것뿐이다.

사람들은 내가 하는 일이 '노가다'이고 쓸모없는 것이라고 말한다. 하지만 나는 의지와 꿈 없이 하루를 대충 살아가고 있지 않다. 사람들이 말하는 편견에 나의 목표와 꿈을 내어줄 생각이 전혀 없다. 그리고 내 꿈이 중요한 만큼 다른 사람들의 꿈도 소중하다. 나 혼자 꿈을 꾼다면 망상이 될 수 있지만, 모두가 꿈을 꾼다면 세상의 편견을 바꿀 힘이 생길 것이다. 나처럼, 혹은 각자의 방식으로 자신만의 길을 선택한 친구들, 미래의 후배들이 편견 때문에 꿈을 포기하거나 부서지는 경험을 하지 않도록 도움이 되고 싶다. 그렇기에 더 목소리를 내어 소리치고 있다. 당당히 도전하는 내 모습을 직접 보여주는 것으로 의지를 높여주고자 한다.

내가 가진 진심이 모두에게 같은 의미로 이해될 수 없다는 사실은 알고 있다. 한때 "좋은 부모와 좋은 환경, 좋은 사람들을 만났기에 관심도 받고 현장에서 일을 배울 수 있는 거야"라는 말을 들으며 스스로를 의심하고, 내가 하는 일을 창피하게 여긴 적이 있다. 그래서 어떤 도움도 거절하고, 혼자서 뭐든 잘 해내려고 했던 시기도 있었다. 오직 혼자 해내야만 의미가 있다고 생각한 것이다. 진정으로 노력했다는 말은 다른 사람이 고생한 만큼, 어떤 도움 없이 혼자 해야만 할 수 있는 말이라고 여겼다.

시간이 지날수록 이런 생각은 잘못됐다는 것을 알게 됐다. 같은 학교, 같은 반에서 같은 선생님에게 수업을 듣는다고 모든 학생의 성적이 좋은 것도 아니고 모두가 같은 성적을 받는 것도 아니다. 같은 집, 같은 부모에게서 자란 아이들의 모습이나 선택, 인생의 결과가 똑같지 않다.

한국에서는 바닥이던 내 성적도 호주에 가서 상위권까지 올랐다. 이런 차이와 변화는 결국 스스로가 가진 마음에 달려있다. 호주의 자유롭고 학생을 존중하는 교육 방침이 나와 잘 맞았기에 공부하고 싶은 마음이 들었고, 결국 해낸 것이다. 그러나 나 역시 좋은 선생님, 좋은 교육 환경인 호주의 학교를 그만두었다. 친구들은 졸업을 선택했고, 나는 자퇴를 결정했다. 이 또한 환경의 차이가 아닌 각자의 생각과 마음의 차이로 인한 결과다.

내 앞에 아무리 좋은 것들이 있어도 선택하지 않으면 아무 일도 일어나지 않는다. 환경도 중요하지만, 그보다 더 중요한 것은 어떤 환경에서든지 자신이 가지는 신념, 마음의 방향이다. 더불어 환경은 의지로 선택할 수 없지만 마음은 의지로 충분히 달라질 수 있다. 마음이 달라지면 결국 환경도 바뀐다. 결과를 만들어낼 수 있는 것은 나 자신뿐이다.

이런 생각들을 하다 보니 사람들의 말에 휩쓸려 스스로를 믿지 못하거나 동정하는 것은 오히려 어리석은 일이라는 결론이 났다. 내가 받은 환경의 혜택, 좋은 부모님으로 인해 얻은 지혜와 경험을 인정하고 그렇게 완성된 지금의 나를 자연스레 받아들이면 된다. 그리고 그 이후를 내가 만들어 가면 되는 것이다.

　나는 지금껏 내가 만들어 온 결과에 좀 더 자신을 가지기로 했다. 지금 내가 서 있는 이 상황은 나의 의지와 선택으로, 내가 만든 것이다. 아빠가 현장에서 일한다고 모든 자식이 현장 일을 배우지는 않는다. 내가 원했기에, 의지를 가지고 단 하루도 빠지지 않고 현장으로 향했기에 배울 수 있었다.

　방송하면서 많은 이들의 응원을 받는 것은 큰 혜택이다. 그러나 내 모습을 온전히 보여주겠다는 선택을 하고, 그 과정에서 생긴 무수한 상처들을 스스로 이겨내며 방송을 보는 이들과 공감대를 만들어 낸 것은 나이다. 누군가 대신해 준 것이 아니다. 어떤 비난에도 꾸준히 나의 이야기를 하겠다는 의지를 잃어버리지 않았기에 응원이라는 사람들의 선물을 받을 수 있었다.

　사람도, 도전이나 선택에 따른 결과도 쉽게 얻은 적은 없다. 기어코 하고야 말겠다는 의지가 없었다면 아무것도 시작되지 않았을 것이다. 나는 특출난 재능을 가지고 있지 않다. 기술이나 능력이 뛰어난 것도 아니다. 그저 내 꿈에 전부를 걸었기에, 그런 삶을 살겠다고 선택하고 그에 대한 책임감을 가지고 꾸준히 해나갔기에 지금의 내가 될 수 있었다.

의지는 배움의 방식에도 여러 차이를 만들었다. 나는 언제나 궁금한 게 많고 끊임없이 질문하는 아이였다. 빌더로 처음 일을 할 때도 동일했다. 궁금한 것이 계속 생겼고, 처음에는 참지 못해 때와 장소를 가리지 않고 선배들에게 질문하곤 했다. 하지만 현장은 학원이 아니다. 선배는 부모님이나 선생님이 아니다. 그렇기에 궁금한 것에 바로 답을 얻을 수 없을 때도 있었다. 어깨너머로 조금씩 배워나가야 했고, 현장이 아닌 곳에서는 공부를 하는 방법밖에 없었다.

도면을 보고 다음 공정의 구조를 계산하고, 올라가는 지붕과 부재의 값을 계산하는 등 자재 산출과 계산 작업이 가장 어려운 영역이었다. 아직 내가 쉽게 다룰 수 없는 부분이지만, 무엇보다 중요한 과정이기에 선배들이 일할 때 내 머릿속에서 바쁘게 같은 공정을 진행하고 수없이 반복했다. 선배들의 결과물을 적어 집에서 혼자 해보고 또 해봤다. 혼자만의 공부 과정을 수없이 반복하고, 직접 여러 질문에 답을 찾은 후 정말 필요하고 어떻게 해도 알 수 없는 것만 질문했다.

공부를 했기에 좋은 질문, 꼭 필요한 질문을 할 수 있었고 답을 들었을 때 바로 이해했다. 기본이 없으면 어떤 답도 자신의 것이 될 수 없다. 특히 현장에서의 일은 직접 해보지 않으면 알 수 없는 것들이 많아 답을 얻는 것보다 답을 내 것으로 만드는 게 더 중요하다.

그러나 노력은 겉으로 쉽게 드러나지 않는다. 혼자 끙끙거린 시간은 자기 자신만 안다. 누군가가 봤을 때는 '좋은 사람이 옆에 있어서 쉽게 배우네' '어린 여자애라 뭘 물어도 알려주네' '일을 참 쉽게 하려고 하네' 등의 말을 할 수도 있다. 실제로 그런 말을 많이 들었고, 늘 비슷한 평가를 받기도 했다. 좋은 스승들 덕에 많은 것을 배운 건 사실이지만, 그 이유가 여자이고 어려서는 아니었다. 나의 노력과 진지한 자세가 그들에게 닿았고, 현장에서 함께 일하는 동료가 될 수 있다는 인정을 받았기에 기꺼이 나를 위한 시간을 내어 준 것이다.

직업에 대한 사명감을 채워 나갔고, 일을 사랑했고, 일에 진지했다. 같은 일을 하는 사람을 나이나 성별로 평가하지 않고, 그 사람이 가진 진심을 보았다. 부끄럽지 않은 한 명의 빌더가 되기 위해 할 수 있는 모든 최선을 다했다. 어떤 어려움 앞에서도 결코 포기하지 않고, 내가 할 수 있는 것을 해냈다. 그게 내가 지금 이 자리에 서 있을 수 있는 이유다.

배움의 방식은 모두 다르다. 각자에게 주어진 상황이나 선택 방향도 다를 수 있다. 그래서 사람마다 자신에게 맞는 방식이 있다. 나에게는 최선이었던 방식도 누군가에게는 최선이 될 수 없다. 내가 빠르고 탄탄하게 성장할 수 있었던 것은 나만의 방식을 찾고, 공부하고, 내 것으로 만들었기 때문이다.

앞으로는 더 뻔뻔하고 적극적인 자세로 공부하고 알아 갈 것이다. 그것이 나다운 배움의 방법이다. 더불어 내가 많은 이들로부터 배운 것을 더 많은 사람과 나누고 싶다. 그게 은혜를 갚고 진정으로 보답하는 길이라 생각한다. 나는 배움에 있어서만큼은 어떤 자존심도 내세우지 않는다.

세상에 힘들지 않은 일은 없다. 책임이 따라오지 않는 일도 없다. 그렇기에 눈에 보이는 것만으로 한 사람이 지고 있는 무게를 판단해선 안 된다. "네 인생은 이미 망했고, 지금도 더 빨리 망하는 지름길로 가고 있어"라고 이야기한 분도 있었다. 그러나 이런 말은 나를 포기하게 만들지 못했다. 그 이유는 내가 꾸는 꿈이 있었기 때문이다.

눈에 보이는 대로 평가하고 판단한 말에 휘둘리지 않을 중심이 생겼다. 미래의 나를 꿈꾸고, 지금의 나를 믿으면 된다. 어떤 꿈도 유통기한을 가질 수 없다. 굳이 있다면 자신이 포기하는 그 순간일 것이다. 그러니 꾸준히 자신의 길을 걸어가면서 누가 맞았는지, 어떤 꿈을 꾸었는지, 그 모습이 얼마나 반짝이는 것인지 보여줘야 할 것이다. 남들이 실패한다고 말해도, 낙오자라고 비웃어도, 얼마 버티지 못하고 포기할 거라고 손가락질해도 결국 이기는 것은 꿈을 향해 앞으로 나아가고 있는 자신이라는 걸 잊으면 안 된다. 나 역시 끝까지 나의 방식으로, 나만이 할 수 있는 이야기를 해나갈 것이다.

즐기는 사람은 지치지 않는다

건축을 하겠다는 막연한 목표는 시간이 지날수록 구체적으로 변했다. 어느새 현장에서 일한 지도 4년 차에 접어드니, 앞으로 내가 하고 싶은 건축에 대한 생각이 깊어졌다. 사람들에게, 세상에 도움이 되는 예술을 하고 싶은 마음에서 출발해 건축으로 방향을 잡은 꿈은 이제 다음 단계를 향해야 하는 시기이다. 경계 없는 공간을 만들어 되도록 많은 이들이 함께하면서 서로를 치유할 수 있게 하고 싶다. 사람과 사람, 사람과 자연을 연결해 주는 매개체로 건축을 활용하고 싶다. 그러다 문득 세상에 가장 필요한 건축은 어떤 것일지 고민하게 됐고, 도심 안에서 쉼과 휴식을 주는 공간이 아닐까 생각했다.

도심은 많은 이들이 모여 굉장한 에너지를 소비하는 장소이다. 건물은 무수히 많지만 사람을 위로하고 쉴 수 있게 해주는 공간을 찾아보기는 어렵다. 나 역시 서울에 올 때면 무섭고 힘든 경우가 많다. 초대받지 못한 손님이 된 것처럼 어색하다. 에너지는 소진되고 머리는 어지럽다. 이런 도심에 조금이라도 맑은 산소를 제공하는 공간이 있다면 사람들의 마음이 삭막해지는 것을 막을 수 있지 않을까. 특히 버려지고 잊혀져 도심 속 흉물이 되어버린 공간을 재생해 숨결을 불어넣어 준다면, 그 공간이 가진 에너지가 사람들에게 새로운 기대를 심어줄 것 같다. 생각만 해도 행복한 일이다. 나는 이제 꿈의 방향을 건축 중에서도 도시 건축, 재생 건축으로 정했다. 그러고 나니 해야 할 일들이 더 명확해졌다.

현장 경험을 통해 직접 나무를 가공하고 다루며 집의 기본 뼈대를 만들고 구조를 익혔다. 집과 관련된 아주 기본적인 요소들을 배운 것이다. 처음 현장을 선택한 이유도 공간이 만들어지는 과정을 하나부터 열까지 두 눈으로 보고, 피부로 느끼며 배우는 게 가장 좋은 기본 바탕을 만드는 거라 생각했기 때문이다.

나는 실무 영역까지 꿰뚫어 볼 줄 아는 올라운더 건축가가 되고 싶다. 그렇기에 무엇보다 현장이 소중하다. 아이가 옹알이부터 시작해 언어를 배워 나가고 말하는 법을 터득해가듯 나는 현장을 통해 건축으로 세상과 소통하는 첫 단계를 배울 수 있었다. 이제는 듣고 말하기가 가능하니 읽고 쓰기라는 응용단계를 익힐 차례다. 그래서 나에게 맞는 배움을 찾으며 더 깊이 건축을 공부하기 위한 준비 중이다.

이런 이야기를 하면 빌더 일은 그만두는 것이냐고 물어보는 사람이 있다. 내 입장에서는 말이 안 되는 질문이다. 읽고 쓸 수 있다고 말하기를 그만두는 사람이 있을까. 실무와 이론은 하나이고 어느 하나가 더 대단하거나 잘난 것이 아니다. 그렇기에 현재의 내게 부족한 이론 공부 시간을 가져야 겠다고 결정한 것이다.

나에게 있어 건축은 경계가 없다. 음악의 음률과 리듬이 공간의 일부분이고, 미술의 색채와 선들이 공간의 일부분이고, 자연과 사람이 공간의 일부분이라고 생각한다. 그렇기에 나는 앞으로도 경계를 두지 않고 보고 듣고 경험하며 경계 없는 공간을 만들 수 있는 날까지 계속해서 도전하고 전진할 것이다.

도시 건축, 재생 건축과 더불어 한옥을 활용하는 것도 내 마음을 사로잡은 영역 중 하나다. 한옥의 아름다움을 전 세계에 알리고 싶다. 한옥은 경이로운 여러 기술과 깊은 뜻이 숨어 있는 건축물이다. 자연과 사람이 공존하는 건축물이기도 하다. 사람의 사용을 고려한 공간임을 느낄 때마다 감동했고, 건축물을 짓는 이의 마음이 드러나는 게 놀라웠다. 언젠가 반드시 우리나라 건축물의 아름다움을 세계에 알리고, 한옥을 통해 세계와 소통하는 일에 앞장서고 싶다. 분명 많은 이들에게 위로를 주는 공간, 휴식을 주는 공간이 될 것이라 자신한다.

가끔은 꿈꾸는 미래가 지나치게 먼 이야기로 느껴질 수 있다. 그러나 꿈은 한순간에 완성되는 것이 아니다. 꿈의 목적지는 정했으나 거기까지 가는 동안 수많은 갈래 길을 만나게 될 것이다. 처음 건축을 시작한 18살부터 지금까지 만난 도전의 갈래 길들을 통해 충분히 배웠다.

현재의 내 앞에도 여러 갈림길이 존재한다. 하나는 독일에 있는 유명한 측량 브랜드 '스태빌라(STABILA)' 본사에서 매년 진행하는 '트루프로레이디스(TRUEPROLADIES)' 캠페인 활동에 한국을 대표하는 모델로 선정된 것이다. 1년간 이어지는 캠페인은 전 세계적으로 더 많은 청년들과 여자들이 편견 없이 건축과 건설업에 관심을 가지고, 직업적 가치를 높일 수 있도록 지지하는 것이 목적이다. SNS를 통해 각 나라를 대표하는 작업자들과 함께하는데 2022년 캠페인 팀에는 미국, 캐나다, 영국, 호주, 뉴질랜드, 독일, 오스트리아, 프랑스, 네덜란드, 노르웨이, 일본 그리고 마지막으로 내가 대표하는 한국이 포함되어 있다.

처음 소식을 전해 들었을 때는 솔직히 믿을 수가 없었다. 한국을 대표하는 첫 여성 작업자로 1년간 활동한다니 스스로가 자랑스러웠다. 항상 SNS를 통해 응원하고 롤 모델처럼 바라보았던 외국의 여성 작업자들과 함께한다는 점도 나를 열광하게 했다. 이번 캠페인을 통해 경계 없이 온 세상에 나의 이야기를 전하자는 오래된 목표가 빛을 보기 시작한 것 같다. 정말 나의 꿈을 이야기할 수 있는 앞으로가 되길 바라며, 두려움 없이 오로지 꿈을 향해 전진하자고 스스로에게 다시 한번 다짐했다.

꿈에는 어떤 제약도 있어선 안 된다. 사회적 편견으로 누군가의 꿈이 좌절되지 않기를 바란다. 개인의 신념이 아닌, 사회의 기준으로 인생을 살지 않았으면 좋겠다. 사회가 주는 시선 때문에 주눅 들고, 피지도 못한 꿈이 밟히는 일은 없었으면 한다.

만약 내가 현장을 바라보는 낮은 시선들 때문에 나에게 요구되는 좋은 길을 갔다면 어땠을까 생각해 보면 아찔하다. 자유롭게 꿈꾸며 자신의 신념으로 나만의 이야기를 써 내려가는 인생을 살아도 괜찮다고, 충분히 가치 있는 사람이 되는 길이라고 나의 삶을 통해 전하고 싶다.

건축이라는 뿌리에서 자라나 결국 사람을 위한 예술을 하겠다는 포부는 점점 크기를 키웠다. 내 꿈의 가장 마지막은 늘 사람이었다. 언제나 근본은 사람이다. 사람이 필요한 것이 건축이고, 건축을 위해 필요한 것도 사람이다. 더불어 사람이 자연보다 우월하기에 지어내는 공간이 아닌, 자연의 한 부분이 되는 공간을 만들고 싶다. 같은 공간과 시간 속에서 숨 쉬는 건축을 꿈꾼다.

건축은 내가 해석하지 않아도, 이야기하지 않아도, 같은 언어로 말하지 않아도 하나의 공간 속에서 여러 감정과 이야기가 넘쳐난다. 건축물은 어느 것보다 솔직하고 투명하다. 담고자 하는 마음이 그대로 담긴다. 결국 오랜 시간이 지나도 같은 자리에 남는 것은 자신을 위해 지은 건축물보다 남을 위해 지은 건축물이다. 모두의 마음에 닿는 건축물 또한 같다. 이 사실을 결코 놓치거나 잊지 않으려 노력 중이다.

한 해 한 해 지날수록 새로운 시작에 마음이 설레기도 하지만 긴장되고 불안하기도 하다. 과연 내가 흔들리지 않고 꿈을 지켜낼 수 있을까 의구심이 들었고, 앞으로 다가올 많은 장애물을 넘어설 수 있을지 걱정스러웠다. 그러나 만약 오늘이 인생의 마지막 날이라면 자신을 믿지 못해 삶의 방향이 흔들렸던 사실을 가장 후회할 것 같다. 그렇기에 나는 끝까지 내 안에 담긴, 내가 품고 지켜낸 꿈을 향해 달려갈 것이다. 좀 더 과감하게, 좀 더 당당하게 나의 이야기를 할 것이다.

이런 생각으로 마인드 컨트롤을 하며 진취적으로 나아가는 나를 늘 상상한다. 주춤거리게 되는 순간이 오면 꼭 머릿속으로 나만의 캐릭터를 그린다. 어떤 순간에는 따뜻하고, 어떤 순간에는 용감하고, 어떤 순간에는 타인을 먼저 생각하는 나를 만나면서 현실에 있는 나도 그렇게 변화해 가려 노력한다. "오랫동안 꿈을 그리는 사람은 마침내 그 꿈을 닮아간다"라는 말을 되새긴다.

너는 안된다는 손가락질도, 상처를 계속 덧나게 하는 말들도, 편견으로 세상을 바라보는 시선도 모두 내가 나에게 했던 일이다. 세상을 있는 그대로, 사람들의 모습을 있는 그대로 보고 느끼려면 내가 나 자신을 솔직하게 바라볼 수 있어야 한다. 자기 자신에게 솔직해야만 타인에게도 같은 모습이 될 수 있다.

그렇기에 지금의 나는 나를 편견 없이 바라보겠다고 다짐했다. 나라는 작은 세상을 편견 없는 건강한 곳으로 만들어 후회나 원망보다는 사랑을 주는 사람으로 성장하고 싶다. 아직 나에게는 보고 싶은 것도, 알고 싶은 것도, 경험하고 싶은 것도, 배우고 싶은 것도 무궁무진하다. 멈추지 않고, 나의 속도로 더 넓은 세상을 경험하고 배워갈 것이다. 결코 포기하지 않고 꿈꾸기를 지속할 것이다. 그러면 어느새 사람을 위한 예술가라는 꿈에 다가가 있을 거라 자신한다.

EPILOGUE

―

"나로 살아가는 것이
나의 원초적인 꿈"

나의 이야기를 모두 적고 나서 에필로그를 쓰고 있다는 것이
새삼 믿기지 않는다. 스무 살 여름에 기록하기 시작한 지난 모험
기들은 21살 봄이 되어서야 매듭짓게 되었다. 14살에 호주로 유
학을 가 적응해나갔던 과정, 학교를 자퇴하고 사회로 나오기까지
의 이야기, 내가 건축을 하기로 다짐하게 된 이야기, 목조주택 현
장에서 빌더를 시작하기로 한 이야기 등 많은 선택을 했던 지난
시간을 거슬러 올라가 보았다. 그 속에서 자신만의 꿈을 향해 달
려가는 사람들과 함께 나누고 싶은 이야기들을 책에 담아냈다.

글을 적어 내려가며 완전히 이해했다고 착각했던 수많은 과거
의 나와 다시 만났다. 사실 심장이 뛰는 꿈을 찾는 것보다 내가

누구인지 알아가는 것이 훨씬 더 어려웠던 것 같다. 나 자신을 믿지 못했을 때, 도통 내가 어떤 아이인지 알 수 없었을 때가 꿈을 찾지 못했을 때보다 더 흔들리고 힘들었다. 어떤 때는 거창한 꿈을 가지고 있지 못해서 불안했고, 무언가를 쫓아야만 할 것 같아서 목표와 성취에 의존하곤 했다.

그때의 이야기를 적으며 깨달은 한 가지는 '나를 알아가고 찾아가는 것, 그리고 나로 살아가는 것이 나의 원초적인 꿈'이라는 사실이다. 사회의, 타인의 이야기가 아니라 내 이야기를 적어 내려가며 내가 꿈꾸는 걸 인생에 그려 내는 것, 나를 행복하게 하는 나만의 소원을 찾아내고 후회 없이 열심히 살아가는 것, 그것이 바로 내가 원하는 내 삶의 모습이었다.

일반적이고 평범한 것과는 다른 선택을 할 때마다 많은 사람들의 응원과 도움을 받았다. 그들도 책 속 내용의 또 다른 주인공이고, 내 인생의 스승이자 친구들이다. 항상 옆에서 최고의 동료이자 선배가 되어주었던 가족들 그리고 언제나 나의 꿈을 응원해주고 기댈 버팀목이 되어주었던 수많은 사람들을 기억한다. 그들로 인해 지금의 꿈을 만나게 되었다고 생각한다. 함께하는 법을 알려주었던 사람들에게 꼭 보답하고 싶다. 멀지 않은 미래에, 아무것도 몰랐던 꼬맹이한테 보내 준 응원을 더 큰 크기로 키워 세상에 돌려주는 사람이 되고 싶다.

그러기 위해 더 성장하는 것, 내가 얻은 것들을 세상에 공유하는 것이 내가 그들에게 해줄 수 있는 최고의 보답이라 믿는다. 내가 포기할 수 없는 많은 이유 중 하나가 되어준 그들에게 이 책을 통해 감사한 마음을 전한다.

책으로 나의 모험기를 읽은 이들에게는 나의 여정에 함께해 주어서 정말 고맙고 또 고맙다는 말을 전하고 싶다. 나라는 사람의 삶은 계속되기에 여기 적힌 첫 여정은 이대로 엔딩이 아니다. 지금 이 순간에도, 앞으로도 나는 멈추지 않고 성장할 것이다. 그 모든 시간들도 함께 나눌 수 있기를 바라본다.

책을 쓸 수 있게 해준 출판사와 책이 나오기까지 응원해 주었던 모든 사람들. 가족, 친구, 나의 스승들에게 진심으로 고맙다는 말을 전하며 나의 첫 번째 이야기를 마무리한다.

가장 소중한 친구,
진이에게

진이가 어느새 스무 살이 됐네. 이제 진짜 성인이다. "엄마, 엄마" 부르면서 손을 꼭 잡고 따라다니던 것이 바로 어제 같은데 세월이 참 빠르다.

스무 살! 참 아름답고 설레는 나이이고, 한편으로는 두렵고 불안정한 나이지. 엄마도 스무 살 때를 생각해 보면 설렘과 두려움이 함께 있었단다. 항상 내가 원하는 게 뭘까? 내 꿈은 뭘까? 도대체 무엇을 하면 내가 만족하고 행복할까? 이런 질문들로 밤새워 고민하던 때가 떠오르네.

엄마가 스무 살 때는 명확한 목표와 꿈이 있어야만 한다는 강박관념에 쫓기듯 살았던 것 같아. 그래서 더 급했고, 답답했고, 암담했단다. 세상에 내 꿈과 목표를 분명하게 말하고, 그것을 향해 달리고 있다고 표현하지 못하면 부끄러운 거라고 생각했어. 다른 이들은 목표와 꿈이 있어서 열심히 노력 중인데 나는 당당하게 말할 꿈이 없다니. 마치 굉장히 잘못하고 있고, 실패한 인생이라고 여겼어. 가족도, 친구들도 그리고 사회도 엄마에게 그렇게 얘기하니 더욱 더 작아질 수밖에 없었단다. 그래서 엄마의 스무 살은 두려움으로 정신없이 달려야 하는 아프고 외로운 시기였단다.

지금 찐이가 아마 이런 느낌이 들지 않을까? 막상 웃으면서 당당하게 맞았지만 단단하고 거대한 벽이 바로 내 앞에 버티는 것을 바라보았을 때 느껴지는 감정들이 많은 생각을 하게 만들지? 그래서 사회 초년생들은 더 급해지는 거 같아. 다른 이들에게 뒤처지지 않기 위해, 스스로 초라해지지 않기 위해. 마음은 급하고 할 일은 많으니 바쁠 수밖에. 여태 12년을 그렇게 지냈는데 또 같은 상황이라니 정말 슬프다, 그렇지?

그렇지만 엄만 우리 찐이가 다른 사람들의 인생과 너의 인생을 비교하지 않고 너의 신념을 세우면서 걸어갈 수 있을 만큼 성장했다고 생각해. 기억나니? 찐이가 초등학교 들어가서 처음 성적표를 받았을 때 장래 희망을 써서 다시 제출해야 했었지. 그때 찐이는 눈을 초롱초롱 뜨고 엄마를 보면서 무척이나 궁금해했단다.

"엄마는 내가 어떤 사람이 되었으면 좋겠어요? 의사? 변호사? 선생님?" 하고 하나씩 직업을 이야기했지. 엄마가 웃으면서 그 질문에 "자신이 정말 좋아하는 일을 하는 사람"이라고 썼을 때 찐이가 갸우뚱하면서 무슨 말이냐고 물어봤어. 엄마는 그때도, 지금도 우리 딸이 하고 싶은 일을 했으면 해. 찐이가 정말 좋아하는 것들을 하길 바라.

그때를 회상하면 엄만 참 속상해. 찐이가 말하는 장래 희망, 학교에서 말하는 장래 희망 그리고 사회가 말하는 장래 희망이 직업을 의미한다는 사실이 답답했거든. 직업을 갖기 위해 이 조그만 아이가 앞으로 살아가야 하는 것일까? 세상이 그리고 어른들이 아이들에게 벌써 직업을 고르라고 밀어붙이고 있는 것 같아서, 아이들이 선택할 수 있다지만 이미 우리가 만들어 놓은 선택지만 남아 있어서, 한정적인 환경을 만들어 놓은 것 같아서 좌절감과 슬픔으로 가슴이 시렸단다.

엄만 우리 찐이가 무언가를 잘하는 사람보단 어떤 일을 하던 즐겁고 행복하게 웃으면서 사는 사람이 되길 원했거든. 어떠한 제약 없이 하고 싶은 모든 것들을 경험하면서 걸어가게 해주고 싶었단다. 겨우 장래 희망이라는 것으로 너의 삶을 제한하고 싶지 않았어. 아이에게 훌륭한 사람이 되라고 말하지만 정작 진실은 부와 명예, 권력을 얻을 수 있는 직업을 가져야 한다고 하는 것만 같았어.

그런데 우리가 세상에 태어난 이유가 직업을 가지기 위해서일까? 엄마는 아니라고 생각해. 직업은 세상 속에서 사람들과 살아가는 데 필요한, 생활을 가능하게 도와주는 하나의 방법일 뿐이야. 각자에게는 저마다 삶의 우선순위가 있어. 그래서 모두 직업이 최고의 우선순위가 되어있는 현실에 물들지 않길 바란 거야.

찐이가 세상을 살아가면서 하고 싶은 일들이 있고 그것을 하기 위해선 사회에서 서로 약속한 규칙과 질서들을 지켜야 해. 그때 꼭 필요한 돈을 벌게 해주는 것이 직업이지만, 그게 찐이 삶에 최우선 순위가 되면 안 되거든. 내가 좋아하고 사랑하는 것들을 하기 위해 필요한 것이긴 하지만 그 속에 찐이가 갇히길 원하지 않았단다. 돈이 먼저가 되면 우린 기계가 되는 거야. 그래서 직업보다는 삶을 행복하고 즐겁게 사는 것이 일 순위가 되어야 해. 그렇지 않으면 우린 돈을 벌기 위해 태어났고, 돈을 벌기 위해 공부하고, 돈을 위해 살아가는 것과 다를 것이 없거든.

'좋아하는 일을 할 줄 아는 사람'이라는 말의 중요성을 찐이에게 다시 한번 이야기해 주고 싶었어. 이 말을 제대로 이해하지 못하고, 살아왔던 방식 그대로 살아간다면 훗날 너의 자식과 그들의 다음 세대들에게 너 역시 '지금 세상이 말하는 훌륭한 사람'이 되라고 하게 될 거야. 그러니 잘 생각해 봐, 찐아.

자신이 좋아하는 일을 할 줄 아는 사람이라는 말에는 무한한 책임감과 용기, 신념이 깃들어 있어. 포기하지 않는 마음도 필요하단다. 자신을 세상 무엇보다 사랑하고 믿을 수 있어야 하지. 워낙 쉽게 보고 들을 수 있는 말이라 식상하기도 할 거야. 그런데 찐아. 사실 이런 말이 세상에서 가장 어렵고 힘든 말이란다. 어떠한 해일과 태풍이 몰아쳐도 무너지지 않는 마음. 그건 생각보다 정말 힘들어. 그만큼 자신을 믿어야 하는데 지금까지 살아온 엄마도 아직 어려운 일이야. 엄마에게 세상을 살아가면서 무엇이 가장 힘드냐고 물어보면 오롯이 나를 믿는 마음이라고 말할 정도니까.

여전히 엄마도 세상에 부는 바람에 쉽게 흔들리곤 해. 그러면서도 꿋꿋이 버티고, 다시 제자리로 돌아오려고 부단히 노력할 뿐이지. 때론 그 바람에 흔들리지 않으려 악착같이 버티고 버티지. 부러지기도 하고 뿌리째 뽑히는 걸 알면서도 고집스레 반항하기도 한단다. 세상의 흐름을 거부하고 싶은 마음이 들 때 세상과 싸우고 싶을 때가 있는 거니까. 나이를 먹어도 이런 마음이 들더구나. 억지 부리는 마음보단 세상에 순응하면서 바람이 불면 부는 대로 그 바람을 즐기면서 있으면 되는데. 마치 갈대처럼 유연하게 말이야. 이게 참 어렵지?

엄마도 나이를 먹고 세상을 살아가는 시간이 길어지면서 조금씩 지혜와 경험이 쌓이다 보니 알게 된 거야. 그러니 너는 벌써 그걸 하려고 애쓰지 마. 지금은 온전히 스무 살을 느끼면서 그대로 경험하면 된단다. 그럼 그 속에서 수많은 친구를 만날 거야.

급한 마음에 다른 사람들과 비교하며 자신을 믿지 못하고 자책하지 마. 스무 살 땐 작심삼일을 수없이 반복하면 되는 거야.

독하게 마음먹은 것이 3일 후에는 무너질 수 있어. 그럴 때 다시 작심삼일을 하는 거야. 계속 반복하면 결국 이뤄진단다. 재미있지? 포기하지 않으면 분명 된단다. 마음먹은 대로 한번에 다 되어버리면 이 세상을 여행하는 것이 너무 재미없잖아.

엄마는 인생을 하나의 여행이라고 생각해. 항상 예기치 못한 모험과 일이 생기거든. 그래서 긴장도 많이 하고, 두근거리는 마음에 날아갈 것 같기도 하고, 때론 지치기도 하고, 괴롭고 힘들 때도 많단다. 스무 살은 그 여행의 출발점이지. 그래서 참 바쁜 거란다. 이것저것 많이 보고 배워야 하거든. 경험하고 느껴야 하는 것들이 너무 많기도 하지. 이젠 진짜 성인이고 너의 인생을 스스로 만들고 책임을 져야 하니 바쁠 수밖에.

그런데 찐아! 엄마는 찐이가 더 놀았으면 좋겠어. 계획적으로 자신의 미래를 위해 목표를 정하고 열심히 가는 것도 좋지만 아직은 세상을 모르잖아. 그러니까 더 많이 보고, 더 많이 느끼고, 다양한 친구들과 가슴 뛰는 모험도 하고, 맛있는 것을 찾아 식도락 여행도 떠나보고, 멋진 남자친구도 만들면서 순간순간 정말 행복하게 놀아보았으면 해. 10대 때 노는 것과 20대 때 노는 것은 또 다르거든.

아마 놀라고 하면 두려울 거야. 다른 친구들은 열심히 목표를 만들고 이루기 위해 10대 때보다 더 바쁘게 살겠지. 무엇을 위해 그렇게 열심히 살아갈까? 각자마다 생각이 있고 목표가 다르 겠지만 끝까지 따라가 보면 결국은 내가 행복해지려고 하는 거거 든. 그런데 행복에 도달하는 과정이 행복하지 않으면 괜찮을까?

엄마는 결과보다 과정이 중요하다고 생각해. 여행에서 목적지에 도착했을 때보다 여행을 간다는 계획이 생기고, 짐을 챙기고, 여행지를 알아보고 준비하는 과정, 비행기를 타고 여행지로 향할 때 더 마음이 설레고 행복하잖아. 그렇기에 매번 하는 말이지만 결과만큼 과정을 즐겼으면 해. 과정에는 새로운 시도와 도전이 늘 존재하거든. 물론 멋진 친구들을 만나 함께하기도 하고 말이야.

그 과정이 너를 성숙하게 만들어 준단다. 지혜라는 친구를 만나고, 인내라는 친구와 여정을 함께하고, 행복과 만족이라는 친구와 둘도 없는 사이가 된단다. 인생이라는 여행은 참 길다면 길거든. 그러니 많은 친구를 만들어야 해. 그 친구들이 찐이와 함께 평생을 여행해 줄 테니까.

서서히 즐기면서 남들보다 한 걸음 늦게 가도 돼. 주변을 보면서 놓친 것들을 다시 보고 천천히 걷다가 지치면 작은 공터에서 도시락도 먹으면서 쉬엄쉬엄 가자. 20대의 여행을 더 즐겨봐. 많이 놀고 많이 먹고 많이 웃고 많이 울면서 말이야.

다시 오지 않는 20대란다. 지나오면 늘 후회하거든. '아, 그때 더 해볼걸' '더 즐겨볼걸' '더 놀았어도 늦지 않았는데…'라는 생각만 들고. 그러니 지칠 때까지 충분히 놀다가 조금 늦게 길을 떠나도 괜찮단다.

노는 게 아무것도 안 하는 거라고 생각하지는 마. 그 속에서 무언가를 느끼고 배우게 될 것이 분명하니까. 그 시간은 책에서 배울 수 없는 살아 숨 쉬는 지식과 지혜들, 넓은 견문과 엄청난 경험을 너에게 선물할 거야. 배움에 있어 정도는 없단다. 이해하지? 진지하고 다소곳하게 책상에 앉아 책만 본다고 공부가 되는 게 아니거든. 네가 영어를 배울 때 친구들과 수다 떨고, 운동하고, 영화를 보고, 음악을 듣고, 춤추면서 배웠듯 말이야.

그래서 배움에 정도가 없다고 하는 거야. 배우는 사람이 배우려는 의지가 있고 그것을 느끼고 이해하면 된다고 생각해. 사람마다 개성이 다르듯 배움에도 그 사람만의 특성이 있어. 엄마가 볼 때 우리 딸은 막 뛰어야 해, 왈가닥처럼. 그러니 놀면서도 얼마든지 많은 것들을 배울 수 있음을 잊지 말아라. 엄마가 하는 말의 의미를 이제는 찐이도 누구보다 분명하게 알고 있을 거라고 생각해. 노는 데도 자신의 철학과 소신이 있다면 더 좋겠지!

남들처럼 체계적인 계획을 짜고 순서대로 실천하려 하지 마. 너는 너의 스타일대로 하면 된단다. 세상은 너를 이상하게 바라볼지도 몰라. 그렇지만 그게 틀린 것은 아니야. 그저 다를 뿐이지. 그러니 어깨를 활짝 펴고 당당하게 너의 방식대로 세상을 살면 돼. 가끔은 세상 사람들이 이해하지 못하는 행동과 말을 한다고 미쳤다는 소리를 듣기도 할 거야. 그럼 더 미친년이 되어봐. 뭐 어때?

스무 살은 많이 무너지고 쓰러지고 다친단다. 그러기에 어느 때보다 나를 세심히 지켜보고, 사랑하며, 누구보다도 자랑스럽게 바라보아야 한단다. 반드시 자신을 믿어줘야 해. 겁 없고 당찬 모습으로 전진하고, 누구보다 뜨거운 가슴과 용기로 아름다운 때를 온전히 즐겨야 해.

때론 오만함과 자만심으로 무너지기도 하고 잘못된 방향을 선택하기도 할 거야. 그렇기에 늘 자신과 대화를 많이 해야 해. 세상은 속여도 나 자신은 절대 속이지 못하거든. 누구보다도 찐이는 자신과 대화를 많이 해야 한다. 너 자신에게 솔직하면 너를 사랑하게 되고, 믿는 마음이 누구보다도 강해진단다. 그럼 세상의 바람에 흔들릴지언정 너의 신념은 변함없이 그 자리에 뿌리내려 너 스스로를 굳건히 지켜 줄 거야.

네가 너를 사랑하고 믿으면 세상에 두려울 것이 없고 못 할 일도 없어지지. 외롭지 않고 행복해진단다. 자신을 사랑하지 못하고 믿지 못하는데 세상 어느 누가 너를 사랑하고 믿어줄까? 내가 나를 인정해 주지 않는 것은 스스로 세상을 향해 나를 인정하지 말라고 이야기하는 것과 같단다. 나를 사랑하지 말고 미워하라고, 나를 믿지 말고 의심하라고 소리치는 것과 같아. 나 자신을 사랑하고 믿어야 알 수 없는 여행의 길을 나아갈 수 있단다.

세상에서 가장 강한 사람은 자기 자신이란다. 그러니 자기 자신을 절친으로 만들어. 너에게는 너라는 아주 특별한 친구가 있으니까. 엄마는 찐이가 그 누구보다도 특별한 '이아진'이라는 재료를 잘 쓸 거라 믿어.

물론 많이 흔들리고 포기하고 싶을 때가 있을 거야. 그래도 너를 믿고 가야 한다. 네가 정말 하고 싶은 일들이 무엇인지 항상 자신에게 물어보면서 가는 거야. 엄마나 아빠, 그 외 소중한 사람들, 고마운 사람들이 너와 함께 하면서 조언을 해줄 수 있지만 그건 단지 조언일 뿐이야. 결정은 찐이 스스로 하는 거야. 너의 인생은 너의 것이니까.

많은 사람이 하는 말에 흔들리지 마라. 귀담아듣겠지만, 너 자신과 대화를 통해 선택해야 한단다. 선택은 오롯이 너만 할 수 있는 거란다. 네가 좋아하는 것인지 세상이 말하는 것인지 구분할 수 있어야 해. 사람들이 좋다고 하는 것을 네가 좋아한다고 착각하면 안 된다. 네가 좋아하는 이유도 분명하게 알아야 해. 단지 세상이 말하는 멋진 일, 훌륭한 일이 아니라 네가 그 일을 생각하면 가슴이 뛰고 행복해야 하는 거란다.

사람들은 자칫 잘못 판단할 때가 있어. 세상이 말하는 것들을 자신이 좋아하는 것이라고 착각하거든. 다수의 사람이 그리 말하니 혼자 아닌 것을 선택했을 때 느끼는 혼란에 당황하지. 꼭 내가 틀린 것 같거든. 그러나 세상에 틀린 것은 하나도 없어. 단지 다름만 있을 뿐이지. 그러니 네가 좋아하는 일을 선택할 때 이게 맞는 것일까? 틀린 것일까? 이런 생각은 하지 않아도 괜찮아. 그냥 네 안에서 들리는 너의 소리를 듣고 선택하면 돼.

다름을 인정하고 받아들이는 것도 배워야 해. 그렇지 못하면 다름을 비교하면서 후회와 절망 속에서 살아가게 되거든. 다름은 다른 뜻으로 특별한 거야. 그러니 너의 특별한 선택을 믿고 나아가면서 즐기길 바라. 다름에는 여러 가지가 있을 거야. 하나를 얻기 위해선 하나를 버려야 하는 어려움도 있고, 실망도 할 수 있고, 아프고 슬프기도 하지만 그것들을 경험하면서 스스로 알게 될 거야. 다름 속에서 진짜 너의 것을 발견하게 되지. 그걸 찾기까지 힘들지만 그렇다고 좌절하지 말렴. 스스로 다름을 인정하고 받아들이면 된단다.

서울에서 부산을 가는 방법은 여러 가지가 존재해. 어떤 이는 비행기를 선택하고, 어떤 이는 기차를 선택하고, 어떤 이는 자동차를 선택하고, 어떤 이는 자전거를 선택하고, 어떤 이는 걸어가는 것을 선택할 수도 있단다. 다수가 비행기로 간다고 너도 비행기로 갈 필요는 없어. 그 선택은 내 상황에 맞게 하면 되는 거야.

비행기가 무서워 기차를 선택할 수도 있고 시간이 많고 운동을 하고 싶어서 걸어갈 수도 있거든. 어찌 되었든 목적지인 부산에 도착하면 되니까. 각자의 이유가 있어서 선택하는 것일 뿐 다수의 사람이 선택한 것이 옳은 것이라고 생각하지는 말아라.

가는 길도 매우 다를 거야. 먼저 간 사람들의 자료를 참고는 할 수 있어도 사람들이 많이 가는 길로 무조건 생각 없이 따라 가지는 않았으면 해. 너를 믿고 자신이 선택한 길을 흔들림 없이 묵묵히 가야 한단다.

다름은 한편으로 너의 색을 나타내는 소신이란다. 이해 가지? 비교와 경쟁이 아닌 너만의 소신과 어울림으로 살아가렴. 소신과 다름은 진짜 너의 색을 말해줄 수 있는 개성이라는 친구로 표현될 거니까. 너의 색을 과감히 세상에 터치하렴. 모두가 같은 색이라면 무슨 의미가 있을까? 각양각색의 모양과 색이 어우러져야 세상이 아름답지 않을까? 마치 자연 속에 있는 꽃밭처럼 말이야. 그러니 두려워하지 말고 망설이지 말고 세상에 너의 색을 칠하렴.

예쁜 색이 아니어도 돼. 어떤 색인지가 중요한 것이 아니라 그 색을 과감하게 표현하는 것이 중요하단다. 누구도 선택하지 않은 색이라 해도, 그 색이 칠해질 때 세상은 또 다른 그림으로 완성될 거란다. 무엇이 더 좋고 덜 좋은 것이 아니라 각기 다른 쓰임을 가지는 것이거든.

그러니 너를 믿고, 너를 사랑하고, 거침없이 세상을 항해하렴. 길을 잃는다고 당황하지 마. 어려움이 생기고 힘든 일, 슬픈 일들이 너를 좌절하게 할 거야. 그렇지만 그 뒤에 오는 친구들이 행복하고 기쁜 일, 멋진 일을 데리고 오니까 미리 실망하지 않아도 괜찮단다. 어떤 친구를 먼저 만나는 것에 차이만 있을 뿐 항상 네 편은 있을 거야. 그러니 그 모든 것들을 너의 친구로 받아들이렴.

실패는 성공의 좌표란다. 실패와 성공은 하나이지. 실패가 있어야 성공이 존재하니까. 실패를 많이 하는 건 그만큼 우리 찐이가 많은 노력을 했다는 증거야. 그런 경험 속에서 얻은 값진 깨달음이 너를 성공으로 이끌어 줄 거야. 그러니 실패가 찾아오면 반갑게 맞아주렴. 그만큼 찐이가 더 성장하고 있는 거란다. 실패라는 친구가 성공이라는 친구에게 더 가깝게 데려다줄 거거든.

무엇도 두려워하지 말고 너를 사랑하고 믿으렴. 세상에서 가장 강한 사람은 자신을 믿으며 포기하지 않는 사람이란다. 성공한 사람이 되는 건 결국 잘난 사람이 아니라 포기하지 않은 사람이야.

너의 선택에 후회하지 않는 삶을 여행한다면 그것만큼 멋진 인생이 없지 않을까? 그 결과가 어찌 되었든 자신이 선택한 것에 대하여 최선을 다하고 행복했다면 충분하다고 생각해. 아쉬움이

나 미련은 남겠지만 그 과정에서 얻는 것이 최고의 결과물이겠다 싶어. 어차피 인생은 미완성이잖아. 그러니 선택에 대하여 흔들리지 말고 너의 꿈을 세상에 펼쳐 보렴. 세상이라는 너만의 그림을 완성하는 거야.

본격적인 자신의 인생을 써 내려가는 스무 살의 찐이는 누구의 인생이 아닌 자신만의 인생을 멋지게 만들어 갈 걸 엄마는 알고 있단다. 자기 자신에게 부끄럽지 않고 행복하면 된단다. 찐이의 인생 여행을 가장 가까운 곳에서 박수 치며 늘 응원할게.

언제나 엄마는 우리 딸을 엄마의 딸이 아닌, 한 사람으로 존중하고 존경하고 자랑스럽다고 생각해. 항상 우리 딸의 소중한 친구가 되고 싶어. 사랑해 우리 딸!

2022년 5월
인생에서 만난 엄마라는 친구가

아이엠

2022년 6월 2일 1판 1쇄 인쇄
2022년 6월 8일 1판 1쇄 발행

지은이 | 이아진
펴낸이 | 이종춘
펴낸곳 | **[BM]** ㈜도서출판 **성안당**
주소 | 04032 서울시 마포구 양화로 127 첨단빌딩 3층(출판기획 R&D 센터)
　　　 10881 경기도 파주시 문발로 112 파주 출판 문화도시(제작 및 물류)
전화 | 031)950-6367
팩스 | 031)955-0510
등록 | 1973.2.1. 제406-2005-000046호
출판사 홈페이지 | www.cyber.co.kr
투고 및 문의 | andpage@cyber.co.kr
ISBN | 978-89-315-8613-8 03810
정가 | 15,000원

이 책을 만든 사람들

책임 | 최옥현
기획·편집 | 김수연, 이보람
디자인 | 엘리펀트스위밍
국제부 | 이선민, 조혜란, 권수경
마케팅 | 구본철, 차정욱, 오영일, 나진호, 강호묵
온라인 마케팅 | 박지연
홍보 | 김계향, 이보람, 유미나, 서세원, 이준영
제작 | 김유석

www.cyber.co.kr
성안당 Web 사이트

&page 는 ㈜도서출판 성안당의 단행본 출판 브랜드입니다.

■도서 A/S 안내

성안당에서 발행하는 모든 도서는 저자와 출판사, 그리고 독자가 함께 만들어 나갑니다.
좋은 책을 펴내기 위해 많은 노력을 기울이고 있습니다. 혹시라도 내용상의 오류나 오탈자 등이 발견되면 "좋은 책은 나라의 보배"로서 우리 모두가 함께 만들어 간다는 마음으로 연락주시기 바랍니다. 수정 보완하여 더 나은 책이 되도록 최선을 다하겠습니다.
성안당은 늘 독자 여러분들의 소중한 의견을 기다리고 있습니다. 좋은 의견을 보내주시는 분께는 성안당 쇼핑몰의 포인트(3,000포인트)를 적립해 드립니다.
잘못 만들어진 책이나 부록 등이 파손된 경우에는 교환해 드립니다.